Sophie Saint Rose

VILOX

Sophie Saint Rose

Vilox

Sophie Saint Rose

Vilox

Sophie Saint Rose

A mis queridos y amados padres
Ellos me han enseñado que hay que luchar por los sueños

Vilox

Sophie Saint Rose

Vilox

Capítulo 1

Alón se levantó de la cama. Le había despertado el sonido del teléfono móvil, pero no tenía ni puñetera idea de dónde lo había dejado. Siguiendo el sonido, lo encontró tirado en el suelo al lado de sus vaqueros.

—Joder Rohr, he dormido dos horas —contestó después de descolgar.

—Jefe, tenemos un pequeño problema con uno de los nuestros.

Suspiró y se sentó en la gran cama apoyando los codos en las rodillas. —¿Qué coño pasa ahora?

—Una hembra ha sido atropellada y la han llevado al hospital.

—¿Y qué hacía a las dos de la mañana paseando por la calle? ¿A qué hospital? —preguntó levantándose y cogiendo los vaqueros sin soltar el teléfono.

—Al de la setenta y siete.

—Te veo en el aparcamiento en diez minutos. —Colgó y terminó de ponerse los vaqueros. Cogió una camiseta negra que estuviera limpia. Se puso la pistolera alrededor de los hombros y comprobó que su pistola Glock estuviera cargada. No la utilizaría con los humanos, pero tenía que estar preparado. Se calzó unas deportivas, cogió una cazadora y salió por la puerta de su apartamento.

Cuando llegó al aparcamiento subterráneo, se subió a su moto Kawasaki. Se puso el casco y arrancó. No había mucho tráfico en Nueva York esa noche, así que logró llegar a tiempo al aparcamiento del hospital donde Rohr y Taix ya lo estaban esperando. Se quitó el casco y sus compañeros se pusieron delante de él.

—"No te has puesto las lentillas"—le dijo Taix telepáticamente. Inmediatamente entrecerró los ojos, cogió las gafas de sol que le tendía Rohr y se las puso. Eran las dos y media de la mañana

—"Las gafas llamarán la atención"—dijo Taix.

—"Los ojos dorados llamarían la atención aún más"—contestó Alón.

—¿Dónde está? —preguntó ya en voz alta. Sólo utilizaban la telepatía para temas relacionados con sus dones.

—Todavía en urgencias —contestó Taix—. Su nombre es Clarissa Forester.

—Vamos. Haremos lo de siempre. —Alón se acercó a la entrada de urgencias. —¿Has llamado a la ambulancia?

—Llegará en dos minutos —contestó Rohr.

Entraron en urgencias. Tres hombres de más de dos metros, morenos, con cazadoras de cuero, uno de ellos con gafas de sol y una cicatriz en la mejilla, no era precisamente algo discreto, así que un par de enfermeras se les quedaron mirando. Pero la actividad de una noche en urgencias, hizo que se pusieran a sus actividades enseguida. Ni siquiera las miraron.

Podían sentir a la hembra, así que la localizaron enseguida. Estaba en una camilla detrás de una cortina. Era una hembra de unos cincuenta años, su pelo negro ya empezaba a tener canas. Tenía un brazo roto y magulladuras en la cara.

—¿Te han sacado sangre? —preguntó a la hembra.

—Todavía no —contestó ella rápidamente. Se incorporó con dificultad.

—Taix, ayúdala —ordenó Alón.

Taix la cogió en brazos. —¿Estás cómoda?

La hembra asintió. —Es un honor conoceros —susurró ella con una sonrisa.

—Bien, vámonos de aquí. —Alón abrió la cortina. En ese momento entraron dos camillas con unos cuerpos medio destrozados con los que el personal médico se volcó, y misteriosamente en el fondo de urgencias dos carritos de material chocaron entre sí tirando todo su contenido al suelo, así que no tuvieron problemas para salir. Un poco alejada de la entrada estaba su propia ambulancia. Le dejaron la hembra a los sanitarios.

—Gracias —dijo la hembra mirando a Alón—. "Estaba muy asustada y que los Xedarx hayan venido a buscarme, es un honor" —continuó ella mentalmente.

Él asintió. —Te llevan a la clínica. En una semana estarás como nueva. —Dicho esto, cerró la puerta de la ambulancia.

—Ha sido hasta demasiado fácil —dijo Taix riéndose.

—Estos humanos cada día son más estúpidos —agregó Alón con desprecio—. Ni siquiera hay un guardia de seguridad en la puerta.

—Estará fumándose un cigarrillo —comentó Rohr.

—Mejor para nosotros —dijo Alón subiéndose a la moto—. Me voy a la cama. Espero poder descansar algunas horas antes de la siguiente llamada.

Al día siguiente recibió un mensaje de texto que lo convocaba al Sahr. No lo llamaban desde hacía seis meses, así que debía ser algo importante. Se puso un traje de tres piezas en color gris, con una camisa blanca y una corbata roja. Parecía un puto empresario, pero había que seguir ciertas normas.

El Consejo se reunía en el edificio de uno de los bancos más importantes de Wall Street y no había que llamar la atención. Se puso las lentillas de color marrón, pensando que odiaba aquellas jodidas cosas.

Se subió a su BMW negro y en media hora estaba entrando en el aparcamiento subterráneo que daba a la entrada del Consejo. Cuando llegó al piso más bajo, aparcó el coche al lado de los otros cinco. Se dirigió a la entrada de las escaleras y abrió la puerta. Otra puerta debajo del hueco de las escaleras se hallaba oculta y Alón pasó una tarjeta de seguridad por la ranura, que la abrió automáticamente. Entró en una sala de dos por dos de acero, que sólo tenía una puerta con un visor a la derecha. Se quitó una de las lentillas y se colocó delante del lector óptico. La puerta de acero de veinte centímetros se abrió automáticamente. Se colocó la lentilla y entró en la sala. El Consejo ya estaba sentado en su mesa semicircular. Los cinco miembros del Consejo le estaban esperando.

En el centro se encontraba Mirus, el miembro más anciano. Aunque todos tenían el mismo nivel en el Consejo, la opinión del anciano era muy valorada.

—Buenos días, señores. —Alón se colocó de pie en el centro del semicírculo.

—Te hemos mandado llamar, porque hay un asunto de vital importancia para nuestro pueblo y es algo que sólo puede llevar a cabo el jefe de los xedarx —dijo Mirus.

Alón asintió.

—Hace ya más de cien años que nuestras hembras procrean menos de lo que deberían. —Mirus le miró a los ojos y continuó—Y hace más de veinte que no nace un xedarx. En nuestra comunidad somos dos mil veintitrés y el número va descendo a medida que fallecen los más ancianos. El Consejo durante años ha intentado todo tipo de fertilizaciones, pero nada ha funcionado. Las pocas que fecundan, no llegan a término. Sólo han nacido tres bebés en este año y ninguno ha sido una niña, lo que pone en peligro la supervivencia de nuestra especie.

Alón los miraba a todos atentamente y echándole una mirada a Xarhim, el miembro más joven del grupo, se dio cuenta de quién estaba en contra de aquella reunión. Volvió a centrar su atención en Mirus cuando este continuó —Hemos decidido levantar la prohibición de reproducción con los humanos.

No podía creer lo que estaba oyendo. Durante siglos se les había prohibido tener hijos con los humanos.

—¿Y si utilizamos a las humanas para que den a luz a los nuestros como vientre de alquiler? —sugirió él.

Mirus negó con la cabeza. —Lo hemos intentado, pero los abortan antes del segundo mes.

—¿Y cómo sabemos que va a funcionar una mezcla con las dos especies?

Los miembros se miraron los unos a los otros. Zadish sentado a la derecha de Mirus fue el que contestó —Porque ya ha pasado antes.

Alón lo miró sorprendido. —¿Ya hay un cruce de especies? ¿Por qué no se me ha informado de esto?

Mirus negó con la cabeza. —No, ese cruce no existe porque fue eliminado. Tanto él como sus padres. —Suspiró y continuó —En mil quinientos cuarenta y tres, un varón se unió a una humana. Ella dio luz a una niña. Cuando el Consejo se enteró de esa relación, los eliminó a los tres por la seguridad de los nuestros.

—¿La niña cómo era? —preguntó con curiosidad.

—Según nuestros registros tenía los ojos dorados —dijo Mirus mirándolo a los ojos.

—Era una xedarx, ¿una hembra xedarx? —Alón no salía de su asombro. Nunca había habido una hembra xedarx. En toda la historia de los vilox siempre habían sido varones. —¿Mataron a una guerrera? ¡Se supone que nacemos para proteger a la especie!

—En aquel momento se consideró que era lo mejor. El Consejó no tenía los problemas que tenemos ahora. Antes el nacimiento de un vilox era de lo más normal.

—¿Y las consecuencias que puede tener entre nuestra comunidad? —preguntó molesto—. Habrá miembros que estén en contra. Los más radicales pueden poner en peligro a los humanos implicados. Los consideran inferiores y no van a consentir una mezcla de sangres.

—Por eso empezaremos con una sola unión —contestó Mirus mirándolo fijamente —. Tú serás el primero en unirte.

—No joda.

—¡Alón, es una orden! —gritó Zadish.

—No tienes pareja y no podemos dar esta información a cualquier vilox. Eres el jefe de lo xedarx y tú serás el primero es unirte con una humana —ordenó Mirus.

Alón no se lo podía creer. Estaba resignado a no tener pareja. Y mucho más a no tener hijos. Que le obligaran a tener un hijo con una humana, era lo que menos le apetecía. Menuda puta mierda.

—¿Puedo elegir a la humana? —preguntó con mala leche.

Mirus frunció el ceño. —Hemos elegido una humana para ti. Inteligente, atractiva y en edad de procrear.

—¿Y qué tengo que hacer? ¿Raptarla y violarla? —gritó él.

—Es humana, no te será difícil enamorarla, como dicen ellos — comentó Zadish.

Ellos no tenían ese sentimiento. Las parejas vilox se unían de nacimiento. Existía una atracción entre ambos miembros y los ojos de la hembra cambiaban de color. De negros se ponían verdes cuando estaban cerca de su pareja. Algunos de ellos no encontraban pareja, como él mismo o su hermana Melina. Se consideraba una desgracia entre su sociedad, porque esos vilox pasarían su vida solos. Y en el caso de las hembras era todavía peor, porque no procrearían.

—¿Puedo decírselo a mi equipo? —Los miembros hablaron entre sí. —Creo que es lo mejor. Estamos muy unidos y si no se lo dijera, les parecería raro que saliera con una humana. —Carraspeó. —Sobre todo con mi historia personal.

—Muy bien, pero sólo a sus cinco miembros. A nadie más. — Mirus fue tajante.

—¿Y si esto sale mal? ¿Nos eliminarán a los tres? —preguntó tenso. Sabía que si tenía un hijo, no sería capaz de separarse de él. Y si intentaban eliminarlos, se llevaría por delante a todos los que estaban allí sentados.

Mirus lo miró fijamente. —No te hubiéramos llamado si no estuviéramos seguros que esta es la única opción posible. El Consejo protegerá a tu progenie y siempre que la humana no provoque problemas, el Consejo también la protegerá.

Alón asintió. —¿Quién es mi humana?

Mirus sonrió. —Se llama Jessica Stuart, tiene veintiséis años, mide uno setenta y es muy atractiva. Fue la número uno en su promoción en Columbia. Vive aquí en Manhattan y es vicepresidenta de una empresa de telecomunicaciones.

11

—¿Con veintiséis es vicepresidenta? —preguntó Alón impresionado. Para ser humana no estaba mal.

—Terminó la universidad con veinte años. Era lo que los humanos llaman superdotada. No terminó antes sus estudios, porque sus padres querían que tuviera una vida normal —añadió Zadish.

—Por supuesto es soltera y que nosotros sepamos, no ha tenido pareja. —Mirus le miró a los ojos. —Queríamos que tu pareja fuera virgen, pues es un privilegio que nosotros tenemos con nuestras parejas. Ese requisito hizo que la lista de candidatas fuera muy corta. Te mandaremos toda la información por correo electrónico.

—¿Alguna pregunta más? —preguntó Zadish.

—¿Quién será mi enlace?

—Me informarás a mí —dijo Mirus.

Esa noche informaría a su grupo. Estaban en su gimnasio privado. Todos vivían en un edificio del Soho. Cada uno ocupaba un apartamento y en el ático se encontraba el gimnasio, con aparatos de última generación que utilizaban a diario.

—Bien, idiotas… escucharme, porque sólo lo voy a repetir una vez —dijo Alón con voz grave. Miró a sus cuatro amigos. Rohr, Taix, Rem y Semir que estaban desperdigados por el tatami—. Me han endilgado una humana para que la preñe. Y es una orden.

Sus amigos primero lo miraron sorprendidos y luego se partieron de la risa. Alón cruzó los brazos esperando a que se les pasara.

Semir fue el primero en hablar. —Pero si eso está prohibido. Como broma no ha estado mal.

Alón seguía mirándolos fijamente con cara de cabreo.

Rohr se quedó serio de repente. —Eh, tíos. Creo que no es broma.

—No, no es una broma. Tenemos un grave problema de reproducción y el Consejo ha decidido cruzar las especies.

Después de explicarle los detalles a sus compañeros, ellos empezaron a exponer sus dudas. —Esto nos va a generar una grave grieta de seguridad —dijo Rem.

—No sé las consecuencias que va a ocasionar, pero tenemos que estar preparados para posibles filtraciones. —Alón se sentó en el banco de pesas.

—¿Y cómo la vas a abordar? ¿Has ligado alguna vez? —Semir intentaba contener la risa.

Alón se tensó. —Si lo haces tú, no debe ser muy difícil. Además, ya lo he hecho antes.

—Irse de putas no cuenta —dijo Taix entre risas.

Rohr carraspeó. —No quiero decepcionarte Alón, pero tú no te caracterizas por tu dulzura y las humanas quieren que las cortejen antes de tirártelas. Son así de complicadas.

—No puede ser para tanto. Lo han hecho esos inútiles durante miles de años —añadió Alón con mal humor.

—Ay madre, se lo va a comer vivo —dijo Semir partiéndose de la risa.

—¿Y si no le gustas? —preguntó Rem seriamente.

—Pensemos en esa posibilidad —añadió Rohr—. Alón puede ser intimidante.

—¿Podemos secuestrarla? —Rem estaba muy negativo.

Alón se levantó con ganas de pegar a alguien. —Primero veamos cómo va, antes de pensar en alternativas —dijo Alón queriendo zanjar el tema.

—Le haremos un seguimiento para ver cuáles son sus gustos, antes que Alón entre en su vida. Tiene que enamorarse de ti, antes de saber dónde se ha metido —añadió Rohr.

Jessica estaba corriendo por Central Park cuando lo empezó a sentir. Llevaba unos leggins ajustados y una camiseta de micro-fibra fucsia, especiales para hacer footing, con los que normalmente no tenía calor. Notaba que le estaba subiendo la temperatura y estaba empezando a sudar. Qué raro. Esperaba no estar poniéndose enferma. En ese momento tenía demasiado trabajo con la nueva fibra óptica, como para faltar al trabajo. Tomó un trago de agua de la botella que llevaba en la mano y se mojó la cara. Tuvo que bajar el ritmo. Cuando llegó a su apartamento, saludó al portero y subió al tercer piso.

Se miró al espejo del baño y vio que tenía las mejillas encendidas. Abrió el grifo del agua fría de la ducha y mientras se desnudaba, puso la radio donde se oía una canción de Cristina Aguilera. Entró en la ducha y cerró la mampara. El agua estaba deliciosa. Se enjabonó el cabello y el cuerpo. Se depiló las piernas, las ingles y cuando terminó, se echó aceite hidratante. Tenía que esperar a que la piel lo absorbiese, así que desnuda fue hacia la habitación para buscar lo que iba a ponerse.

Lo volvió a sentir. Era un calor en el centro del estómago. Jessi se frotó la barriga. Esperaba que no le saliera una úlcera. Eligió un vestido color berenjena y unas sandalias negras. Fue al cajón de la ropa interior y sacó unas bragas color carne, pero en el último momento se decidió por las negras. Estaba a medio camino del baño con la ropa interior en la mano, cuando la volvió a mirar. ¿Por qué la había escogido negra? Nunca se la ponía negra a no ser que saliera por la noche. Por si tenía suerte. Aunque nunca la tenía.

Ya en el baño volvió a sentir el calor en el estómago. No era en el estómago exactamente, era un poco más abajo. Frunció el ceño cuando se le contrajo el útero. ¡Dios, estaba excitada! Nunca había estado excitada sexualmente. Si incluso pensaba que algo no iba bien en ella. ¡Si tenía veintiséis, por el amor de Dios!

Se terminó de secar confundida y se puso la ropa interior. Volvió a sentir la contracción. Quizás debería ir al ginecólogo. No había ido nunca y a lo mejor ya iba siendo hora.

Cuando terminó de secarse el pelo, volvió a la habitación y se puso el vestido. Se quedó de pie ante el espejo, vestida y lista para irse al trabajo, pero no se movió. Era como si no quisiera marcharse de allí.

—Esto es absurdo —dijo en voz baja.

Sorprendentemente se encontró muy bien durante la mañana en el trabajo. No sintió nada y eso la hizo feliz, pues todo volvía a la normalidad. Hasta la hora de la comida. Estaba en una cafetería al lado del trabajo, cuando lo volvió a sentir. Estaba sentada con una amiga abogada, que trabajaba en la misma empresa, con un sándwich de pollo en la mano, cuando le volvió a pasar y Jessi apretó las piernas inconscientemente. María no dejaba de hablar de su nuevo novio, que por lo visto era un volcán en la cama, y aquella conversación no la ayudaba nada. Dejó el sándwich en el plato y bebió un trago de coca- cola.

—¿Te encuentras bien? —preguntó María mirándola preocupada.

Dudó en decirle lo que le pasaba, pero por alguna razón no lo hizo. —Es que tengo el estómago algo revuelto. —Sonrió quitándole importancia. —No me apetece demasiado comer.

—Hay mucha gripe, así que ten cuidado —le aconsejó su amiga.

Durante toda la comida se encontró en ese estado y estaba decidida a pedir cita al ginecólogo cuando llegara a la oficina. Estaba levantándose para volver a la oficina cuando lo sintió. Como si le tocaran el cabello. Se le puso la piel de gallina y se le cortó el aliento.

Su amiga la miró y sorprendida se le acercó a la cara. —Jessica, ¿de qué color son tus ojos?

Sorprendida respondió —Pues azules.

Su amiga la miró con los ojos como platos. —Cariño, deberías ir al médico.

Jessi se asustó tocándose la cara con las manos. —¿Por qué?

—Tienes los ojos verdes. Además, son de un verde muy extraño —dijo sin dejar de mirarla.

Jessi fue directa al cuarto de baño y se miró al espejo. María tenía razón, su color de ojos era de un sorprendente color verde, como de un color esmeralda brillante. Salió rápidamente del baño y fue hasta donde la esperaba su amiga. —No vuelvo al trabajo, voy a urgencias.

Sin decir nada más, salió de la cafetería y cuando estaba al borde de la acera, levantó el brazo para llamar un taxi. Sintió que alguien le tocaba el cuello y de repente todo se volvió negro.

Capítulo 2

—Pero, ¿cómo ha pasado esto? —preguntó Rohr mirando a la mujer tirada en la cama de Alón.

—No lo entiendo ni yo —comentó mirando la cara relajada de Jessica—. Llevo siguiéndola todo el día en los momentos en que no estaba trabajando. Incluso estuve en su casa y ella no se dio cuenta. Pero de repente estaba en una cafetería, le toqué el pelo sin que me viera y se le cambió el color de los ojos.

—¿Le cambió el color de los ojos? Eso sólo les pasa a nuestras hembras —dijo su amigo acercándose a la cama.

—No te acerques más —gruñó Alón.

Rohr lo miró sorprendido. —¿Estás celoso? ¿Te sientes posesivo?

Se paseó incómodo por la habitación pasándose una mano por su pelo negro. —Esto no es normal.

—¿Y por qué no va a pasar? —dijo su amigo mirándolo a los ojos—. Las especies se adaptan.

—¿Qué especie? ¿La suya o la mía? —preguntó furioso.

Rohr se encogió de hombros. —De todas maneras, ¿por qué la has traído aquí?

—Iba al hospital —explicó—. Se asustó cuando vio el color de sus ojos e iba a urgencias. No me dio tiempo a pensar. Me guié por instinto. La desmayé y la traje aquí en un taxi.

Su amigo se echó a reír. —Pues cuando se despierte, va a ponerse histérica.

—Esto no tiene gracia, soy un desconocido y está en una habitación que no conoce —dijo mirándola—. Va a pensar que la secuestramos.

—Es que la has secuestrado, Alón. Vete pensando qué le vas a decir. Hay que ver el lado positivo, ya no la tienes que cortejar. —Su amigo la miró. —Es hermosa. Tiene un pelo hermoso.

No le gustaba que su amigo admirara a su humana. No le gustaba nada. —¡Rohr, lárgate! ¡Se va a despertar en cualquier momento!

Su amigo le miró intentando contener la risa. —Suerte, amigo.

Cuando salió de su piso, Alón se acercó a Jessi y le tocó la mejilla. Tenía la piel muy suave. Le acarició su pequeña nariz, sus labios gruesos, sus cejas y su maravilloso pelo rubio. Su pelo era como la seda. Bajó la mirada por su cuerpo cubierto por el vestido que llevaba. La había visto desnuda en su casa y sabía lo que había debajo de la ropa. Sus pechos firmes, su vientre plano y sus largas piernas. Le había parecido muy erótico ver como se depilaba las ingles. Tanto, que se había puesto duro al borde de derramarse. En ese mismo momento estaba excitado. Nunca había sentido esa excitación por nadie. Había sido verla y desearla. Iba a ser interesante ver en qué acababa todo aquello.

Jessi se despertó desorientada. Miró alrededor y vio que estaba en un sitio que no conocía. La habitación era enorme, de estilo moderno y funcional. Miró las sábanas donde estaba echada, que eran de algodón egipcio. Las paredes estaban pintadas en un color teja y verde oliva. Había cuadros de colores intensos en las paredes. Mirando hacia la izquierda, vio un gran sofá de piel que estaba en medio de la habitación con una mesa de café y al fondo había una cocina moderna y funcional. Era un loft y estaba decorado con mucho gusto. Todo estaba muy limpio y ordenado. Miró al otro lado y se encogió. Un hombre enorme estaba sentado en una butaca y la observaba con los ojos entrecerrados. Era moreno de unos treinta y cinco años, tenía una cicatriz que le recorría la mejilla derecha y no le podía ver el color de los ojos, pero le parecían oscuros. Era corpulento y muy alto. Llevaba unos vaqueros y una camiseta negra. Era realmente muy atractivo.

Jessi se sentó en la cama apartándose el pelo. —¿Tienes agua?

El hombre se levantó lentamente y pasó delante de la cama para ir a la cocina. Cuando volvió llevaba una botella de agua mineral en la mano. Se la pasó y volvió a su sitio. Jessi observó cómo se sentaba y estiraba las piernas, cruzándolas por los tobillos. Iba descalzo y eso le llamó la atención. Estaban en su casa. Nadie se descalzaba en una casa ajena. Bebió de la botella y le miró atentamente. Volvió a sentir la contracción en el útero. El vello de los brazos se le estaba erizando. —¿Por qué estoy en tu casa?

Esa pregunta pareció sorprenderlo. —Porque te desmayaste en la calle.

Jessi supo que le estaba mintiendo. —¿Y por qué no me has llevado al hospital?

—Me pareció más prudente traerte aquí —respondió él sin desviar la mirada.

—¿De qué color tengo los ojos? —preguntó sintiéndose muy excitada.

—Verdes —respondió él con voz grave.

—¿Sabes lo que pienso? —preguntó ella arrodillándose en la cama mirándolo directamente. El hombre no respondió—. Creo que tú me has dejado inconsciente y me has traído aquí. —Él seguía en silencio. —También creo que mis cambios corporales tienen algo que ver.

—Eres muy lista... —dijo él sin moverse.

—Eso dicen —contestó tocándose un rizo—. Hoy me han pasado cosas muy raras ¿Me las puedes explicar?

—Dime qué te ha pasado y si puedo, te lo explico.

Jessi asintió. —¿Aparte del cambio de color de ojos?

—Eso tiene una explicación que te diré más tarde —dijo él mirándola fijamente.

—¿Llevas lentillas?

Él frunció el ceño. —¿Por qué lo dices?

—No, por nada. Me parecía —dijo ella encogiendo los hombros—. Aparte del cambio de color, me he sentido rara. —Él recogió las piernas, pero no se llegó a levantar. —He sentido calor —dijo ella mirándolo a los ojos.

—Calor...—dijo él ronco—. ¿Dónde?

Jessica estaba tan excitada que ya no sentía inhibiciones. Guió su mano hasta su vientre mientras él seguía el movimiento de su mano. —Aquí. —Bajó la mano lentamente hasta la unión de sus piernas mientras le miraba atentamente. —Y aquí. —Jessi apartó la mano sintiendo que le faltaba el aliento. —¿Por qué me pasa eso?

Él se levantó y se colocó enfrente de ella. Ella se incorporó y se puso de pie en la cama sin quitarle la vista de encima. Tenía unas facciones duras, que le resultaban de lo más atractivas. —¿Me lo vas a explicar?

El desconocido la miró a los ojos levantando un poco la vista. —Eso te pasa porque vas a ser mía. —Le dio un vuelco el estómago, pero le siguió escuchando. —Serás mía para siempre.

Aquellas palabras asustaron a Jessica como si se despertara de golpe e inmediatamente se alejó de él saltando de la cama y yendo hacia lo que parecía la puerta principal. Un click justo antes de llegar, le indicó que la puerta se había cerrado. Tiró del pomo, pero no se abría. Vio el cierre de la puerta y lo giró, pero antes de que pudiera abrir, el hombre se había acercado y apoyando una mano en la puerta, la cerró con suma facilidad a pesar de los intentos de ella. Jessi le miró sobre su hombro sintiéndose acorralada, pero él estaba impasible. Entonces corrió hasta la cocina e intentó coger uno de los cuchillos de encima de la encimera. En el momento que su mano rozaba uno de los mangos, ellos volaron quedándose suspendidos encima de ella fuera de su alcance. Jessi se quedó mirando los cuchillos encima de ella con la boca abierta. Después de la sorpresa, echó un vistazo a su alrededor buscando una salida. Se acercó al gran ventanal del salón que intentó abrir, pero no lo consiguió. Entonces sin pensar, poniéndose de lado, golpeó el codo contra el cristal rompiéndolo. En ese instante el hombre la cogió por la cintura levantándola.

—¡Socorro! —gritó a través del agujero antes de que la alejara mientras pataleaba.

—¡Para de una vez! —gritó el hombre.

—¡Déjame marchar! —exclamó ella mientras conseguía darle una patada en el muslo con uno de sus talones

—¡Te vas a hacer daño! —gritó tirándola sobre la cama—. ¡No seas estúpida! ¡Estás sangrando!

En ese momento se abrió la puerta principal. Dos tipos enormes y morenos entraron a toda prisa. —¿Qué pasa aquí? —preguntó el más alto, que no llevaba camiseta y los vaqueros estaban sin abrochar del todo.

21

El otro llevaba una pistola en la mano y miraba a Jessi frunciendo el ceño.

Jessi se quedó mirando a los hombres con la boca abierta. ¡El que no llevaba camiseta tenía los ojos dorados!

—¡Mierda, Semir! —dijo cogiéndola del brazo—. ¡No te has puesto las lentillas!

Los hombres miraron a su alrededor. —¿Ella ha roto la ventana? —preguntó el de la pistola

—Guarda la pistola, Rem. La estás asustando —dijo el hombre examinándole el brazo.

Jessica reaccionó. —Crees que después de secuestrarme, de ver volar cosas... —Señaló al tipo que llamaban Semir. —De ver un tío con los ojos de color del oro... ¿voy a impresionarme por ver una pistola?

Semir se echó a reír mientras se apoyaba en el marco de la puerta con los brazos cruzados. —¿Es ella?

El hombre asintió mirándole el brazo con el ceño fruncido. —Este corte no me gusta, creo que necesita puntos.

Evidentemente no estaba hablando con ella. El que llamaban Rem se acercó a ella y sin tocarla le miró el brazo.

—Alón, necesita un par de puntos, ¿quieres que lo haga yo? —preguntó separándose de ella. Se volvió al que estaba apoyado en la entrada y dijo —Trae el material.

El hombre asintió y desapareció.

Jessi los miraba actuar pues eran parecidos, aunque el que le estaba examinando el brazo, tenía un aura de poder que no tenían los demás.

Por primera vez se miró el brazo e inmediatamente se mareó. Una maldición que había tenido siempre, no podía ver la sangre.

—Alón, se está desmayando —dijo el hombre de la pistola.

—¡No me estoy desmayando, bicho raro! —exclamó ella apartando el brazo del agarre del de la cicatriz. Desde pequeña le fastidiaban que destacaran sus defectos.

—¿Bicho raro? —dijo el de la pistola mirándola con los ojos entrecerrados.

—Rem... —advirtió el que llamaban Alón.

—Jefe, deberías enseñarle modales a tu humana —dijo amenazante—. Sino va a haber alguien que se los enseñe.

Jessi se cabreó. Se levantó de la cama poniéndose de pie sobre ella y encaró a aquel imbécil. —¿Sabes que estás empezando a ser un poco fastidioso, bicho raro? —repitió porque sabía que le molestaba. Entonces cayó en la cuenta. —¿Humana?

—¡Joder Rem, por qué no cierras tu estúpida boca! —exclamó Alón cogiendo a Jessi de la cintura y volviendo a sentarla sobre la cama como si fuera una muñeca—. Haz algo útil, trae agua y una toalla para limpiarle la herida.

—¿Humana? —repitió mirándole fijamente.

Alón suspiró y se acuclilló delante de ella. —Hablaremos de esto cuando estemos solos.

Cuando salió el tal Rem del baño, también llegó el tal Semir que se había puesto una camiseta roja y llevaba en la mano un maletín enorme de plástico.

—No necesito puntos, con una tirita vale —dijo ella viendo como sacaban el material y lo ponían sobre la cama—. Y no quiero que él me toque —dijo señalando al malhumorado.

El de la cicatriz le estaba limpiando la herida cuidadosamente.

—¿Te hago daño?

Jessi le miró. —¿Si te digo que sí, me dejaréis irme? —preguntó irónicamente.

Alón sonrió mientras oía a Semir intentando contener la risa. —Pásame el antiséptico —le dijo seguramente para tenerla distraída. Le pasó el bote y vio como el de mal carácter se ponía unos guantes de látex.

—No, no, no, no…. ¿Qué estás haciendo? —preguntó a Rem viendo como cogía una especie de tijeras, hilo y una aguja curvada.

Alón la cogió del brazo para llamar su atención. —Jessica, hay que coserte y el que mejor lo hace de nosotros es Rem. Se padre era cirujano.

Ella le miró atentamente procesando la información. —Y que su padre fuera cirujano es importante…porque…

—Lo ha aprendido todo de él —dijo Alón como si nada.

Jessica miró a Rem. —¿Sabes hacer una craneotomía? —preguntó en coña.

—Si es preciso, sí —dijo muy serio.

—¿De verdad? —preguntó sabiendo que decía la verdad—. ¿Y un trasplante?

—También. El problema sería de dónde sacar el órgano —dijo acercándose a ella con una aguja hipodérmica—. Alón, tienes que dejarme espacio.

—Rem…—dijo él levantándose, pero sin soltarle el brazo.

—Casi no la tocaré, no te preocupes. He visto el color de sus ojos —dijo Rem como si aquello lo explicara todo. Jessica que se consideraba inteligente, cada vez entendía menos.

Rem se arrodilló enfrente de ella. —Jessica, tienes que tener el codo doblado para que la sutura sea lo más invisible posible. Alón siéntate detrás de ella y pégate a su espalda para inmovilizarla.

24

Cuando consiguieron la posición correcta, Rem dijo —Mira hacia otro lado. No quiero que te desmayes con la sutura colgando.

—Ja, ja. Pero qué graciosillo eres. Procura no dejarme en el codo un código de barras, ¿vale? —dijo mientras miraba a otro lado.

Sintió como Alón se ponía tenso cuando sintió un pinchazo en el brazo. —En unos segundos no sentirás nada...

Jessi miró Semir y se fijó en sus ojos. —¿Tienes los ojos así siempre?

Semir asintió mirando a Alón, como si fuera a saltar sobre él en cualquier momento. —¿Y sueltas rayos láser o algo así?

Semir la miró sorprendido y luego se echó a reír. —Alón, es ingeniosa...Te lo vas a pasar muy bien.

Jessica chasqueó la lengua. —Eso está por ver...—Sintió como le clavaba la aguja, pero no sintió dolor. Alón la abrazó con fuerza y Jessi sintió el calor en el estómago. Esta vez multiplicado por veinte. —Alón...—gimió ella—, aléjate...

—No puedo —susurró él en su oído—. Rem, date prisa.

—Ya estoy cerrando —dijo Rem tenso.

Cuando cortó el hilo, los tres respiraron relajados. Rem se retiró rápidamente y le dejó un apósito sobre la cama. —Alón, esto pónselo tú.

Rem y Semir recogieron todo rápidamente y salieron sin despedirse.

—¿Alón? —preguntó ella casi sin aire. Él la soltó lentamente. Jessi se dio la vuelta para mirarlo. Estaba pálido. —¿Te encuentras bien?

Él sonrió y se levantó lentamente. —Voy a ponerte el apósito.

Le cogió el brazo delicadamente y le colocó la gasa con el adhesivo. Jessi, que desde el abrazo estaba mucho más sensible, gimió cuando le acarició el antebrazo.

25

—¿Te hago daño? —susurró él acariciándole la muñeca.

—Ay, Dios. Esto no puede estar pasando. —No pudo evitar cerrar los ojos cuando él volvió a subir la caricia por el interior del brazo.

—Jessica, mírame. —Le acarició la curva de su pecho y bajó hasta la cintura.

Ella abrió los ojos jadeando. —¡No puedo más! ¡Termina con esto de una vez! —Se tiró a él y reclamó su boca. Se devoraron. Jessi le agarró del cuello, atrayéndolo a ella. Alón la cogió de las caderas y la pegó a él.

Se separó de su boca intentando que se quitara la camiseta. —Quiero tocarte.

Alón se desnudó el torso antes de que terminara la frase. Jessi lo miró con la boca seca. Deslizó la mano por sus pectorales y le acarició el pezón. Él gimió. —Para… si me tocas, me correré aquí mismo. —Se apartó de ella saliendo de la cama y Jessica le siguió.

Él la miró de pie a su lado y Jessi sintió como se le bajaba la cremallera del vestido.

—No me estás tocando —dijo ella sin aire mientras los tirantes se deslizaban por sus hombros

—Sí que lo estoy haciendo.

Su vestido cayó al suelo. Era muy erótico. Se quedó allí de pie en ropa interior mientras él se desabrochaba los botones de los vaqueros. Jessi se quedó hipnotizada mientras seguía el movimiento de sus manos. Cuando puso las manos en sus caderas y dejó caer el pantalón, ella no podía dejar de mirar su sexo.

—Nunca había visto una…—dijo con curiosidad y excitación—. Está muy dura y grande…

Alón gimió cogiéndole la mano y poniéndosela en su sexo. —Acaríciala... sí, así..., de arriba abajo. —La besó en el cuello y fue bajando hasta llegar al pezón, que mordió a través del sujetador.

Jessi gritó y sin querer, apretó su miembro haciéndolo gemir. —Tranquila...

La empujó sobre la cama y ella cayó sentada. Él lentamente le quitó las bragas y le abrió las piernas doblándoselas por las rodillas y apoyándolas en el borde. Estaba totalmente expuesta y le encantó. Se sentía muy sexy y deseada. Ahora te voy a probar y te va a encantar...—dijo él mirándola a los ojos.

Jessi gimió sintiendo su aliento sobre su sexo. Cuando su lengua la recorrió, gritó retorciéndose y Alón la agarró por los glúteos para retenerla. —Tienes un sabor delicioso... —Le dio un lametón en el clítoris y Jessi explotó. Su orgasmo la arqueó apoyándose en sus talones. Él siguió besándola prolongando su éxtasis. Alón se enderezó y le levantó las caderas, dejando a Jessi apoyada en la cama con los hombros y la cabeza. Sintió como la acariciaba con su sexo y se lo introducía lentamente. Alón echando su cabeza hacia atrás, gimió mientras entraba en ella.

Ella apretó las sábanas en sus puños gritando. Sentía una gran presión. —¡Para! —gimió ella.

—No voy a parar. —Y dicho eso dio una embestida hasta el fondo.

El dolor la traspasó e intentó apartarse, pero Alón la tenía bien agarrada. —Quieta...espera un poco —dijo mirándola a los ojos.

Jessi no podía apartar la vista y en un momento se sintió mucho mejor. Alón parecía que estaba sufriendo. Jessi inconscientemente apretó los músculos de su vagina y a Alón se le entrecortó la respiración. Empujó lentamente en ella y Jessi se sintió maravillosamente. —¡Hazlo otra vez! —gritó ella.

Alón mirándola a los ojos repitió el movimiento, una y otra vez. Cada empuje más fuerte y rápido, hasta que Jessi sintió que algo tiraba de ella, explotando en un millón de luces. Alón gritó y se derramó dentro de ella con una fuerte embestida mientras se estremecía.

Tardaron un momento en recuperar el ritmo de sus respiraciones. Sintió como él salía de ella, la cogía en brazos y la tumbaba otra vez, colocándole suavemente la cabeza sobre la almohada.

Capítulo 3

Cuando volvió a la realidad se estiró en la cama y se dio cuenta que lo único que tenía puesto era el sujetador. Se sonrojó un poco y cogiendo la sábana se cubrió con ella. Alón estaba en el cuarto de baño. Podía oír cómo corría el agua. Se levantó llevándose la sábana con ella y se acercó a la puerta. Tenía sus partes doloridas e hizo una mueca. Miró en el interior y vio a Alón echando gel en la enorme bañera. Se había vuelto a poner los vaqueros y la camiseta. Él levantó la vista y le sonrió.

—Te estoy preparando un baño.

Se incorporó y le quitó la sábana, tirándola al suelo. Le quitó el sujetador sin que sus manos se acercaran al broche. —¿Cómo haces eso? —preguntó ella dejando que la levantara por la cintura y la metiera en la bañera.

—Lo hago con la mente —contestó él sin darle importancia.

—¿Tienes telequinesia? —Jessi estaba asombrada. —Pero si eso es extraordinario.

—Para nosotros es muy normal —dijo él enjabonándole la espalda.

—¿Para vosotros? —Ella se volvió para mirarlo a la cara con una sonrisa. —¿Qué sois? ¿Un experimento del gobierno o algo así? ¿Os ha caído un rayo radiactivo? ¿O venís de un lejano planeta del que nunca hemos oído hablar?

Al ver que Alón no sonreía, ella perdió la suya. —Me he pasado de graciosa, perdona. Seguro que no es fácil tener esos dones, y yo

29

debería saberlo. Por ser más lista que los demás, siempre se estaban metiendo conmigo.

Alón cogió una banqueta que había al lado del lavabo y se sentó enfrente de ella.

—Jessica, no somos humanos —dijo él en voz baja sin quitarle la vista de encima—. Somos vilox.

—¿Y eso qué significa? —dijo ella tumbándose en la bañera intentando procesar la información.

—No procedemos de la tierra.

Jessica se quedó tan sorprendida, que no podía decir nada. Sabía que había algo raro en toda esa situación, pero no creía que fuera algo así.

—Vinimos a la tierra en el ochocientos treinta y dos. Nuestro planeta tenía una epidemia y sólo unos pocos fueron trasladados. —Alón la miraba atentamente. —Nos mezclamos entre vosotros, pero sin deshacer el grupo. Teníamos que seguir juntos por nuestra supervivencia. No alteramos vuestra historia. Aunque teníamos conocimientos que os podían haber beneficiado, no interferimos.

Ella empezó a temblar. —¿Me estás diciendo que me acabo de acostar con un extraterrestre?

Alón suspiró. —Sal de la bañera... vas a coger frío.

Jessica no se movió. Estaba tan alucinada que no sabía cómo reaccionar. Alón la cogió en brazos sacándola de la bañera y poniéndola de pie, empezó a secarla con una toalla.

—Te has mojado el apósito, déjame cambiarlo —dijo él mientras se lo quitaba lentamente.

Ella reaccionó. —Déjalo... —dijo separándose de él y yendo hacia la habitación. Se puso el vestido que estaba tirado delante de la cama y luego se sentó en ella. Se inclinó intentando respirar mejor. Alón se sentó a su lado y le acarició la espalda. —Tú eres mi pareja, Jessica. Da igual que seas humana y yo no. Reaccionaste a mí incluso antes de conocerme. El cambio del color de tus ojos lo confirma.

—¿Qué diferencias hay entre tú y yo? —preguntó ella en un susurro mientras veía como él le cogía el brazo y le terminaba de quitar el apósito del codo.

—Físicamente somos muy parecidos. Tenemos los mismos órganos y si nos cortamos, sangramos como vosotros. —Alón le colocó el nuevo y la miró a los ojos. —Pero no enfermamos de vuestras enfermedades. De hecho, somos inmunes a ellas. No hay cáncer, ni gripes…nos morimos de viejos.

—Pero tuvisteis una epidemia en vuestro planeta.

—Sí, pero las que sufrís aquí a nosotros no nos afectan —dijo mirándola a los ojos.

—¿Qué más diferencias hay?

—Tenemos ciertas habilidades. —Alón se interrumpió y le cogió la mano. —Casi todos movemos cosas con la mente. Nos podemos comunicar entre nosotros sin hablar, pero algunos de nosotros tenemos habilidades especiales.

—¿Cómo qué?

—Yo a veces veo el pasado, mi hermana ve el futuro. Todos los xedarx nacen con los conocimientos de sus antepasados recientes.

—¿Los xedarx?

—Yo soy un xedarx, un policía de mi gente por decirlo así. Nacemos distintos a los demás, por eso nos reconocen.

—¿Qué os diferencia? —Alón la miró y bajó la cabeza. Se quitó algo de los ojos y levantó la mirada.

31

—También tienes los ojos dorados —susurró ella acercándose a mirarlos—. Sabía que llevabas lentillas.

Alón sonrió. —Te estás tomando esto muy bien.

Jessi sonrió. —No todos los días se conoce a un extraterrestre. ¿Algo más que deba saber? —preguntó ella después de unos segundos.

Alón dudó, pero al final negó con la cabeza. —Lo que queda, ya lo irás descubriendo a medida que nos conozcas más. Lo más importante es que nunca le digas nada a nadie quiénes somos.

Jessica se podía imaginar, la que se podía organizar si se enteraba la gente de que había aterrizado un ovni y que extraterrestres vivían entre ellos desde hace siglos.

—No te pareces en nada a ET —dijo ella sonriendo.

Alón se echó a reír y la besó. —Terrícolas...

—¿Cómo se llama tu planeta?

—Vivimos en el planeta Tierra desde hace siglos, esta es nuestra tierra —dijo él mirándola atentamente—. Pero procedemos de Vilox a unos ciento cincuenta mil millones de años luz.

Ella le miró a los ojos. —A ver si lo he entendido. Eres como un humano, sólo que tienes los ojos de un color distinto y tu cerebro está más desarrollado.

Alón que nunca lo había visto así y la miró con los ojos entrecerrados. —Sí... más o menos.

Jessica se encogió de hombros. —Mi cerebro está más desarrollado que muchos de los que conozco, así que puedo entender el problema. La gente se sentiría amenazada e intentaría haceros daño. Os estudiarían. Intentarían explotar vuestros conocimientos en su beneficio.

Alón asintió. —Tengo que proteger a mi gente. Por eso es preciso que entiendas que no se lo puedes decir a nadie.

Poniéndose la mano sobre el corazón dijo —Lo prometo. — Sonriendo continuó —¿Tienes algo de comer? Es la hora de cenar.

—¿Qué te parece si pedimos comida china? —sugirió él poniéndose de pie y cogiendo el móvil.

—Cerdo agridulce, rollito de primavera y arroz tres delicias — dijo ella tocándose el vientre.

La puerta se abrió en ese momento. —Si vais a pedir comida, los chicos y yo también queremos —dijo Semir desde la puerta.

—¿No sabes llamar? —preguntó Jessica sorprendida—. ¿Nos habéis oído desde fuera? —Sólo pensar en que la hubieran oído haciendo el amor con él, la avergonzaba muchísimo.

Alón negó con la cabeza. —¡Taix! —vociferó.

Otro moreno entró en la habitación. —Sí, jefe —dijo el hombre acercándose a Alón

—Bloquéala —ordenó Alón.

—Pero jefe, ¿no deberíamos esperar un poco?

—¿Crees que quiero que sepas lo que piensa mi pareja? —gritó Alón.

—¿Qué? —Jessica se levantó de la cama y se acercó a ellos. — ¿Lees lo que pienso? —preguntó al nuevo.

Taix se la quedó mirando. —En este momento estás muy avergonzada, pensando que yo haya podido leer los pensamientos que tenías cuando te estabas acostando con el jefe. Aunque para eso no hace falta leer la mente.

Jessica se enfadó. —¿Y sabes lo que estoy pensando ahora?

Taix se echó a reír y miró a Alón. —Es graciosa.

—¿Qué ha dicho? —preguntó Semir.

—Me ha hecho un gesto simpático con el dedo del medio.

—¡Alón! —exigió ella—. ¡Haz que pare!

—Bloquéala —ordenó.

—Jefe, si hago eso no la podré localizar —dijo Taix.

Alón la miró atentamente. —Jessi, quizás por tu seguridad deberíamos esperar.

—¡No quiero que los demás sepan lo que pienso! ¡Mis pensamientos son privados! —exigió ella—. Tienes que respetar mis deseos.

Él entrecerró los ojos. —Bloquéala.

Alón miró a Taix y él asintió. Taix la miró a los ojos durante dos segundos. —Ya está.

Jessica respiró aliviada. —¿Hay algún otro don que me pueda afectar a mí? —preguntó mirándolos a los tres.

—Semir, tienes prohibido influir en Jessica en ningún aspecto —ordenó Alón.

—¿Qué puedes hacer exactamente? —preguntó interesada.

Semir sonrió. —¿Quieres verlo? —Se acercó a la ventana. —Ven, acércate.

Todos se acercaron a la ventana y Semir la abrió. —¿Ves a esa chica rubia que está tan buena, que va vestida de rosa? —preguntó señalando la calle—. Le voy hacer que bese al chico que está sentado en aquellas escaleras —dijo señalando a un chaval de unos quince años, que estaba jugando con una videoconsola.

La chica se paró en seco y luego miró al chaval, fue directamente hacia el chico, subió los escalones y le quitó la videoconsola de las manos. El chaval levantó la vista y ella le besó en la boca. Un beso de tornillo. Le devolvió la consola y se marchó.

—Oh, mira la cara que pone —dijo Taix riéndose—. Le acabas de alegrar el día.

Jessica estaba pasmada y miró a Semir. —Es increíble. —Entrecerró los ojos. —¿No habrás utilizado eso conmigo?

—No. —Semir puso cara de santo. —No he hecho nada.

—Alón, ¿te va a hacer caso? —preguntó muy seria.

—Jessica, no te preocupes. Ellos no utilizarán nada en tu contra... —dijo abrazándola.

—Perdonar, pero todo esto es nuevo para mí —dijo disculpándose con ellos.

Semir sonreía de oreja a oreja y Taix parecía un poco avergonzado.

—¿Pedimos la cena? —dijo ella cambiando de tema.

Alón pidió la cena por teléfono mientras Jessi y los demás ponían la mesa de comedor.

—¿La ponemos para seis? —preguntó ella—. Entonces hay alguien a quien no conozco.

Semir pasó a su lado y la tocó. Inmediatamente pegó un salto atrás.

Semir miró a Alón. —Lo siento, jefe.

Alón asintió, pero estaba muy tenso. —¿Qué pasa? ¿Tengo la lepra? —preguntó ella acercándose a Alón.

Él la cogió y la sentó sobre sus rodillas en el sofá. —No deben tocarte —dijo él.

—¿Por qué? —preguntó sin entender.

—Cuando encontramos a nuestra pareja, sentimos un instinto de posesión que nos hace ponernos de muy mala leche si tocan a nuestras mujeres. Nos volvemos agresivos.

—Pero sólo si lo ves...—añadió ella—. Si me toca mi médico por ejemplo y tú no estás delante, no pasa nada, ¿no?

—Si te están haciendo daño y no estoy delante, lo notaría. Pero sí, si alguien te toca y no estoy delante, no pasa nada —dicho eso le dio un beso.

Unos minutos después llegaron los otros dos. Traían la comida. Uno era Rem, así que Jessica se levantó y se les acercó. —Rem, quería disculparme por haberte llamado antes bicho raro.

El hombre parecía sorprendido. —No te preocupes, la situación no es muy normal que digamos —terminó respondiendo.

Jessica le respondió con una sonrisa resplandeciente y miró al otro hombre. —Hola, soy Jessica.

—Soy Rohr, encantado de conocerte —se presentó mirando a Alón de reojo.

Se sentaron todos a la mesa, después de poner la comida en fuentes. Rohr abrió una botella de vino y se sirvieron varias jarras de agua. Todo muy civilizado. Sentaron a Jessica en la cabecera, con Alón a su lado. Llevaban comiendo un rato en silencio, cuando Jessica no lo soportó más.

—¿Dónde están vuestras parejas?

Los cinco se miraron unos a otros y Alón contestó —No tienen parejas.

—¿No habéis encontrado a vuestras parejas? —preguntó analizando el problema—. Por cierto, ¿cómo me has encontrado? —le preguntó a Alón directamente.

Alón llevaba un trozo de rollito a la boca y se quedó a medio camino. Miró a Rohr de reojo.

—Te encontré yo —dijo Taix—. Me di cuenta que eras perfecta para el jefe. Así que le dije dónde encontrarte.

Alón sonrió mirando a Taix. Jessica entrecerró los ojos. —¿Y cómo me conociste? No recuerdo haberte visto nunca.

Taix se sonrojó. —Pasé a tu lado un día en la calle. Cuando corrías por Central Park.

Jessica les miró a todos atentamente. Le daba la sensación de que le estaban mintiendo. Pero decidió cambiar de tema. —¿Hay muchas parejas mixtas? —Los chicos se empezaron a remover en sus sillas. —Me gustaría conocer a alguien que haya pasado por esto.

—¿Por qué? —preguntó Alón mirándola fijamente.

Jessica se encogió de hombros. —Para saber cómo ha afectado a su vida, a sus amistades, a su trabajo, a su familia... —Todos la miraban muy concentrados. —Sois todos morenos y muy altos. ¿Todos los varones son como vosotros?

—No —contestó Rohr—. En nuestra especie somos todos morenos y de ojos negros, excepto nosotros.

—Y de complexión, ¿son tan grandes como vosotros?

—No, son más menuditos —dijo Semir sonriendo.

—Vaya, qué suerte he tenido —dijo ella tocando el antebrazo de Alón—. ¿Sabéis? Tengo amigas que se volverían locas por salir con chicos como vosotros.

—No vale cualquiera, Jessica —dijo Alón—. Tú no eres como las demás.

Jessica le miró atentamente. —Tienes razón. Para ellos tienen que ser especiales y no digo que yo sea especial. Pero tienen que ser inteligentes, guapas y no pueden ser asustadizas.

Alón la miraba asombrado. —Estás llevando todo esto muy bien, ¿sabes?

Ella sonrió de oreja a oreja. —¿Estás orgulloso de mí?

Taix se levantó de la mesa y los demás hicieron lo mismo. Jessica les miró confundida mientras iban hacia la puerta. —¿Ya os vais? Pero si no hemos comido postre.

—Tenemos que hacer la ronda —dijo Rohr.

Jessica miró a Alón. —¿Tú tienes que ir también?

Alón se la comió con los ojos. —No, yo me quedo contigo.

Cuando los demás los dejaron solos después de despedirse, ella le dijo mientras rompía una galleta de la fortuna. —Tengo que ir a mi casa a recoger ropa. —Leyó el mensaje de la galleta. —"Tu vida está a punto de cambiar" —Miró a Alón y sonrió. —Un poco tarde, ¿no?

—Son vaticinios de efectos retardados... —dijo él mientras rompía la suya—. "Cuida lo que más quieres, porque podrías perderlo". —Alón arrugó el papel y lo tiró sobre la mesa. —Ridículo.

Jessica se echó a reír. —No dejarás que te afecte un papelito que ha escrito un chino en la cocina de un restaurante, ¿no? No es que lo haya escrito Nostradamus.

Alón sonrió y cambió de tema. —¿Quieres ir a recoger la ropa ahora?

Jessi se levantó de la mesa. —¿Qué es lo que vamos a hacer? ¿Yo viviré en mi casa y tú aquí...?

No la dejó terminar. —No, eso no va a pasar. Te vendrás a vivir aquí, no pienso dejar que vivas en la otra parte de la ciudad.

El sentimiento de independencia que tenía desde los diez años, pujó por salir. —Soy muy independiente, necesito mi espacio. —Vio que aquella respuesta no le había gustado nada, pero Jessica se conocía muy bien y no quería ceder.

—No puedes vivir en tu piso —sentenció él—. Tienes que venirte a vivir aquí donde si no estoy yo, estarán alguno de los chicos.

—Pero, ¿por qué? Nadie sabe nada de vosotros —dijo empecinada—. Es como si saliera con cualquier otro hombre.

Alón se levantó de la mesa. —Mira, no estoy acostumbrado a dar explicaciones, pero por ser tú, voy a hacer el esfuerzo.

—Vaya, muchas gracias —respondió irónicamente.

La cogió de los brazos y la levantó llevándosela al hombro hasta la cama. —¿Esto es propio de una especie superior? —preguntó ella boca abajo.

Alón la tiró en la cama. —No voy a dormir sin ti y no voy a vivir en tu piso. Este edificio es nuestra central. Tengo que vivir con mi equipo y tú vivirás conmigo. —Le cogió el bajo del vestido y se lo subió en menos de un segundo, dejándola desnuda. —Eres mi pareja y tienes que estar a mi lado.

Jessi había dejado de pensar en cuanto él se empezó a desnudar. Cuando estaba totalmente desnudo delante de ella con los brazos en su cintura y expresión de no ceder, ella le miró de arriba abajo. Sus fuertes brazos, su pecho musculoso, sus estrechas caderas y aquellos muslos… Realmente la volvía loca. Jessica se lamió los labios. Pero algo dentro de ella se reveló. —¿Y en este edificio hay algún sitio que pueda ser sólo mío? ¿Y voy a poder seguir trabajando?

Alón se subió a la cama colocándose encima de ella, apoyándose en sus codos. Jessi jadeó al sentir su deseo y abrió las piernas para hacerle espacio. —En esta planta hay dos apartamentos vacíos. —Alón metió una mano entre sus piernas y la empezó a acariciar. Jessi le agarró los brazos y le clavó las uñas. —Y de momento puedes seguir trabajando.

Cuando le metió un dedo en su interior, Jessi gritó echando su cabeza hacia atrás. Alón le besó el cuello. —¿Quieres discutir algo más? —Movió el dedo dentro de ella. —¿O prefieres que hagamos otras cosas...?

Jessi le agarró del pelo y tiró. —¡Te juro que como no vayas al grano, te voy a quitar la piel a tiras!

Alón sonrió y le mordió suavemente el labio inferior. —¿Estás impaciente? —Colocó su miembro en ella y empujó lentamente. Con un ritmo muy lento que la volvía loca.

Jessica le arañó la espalda. —Más... —gimió colocando las piernas alrededor de su cintura. De esa manera él la llenaba por completo, pero Alón se negó a aumentar el ritmo—. ¡Por favor, quiero más...! —gritó ella apretando sus uñas sobre su piel.

Alón gruñó y le cogió los brazos, colocándoselos encima de su cabeza. Entonces mirándola a los ojos, empujó fuertemente. Jessi jadeó y cerró sus puños sobre su cabeza. Alón salió lentamente, embistiendo duro después. Progresivamente fue aumentando el ritmo y Jessi perdió el control. Notaba como su centro se tensaba. —Sí, nena. Aprieta mi polla. —Alón aumentó el ritmo y cuando Jessi creyó que se iba a desmayar, la catapultó a un mundo maravilloso. Se sentía tan bien que no quería regresar.

Abrió los ojos y Alón la estaba mirando. Tumbado todavía encima de ella de manera que no la aplastara, sonrió. —Eres una gata salvaje —comentó acariciándole un pecho.

Jessica se sonrojó. —¿De verdad?

Alón se rió. —Tengo cicatrices que lo demuestran. Pero no te avergüences, me encanta.

Se puso de espaldas, llevándola con él. Jessi se acomodó, apoyando la barbilla contra su pecho. —¿Entonces puedo coger uno de los apartamentos para hacer mi espacio?

Él centró sus ojos dorados en ella. —Puedes hacer lo que quieras, mientras duermas aquí todas las noches.

—¿No os estorbaré? —preguntó pensando en los chicos—. ¿A ellos no les importará?

Alón la miró sorprendido. —Es cierto que no están acostumbrados a que haya una hembra por aquí, pero se acostumbrarán...

—¿Hembra? —preguntó sorprendida—. Lo dices como si fuera una vaca.

Él se sonrojó. —Nos referimos a nosotros como hembras y machos.

—Bueno, pues habrá que empezar a incluir hombres y mujeres. Porque no voy a decir que eres mi varón. Por cierto, ¿qué somos? ¿Somos novios?

Le cogió un rizo rubio y lo enroscó en el enorme dedo. —Somos más que novios. Somos uno.

A Jessi se le llenaron los ojos de lágrimas. —Es lo más bonito que he oído en mi vida.

Alón parecía sorprendido. —¿De verdad? Y eso que los chicos decían que no era sensible.

Jessi chasqueó la lengua. —¿Qué sabrán ellos? —Se acercó a sus labios y lo besó.

Capítulo 4

Una hora después iban de camino en un cuatro por cuatro hacia su apartamento. Después de aparcar delante de su edificio, Jessi saludó al portero. Pidió que vigilara el coche y subieron al tercero. Jessi entró en su casa y Alón la siguió. —Coge lo que necesites, el coche es muy grande.

Ella asintió dirigiéndose a su habitación, cogió una maleta grande y abrió el armario. Al ver la maleta, se dio cuenta que no le entraría casi nada. Alón la miraba desde la puerta de la habitación. —¿Tienes bolsas industriales de basura?

Jessi le sonrió. —Buena idea.

Fue corriendo hacia la cocina y rebuscando debajo del fregadero, encontró un rollo de bolsas industriales.

—Bien, vete abriéndolas —dijo dándoselas a Alón. Sacó un montón de ropa del armario y fue metiéndola en la bolsa que él mantenía abierta.

Continuaron hasta dejar vacíos el armario y la cómoda. —Bien, puedes ir bajando eso mientras recojo lo que necesito del baño.

Alón dejó la puerta abierta para bajar las bolsas. Mientras él se encargaba de eso, Jessica cogió la maleta y metió todo lo que tenía en el baño. Oyó un ruido en el salón y cerró la maleta sacándola a la habitación. —¡Cariño, sólo cojo el portátil y nos vamos!

—¿Jessica? —la llamó una voz desde el salón.

Ella sorprendida se dirigió hacia allí y vio que la señora Petterson estaba con su bolso en medio del salón.

—¿Necesita algo, señora Petterson? —dijo dejando la maleta en el suelo.

—Querida, acabo de llegar de una cena del club y no me abre la puerta —dijo la anciana sonriendo, vestida con un traje de Chanel.

Jessi sonrió. —Claro, vamos a ver qué es lo que pasa —dijo mientras se acercaba a ella—. Si no puedo hacer nada, seguro que el portero tiene alguna idea.

Pasó al lado de la mujer para ir al apartamento de al lado, cuando la mujer se lanzó sobre Jessica, tirándola del impulso al suelo. Estaba de espaldas al suelo, cuando vio que la mujer tenía un cuchillo y hacía el amago de apuñalarla en el estómago. Se movió deprisa para evitarla, pero la rozó en el costado. —Por Dios, ¿está loca? —Jessi le pegó una patada en la cadera, haciéndola caer de lado y le agarró la mano que sostenía el cuchillo.

Alón llegó en ese momento levantando a la mujer, agarrándola del cuello y dejándola inconsciente le quitó el cuchillo de la mano.

—¡Está loca! ¡Se me ha tirado encima y llevaba un cuchillo!

—¿La conoces? —preguntó él furioso mirando a la mujer y dejándola caer en el sofá.

—Es mi vecina. —Se levantó del suelo mientras la anciana parecía dormir plácidamente en su sofá. —No me puedo imaginar por qué se comporta así. Hay que llamar a la policía.

Alón la miró atentamente y Jessi entendió. —Ya, claro. —Pero ella no lo dejó. —Es un peligro, puede hacer daño a alguien. —Él asintió, pero Jessica pudo percibir la tensión que emanaba de Alón. —Cariño, ¿qué hacemos?

—Los chicos están llegando —dijo mirando a la mujer—. Ellos se encargarán de ella.

44

Jessica se alarmó. —No la matarán ¿verdad? No sé por qué ha hecho esto, pero siempre ha sido muy agradable conmigo.

Alón estaba muy enfadado. —No la matarán.

Jessica se relajó y entonces sintió el resquemor en el costado, pero no le parecía el momento adecuado para mencionarlo.

Sonó el telefonillo y ella contestó —Claro, Jeffri. Que suban. Son amigos míos.

Dos minutos después entraron en el apartamento Rem y Taix.

Taix fue el primero en hablar. —¿Qué ha pasado?

—Esta humana ha atacado a Jessi —dijo Alón acercándose a Jessi—. ¿Te ha hecho daño?

Ella negó con la cabeza. Alón apretó los labios. —Sentí tu dolor...

—Sería al caer al suelo —respondió ella odiando mentirle, dando gracias al color del vestido.

—El cuchillo tiene restos de sangre —dijo Rem.

—Está mintiendo, Alón —dijo Taix.

—Nos vamos —dijo Alón cogiéndola del brazo—. Taix, encárgate de todo.

—¿La maleta y el portátil? —dijo ella mientras Alón la sacaba del apartamento.

—Rem lo recogerá —dijo él metiéndola en el ascensor. Rem los seguía con las maletas.

La luz del ascensor reflejó la mancha de su vestido. Alón rugió intentando colocarla de costado para verla mejor y Jessica le dijo —Cálmate, ¿quieres? No montes una escena. Cúbreme para que no se vea la sangre.

Alón la cogió de los hombros pegándola a su costado. Jessica hizo una mueca. —¿Te duele?

—No te preocupes más, es un arañazo —dijo ella—. Ahora sonríe.

Se abrió la puerta del ascensor y los tres salieron al hall. —Buenas noches —le dijo al portero sonriendo.

Rápidamente la metieron en el coche en la parte de atrás. Alón se sentó a su lado. Cuando Rem arrancó, Alón la puso de lado y agarrando el roto del vestido, le dio un tirón abriéndolo del todo.

—¡Joder, voy a matar a esa vieja! —dijo al mirar la herida.

Hubo un silencio y vio que se miraban entre ellos por el espejo retrovisor. —¿Estáis hablando entre vosotros? —preguntó ella—. Os agradecería que para los simples humanos, hicierais una traducción.

—Rem va a tener que volver a coserte por segunda vez en un día —dijo Alón furioso.

Llegaron al aparcamiento de su edificio y Alón la sacó en brazos. —Puedo andar —dijo ella intentado que la bajara.

—Este no es un buen momento para que discutas conmigo. ¡Todavía estoy enfadado porque me has mentido! —Estaba tan tenso, que parecía a punto de estallar.

Decidió que lo mejor era mantenerse callada y cuando llegaron al loft, Alón la tumbó en la cama. En la habitación ya estaban Semir y Rohr, que habían dispuesto el material médico sobre una mesilla.

—¿Es grave? —preguntó Semir.

—Todavía no la he visto —dijo Rem—. Pero ha perdido mucha sangre.

—Llevaros a Alón —dijo ella.

—No me voy a mover de aquí —gruñó él.

—Por favor llevároslo, no quiero que sufra —rogó mirando a Rohr.

Rohr se volvió a su jefe. —Vamos, amigo. Está en buenas manos. Rem la dejará como nueva y no le hará daño.

Rem ya se había puesto los guantes de látex y estaba mirando la herida, todavía sin tocarla. —La hoja no llegó a traspasar, sólo hay que coser. Vete, tengo que tocarla para examinar mejor la herida para evitar sorpresas y no quiero que te lances sobre mí en cualquier momento.

Alón la miró a los ojos. —Estaré fuera.

—No, quiero que te vayas a dar una vuelta. Quiero que salgas del edificio y des un paseo —dijo ella decidida—. Como no te vayas, no dejaré que me toque.

Semir sonrió. —Es dura, ¿verdad? Rohr, ¿por qué no os vais a dar esa vuelta, mientras yo ayudo a Rem?

Rohr asintió y posó una mano en el hombro de Alón. —Vamos, amigo.

Salieron de la habitación y cuando se cerró la puerta, Jessica miró a Rem. —Bien, después de tanto drama, ¿qué tengo, doctor?

Rem, por primera vez desde que lo conocía, sonrió. Cogió una jeringuilla y le inyectó en el costado. —Lo vamos a ver ahora mismo. ¿Sabes? Esto se está convirtiendo en una costumbre.

—Es que me quedé con ganas de más la última vez. No habíamos discutido lo suficiente —dijo ella guiñándole un ojo.

Rem asintió y empezó a hurgar en la herida. Jessi miró a Semir, que observaba atentamente lo que hacía Rem. —Seguro que pensáis que las humanas somos unas patosas, pero os puedo asegurar que no me habían puesto un punto en mi vida.

—El músculo está bien —comentó Rem—. Como se dice, coser y cantar.

—¿Me quedará mucha cicatriz? —preguntó ella con el ceño fruncido—. ¿Sabes? Eso ayer me hubiera importado poco, pero ahora con Alón...

Rem sonrió. —Haré un trabajo, que ni el mejor cirujano plástico. No te preocupes.

Un rato después Rem terminaba su trabajo. —Listo. Tomarás unos antibióticos que te traeré y unos antiinflamatorios para el dolor. —Se quitó los guantes, tirándolos a una papelera. —Y quiero que hoy te tomes una pastilla para dormir. Quiero que descanses, ha sido un día muy ajetreado. No irás al trabajo en una semana.

—Pero estoy en medio de un proyecto muy importante —protestó ella.

—No discutas conmigo. Se lo diré a Alón y lo discutes con él —dijo Rem zanjando el tema.

Alón entró en la estancia. —¿No te habías ido a dar una vuelta?

Él no contestó, se acercó y la cogió en brazos acunándola.

—No lo pude sacar del edificio —dijo Rohr.

Jessi lo abrazó. —Estoy bien...

Rem se acercó con unas pastillas en la mano. —Alón, dale esto y que se acueste. No debe trabajar en una semana.

Después de quitarle el vestido y meterla en la cama, ella le sonrió. —¿Sabes? Ha sido un día estupendo. Me han secuestrado, me han apuñalado, me he enamorado, he perdido la virginidad y me he venido a vivir contigo. —Estaban cerrándosele los párpados. —Y no cambiaría nada.

Alón se quedó observando como dormía. Estaba preciosa. Se la veía feliz. Sin embargo, él estaba aterrado. Se levantó lentamente de la cama y salió del piso, echándole una última mirada.

Subió al piso de Rohr. Allí ya estaba su grupo esperándolo. Cogió una cerveza y se sentó en el sofá.

—¿Cómo está? —preguntó Semir.

—Se ha quedado dormida —dijo él mirando la botella y dándole un trago—. Taix, ¿qué tienes?

Su compañero le miraba con el ceño fruncido. —La mujer tiene un espacio en blanco respecto al ataque. Le dije que la había encontrado tirada en el pasillo de su apartamento. Pero no recuerda nada, está en blanco.

—¿Le ha pegado una puñalada a Jessica y no recuerda nada? —preguntó Alón furioso.

Taix negó con la cabeza. —La he leído bien y no hay nada.

—¿Está enferma? ¿Tiene algún tipo de demencia? —preguntó Semir.

Taix se encogió de hombros. —No he visto nada de eso. Le pregunté si estaba a tratamiento de algo y leí que sólo era hipertensa. Según ella, no ha tenido episodios como estos antes, pero eso no significa que este sea el primero. Puede que le haya pasado antes y no se acordara.

Rohr miró a Semir. —¿Tú qué opinas?

—No lo sé... no me gusta. Aparecemos nosotros y a Jessica le pasa esto. Me parece mucha casualidad —dijo Semir levantándose por otra cerveza.

—Durante una semana no va a ir a trabajar, pero va a querer salir de casa... —dijo Alón—. Habrá que vigilarla.

—Podemos distraerla —dijo Rem.

Alón levantó la vista. —Quiere uno de los apartamentos para tener su espacio. Podemos distraerla con la decoración. A las mujeres les encanta elegir colores, los muebles y esas cosas. La mudanza y la decoración la mantendrán entretenida hasta que vuelva a trabajar.

Los cuatro pusieron cara de resignación. —¡Vamos, no será para tanto! —exclamó Alón terminándose la cerveza.

—Es muy inteligente. Durante la cena hizo preguntas que no podíamos responder —comentó Rohr—. ¿Cuándo le vas a decir que sois los primeros?

—Mierda si lo sé —dijo levantándose—. ¿Cómo le voy a decir que esto es un experimento y que no hay más parejas como nosotros? Y además, ¿quién iba a pensar que era mi pareja?

—Eso es increíble —dijo Taix—. Podríamos tener todos pareja. Podríamos tener hijos con nuestra pareja.

—¿Quién va a querer seguir con el experimento, cuando puede estar tu pareja ahí fuera? —dijo Semir.

—¿Cuántas mujeres hay en este país? ¿Cuál es la posibilidad de que el Consejo le haya dado a Alón el nombre de su pareja? —apostilló Rohr.

Alón lo miró fijamente. —¿Estás sugiriendo que el Consejo me dio el nombre de Jessica, sabiendo que era mi pareja?

Rohr frunció los labios antes de contestar —Digo que todo esto es muy sospechoso.

Todos pensaron en el asunto. —Hablaré con Mirus para ver cuál es su reacción.

—¿Quieres que vaya contigo? —preguntó Taix—. Puede que me entere de algo.

Alón negó con la cabeza. —No, quiero que no te despegues de Jessica mientras yo no esté aquí. Si alguien quiere hacerle daño, tú lo leerás antes de que pase. Me voy a la cama —dijo Alón.

Dejó a los chicos hablando y bajó a su piso. Entró sin hacer ruido, mientras se desvestía la observó. Jessica no se había movido y él se tumbó a su lado. No la quería tocar por si le hacía daño, pero fue colocarse a su lado, cuando ella se acercó a él y abrazándolo suspiró. Alón hizo una mueca cuando el deseo le recorrió. Iba a ser una noche muy larga.

Sophie Saint Rose

Capítulo 5

Se despertó oyendo ruidos en la cocina. Levantó la cabeza y vio a Jessica vestida con una de sus camisetas blancas, que le llegaba a las rodillas, inclinada dentro del frigorífico buscando algo.

—Buenos días, mi amor —dijo ella sin sacar la cabeza del frigorífico—. ¿Tienes hambre?

Alón miró el reloj que había encima de la mesilla de noche. —Jessica, son las seis de la mañana. Rem dijo que tenías que descansar. —Se levantó de la cama y se puso unos calzoncillos.

—Estoy acostumbrada a levantarme temprano —dijo cogiendo los huevos y dejándolos sobre la encimera. Cogió una botella de leche y el beicon—. ¿No tienes margarina?

—Mantequilla —respondió él acercándose a ella y acariciándole el trasero.

Jessica se enderezó, cerró la puerta de la nevera y se dio la vuelta sonriendo. —Ten las manos quietas, que estoy hambrienta.

Alón se le quedó mirando. —¿Es posible que estés hoy más hermosa que ayer?

Ella dejó las cosas en la encimera y le abrazó. —Eso se merece un beso... —Le dio un ligero beso en sus labios, pero rápidamente Alón lo profundizó. Ella estaba jadeante cuando la separó.

—Eso es un beso —dijo Alón con una sonrisa.

53

Ella le miró a los ojos y le acarició el pecho hasta llegar al abdomen. Alón le agarró la mano. —Como sigas por ahí, no vas a desayunar.

Jessica se echó a reír. —Pues eso es lo primero. Es algo muy raro, pero me ha despertado un hambre terrible. Deben ser todas estas emociones.

Cogió la sartén, pero antes de que pudiera colocarla en la cocina, Alón se la quitó de las manos. —Ya te hago yo el desayuno. Ve a vestirte. Los chicos no tardarán en aparecer en cuanto huelan la comida.

Jessica le dio un beso en la mejilla, antes de ir hacia la habitación. Él hizo el desayuno, observando cómo Jessica buscaba entre las bolsas que habían traído de su piso, unos pantalones cortos y una camiseta. Lo que más le costó encontrar fue la ropa interior. Alón sonrió viendo como se desesperaba rebuscando. Se vistió rápidamente y él no se perdió un detalle. Frunció el ceño al verle el vendaje, pero no dijo nada. En cuanto estuvo vestida, se abrió la puerta.

—Justo a tiempo —dijo ella sonriendo a los chicos que entraban con los ojos legañosos—. ¿Estuvisteis de juerga? —preguntó acercándose a Alón y cogiendo una rebanada de pan tostado.

—Nos tomamos unas cervezas —respondió Semir sentándose en un taburete de la península de la cocina.

Jessi cogió los platos y los puso en la mesa mientras masticaba. Los chicos la ayudaron y enseguida estaban listos para desayunar, aunque Jessica ya se había comido dos tostadas.

—Alón nos ha comentado que querías un piso para tener tu espacio y nosotros nos ofrecemos para la mudanza —dijo Rohr sirviéndose café.

Jessi le dirigió una sonrisa que iluminó la habitación. —Gracias. —Se metió en la boca un gran pedazo de beicon y masticó mirándolos a todos. —¿Qué os parece si luego miramos cuál es el que más me gusta y empezamos?

—Claro, estamos a tu disposición —respondió Rohr.

Jessica no estuvo muy atenta a lo que hablaban, pues estaba totalmente concentrada en la comida. Alón miraba como comía y cuando se volvió a servir huevos con beicon y una tostada más, miró a sus amigos. Ellos también miraban a Jessi sorprendidos.

Ella levantó la mirada y vio como todos la observaban. —¿Qué? —preguntó ella sorprendida.

—Nada —contestó Taix—. Es que las chicas que hemos conocido, casi nunca comen nada.

Jessica se sonrojó. —Sí, he comido mucho más de lo normal. —Se encogió de hombros. —Pero todavía tengo hambre.

Alón les dirigió una mirada heladora. —Come lo que quieras, cariño. Tú no tienes que cuidar la figura. Eres perfecta. —Le dio un beso en la frente, levantándose a por más café.

Ella sonrió metiéndose huevos en la boca. Cuando terminó, Alón vio como se dirigía a la nevera y cogía una botella de zumo. No cogió un vaso, sino que bebió directamente de la botella. Había bebido más de media botella de litro, cuando ella misma se sorprendió al ver que había consumido esa cantidad. Pero se volvió a encoger de hombros y siguió bebiendo hasta terminarla. Alón no salía de su asombro, pero intentó disimular. A los chicos les pasaba lo mismo.

—Hay que decirle a Blix que llene las neveras —comentó Semir riéndose.

—¿Quién es Blix? —preguntó ella recogiendo la mesa.

55

—Lo conocerás enseguida. Se encarga de la limpieza y de que no nos falte de nada. —Alón le acercó una taza de café. —Siéntate, que nosotros recogemos.

Ella sonrió cuando Rem le daba sus pastillas. —Gracias, Rem.

—¿Cómo has dormido?

—No he dormido mejor en mi vida —dijo radiante.

—Te veo muy bien para los acontecimientos de ayer... —dijo Rem mirándola fijamente—. No te excedas.

—Sí, doctor —dijo guiñándole un ojo—. Seré buena.

Dejó la taza del café encima de la encimera y les dijo a los chicos —¿Nos vamos?

Se pasaron la siguiente hora revisando los pisos que había en la planta. Jessica iba de un lado a otro revisándolo todo y al final se decidió. —Me quedo con el de al lado de Alón. Es lo más práctico y aunque es el más pequeño, es más que suficiente.

Ella estaba mirando el piso y Alón sonreía por lo ilusionada que estaba. —Hay mucho que hacer, porque sólo tengo una semana... —dijo ella frunciendo el ceño—. Hay que pintar las paredes antes de hacer la mudanza. Y cambiar las lámparas. El baño está muy bien y no hay que cambiarlo. Igual que la cocina.

En ese momento llegó un señor de unos cincuenta años. Era más bajo que ella y su pelo negro estaba canoso por las patillas. —Señores... —dijo entrando en la habitación.

—Que bien Blix, que hayas llegado —dijo Alón acercándose al hombre—. Te presento a Jessica y vivirá aquí con nosotros.

El hombre miró a Jessica a los ojos y abrió sus ojos como platos. —Señor...es una...

Jessica se sintió un poco incómoda por el escrutinio. —Soy humana —dijo un poco ofendida. Se sentía como si no fuera apta para el puesto y no estaba acostumbrada a eso.

Blix se acercó a ella y se arrodilló. Jessica lo miró sorprendida. El hombre se inclinó hasta tocar con la cabeza en el suelo. —Disculparme, mi señora. No he querido ofenderla, mi xedarxse.

Jessica miró a los chicos que la observaban con una sonrisa. —¿Esto es normal?

—Te debe respeto y así te lo demuestra —dijo Alón acercándose a ella—. Levántate, Blix. Jessica no está acostumbrada a estas cosas.

El hombre se incorporó repuesto de la sorpresa. —Mi señora, si necesita cualquier cosa, estoy aquí para ayudarla.

Jessica sonrió ganándose a Blix al instante. —Veo que has hecho otra conquista, así que os dejaré solos para que sigáis hablando del apartamento.

—¿Te tienes que ir? —dijo ella decepcionada.

A Alón no le gustó nada tener que irse, pero tenía que ver a Mirus y no se la podía llevar. —Tengo trabajo. Pero los chicos se quedan contigo. —Le dio un beso en los labios y salió del apartamento.

Mientras entraba en su loft para ponerse el traje, oyó las risas que venían del piso de al lado y sonrió. Definitivamente Jessica había encajado bien.

Se encontró con Mirus en la sala del Consejo. Cuando abrió la puerta acorazada, allí estaba el anciano solo, sentado en su sitio en el centro de la mesa.

—¿Y bien? —preguntó el sabio—. ¿Cómo es tu humana?

—Es mi pareja —dijo yendo al grano. Alón observó la reacción del anciano, que se mostró claramente muy sorprendido.

—¿Te refieres a que es tu pareja vital?

—Nada más rozarla, sufrió el cambio del color de sus ojos —dijo él relajándose un poco.

Mirus lo miró con los ojos entrecerrados. —¿Tú sientes lo mismo? ¿O sólo es por parte de ella?

—En cuanto la vi, mi instinto de posesión sobre ella se multiplicó por mil —respondió sin mostrar sus sentimientos.

El anciano se recostó en su silla y suspiró. —Pero eso no puede ser... Su nombre fue escogido al azar por un programa de ordenador. Además, es humana.

—Mis chicos y yo hemos llegado a la conclusión de que nos hemos adaptado.

—Eso me hace pensar si no debimos levantar la prohibición hace muchos años —dijo mesándose el cabello—. Quizás condenamos a muchos de los nuestros a no tener descendencia.

Alón frunció los labios. —¿Quién hizo el programa del ordenador? ¿Pudo ser manipulado?

Mirus lo miró sorprendido. —¿En qué estás pensando?

—Entre miles de mujeres dio el nombre de Jessica, que resulta ser mi pareja. No creo en las coincidencias.

—Nadie aparte del Sahr conoce para qué servía ese programa —dijo el anciano alterado—. Cada uno de los que trabajaron en él, lo hicieron por separado y no sabían para qué lo hacían.

—Necesitaré que Rem le eche un vistazo —respondió sin echarse atrás—. ¿Qué directrices siguieron los programadores?

—Que buscaran a mujeres con determinadas características, entre todas las bases de datos que pudieran encontrar.

—¿Entonces usted cree que es una casualidad? —Alón llegó a la conclusión que Mirus no sabía nada.

El anciano asintió. —Una coincidencia increíble. ¿Alguna cosa más que deba saber?

Alón negó con la cabeza. —De momento no. Apenas la conocí ayer.

—Si hay cualquier novedad, avísame de inmediato —ordenó Mirus—. Si antes era importante, ahora es vital.

Alón inclinó la cabeza en señal de respeto y salió de la estancia.

Pasaba por delante de un centro comercial y decidió entrar en un impulso. Le compró a Jessica un montón de regalitos, que pensaba ir dejándole por el apartamento. Le gustaba verla sonreír.

Llegó a la hora de comer al loft y todos estaban haciendo la comida. Ensalada y carne a la plancha. Jessica estaba ocupada lavando la lechuga y no se dio cuenta de que él había llegado, así que metió las bolsas en el vestidor. Vio que ella ya había colocado su ropa. Se quitó la chaqueta del traje y la colgó. Se enrolló las mangas de la camisa mientras salía al dormitorio y allí se encontró a Jessica que iba a buscarle. —¿Cómo es que has llegado y no has ido a saludarme? —preguntó ella abrazándolo por la cintura—. ¿Ya te has cansado de mí?

—Te vi ocupada y fui a quitarme la chaqueta para ayudarte —dijo para darle un beso en los labios

Jessica se apartó. —Blix lo tiene todo controlado. ¿Y sabes? Me ha conseguido la pintura y empezamos a pintar esta tarde.

Alón sonrió. —Siempre tan eficiente.

—Ha sido muy amable al quedarse para ayudarme —dijo ella tirando de él hasta el comedor—. ¿Qué tal el trabajo? —Y acercándose a su oído susurró —¿Sabes que en traje estás para comerte?

Alón la agarró por el trasero y le dio una palmadita. —Sé buena. No estamos solos.

Se sentaron a comer y hablaron sobre qué iban a hacer en el piso de al lado.

—Había pensado que podemos coger dos apartamentos del piso de abajo y transformarlos en una gran sala de estar con comedor y cocina —dijo Rohr—. Así no molestaríamos a Jessica si está en la habitación.

—Me parece muy buena idea. Casi siempre comemos juntos en alguno de los apartamentos, así que podemos hacer un comedor para todos —dijo Alón.

—Menos mal que tenéis un edificio para vosotros solos —dijo Jessica socarronamente—. En Nueva York la gente mataría por el espacio del que disponéis vosotros —añadió mientras cortaba el filete con ansia.

Alón se fijó en cómo disfrutaba de la comida. Blix le sirvió otro filete y ella sonrió dándole las gracias. —Está sonando un teléfono... — dijo ella.

En ese momento sonó el teléfono de Blix. Mientras continuaba comiendo, los chicos se miraban entre sí. Bebió un trago de vino cuando Taix preguntó —Jessica... ¿cómo sabías que iba a sonar el teléfono?

Ella los miró frunciendo el ceño mientras masticaba. Cuando terminó de tragar contestó —¿Estáis sordos? Estaba sonando.

Miró su plato vacío y se levantó cogiendo un plátano y una manzana del frutero de encima de la encimera.

Los chicos que ya habían terminado de comer hacía rato, la seguían observando y se sonrojó. Se volvió a sentar en la mesa y se hartó.

—No penséis cosas raras, como que veo el futuro o algo así.

Alón la miraba con el ceño fruncido. —Rem, trae la baraja.

Mientras Jessica comía el plátano, Rem fue a la mesa del televisor, abrió un cajón y sacó lo que parecía una baraja de póker.

Jessica se echó a reír. —Ya jugué a eso en el colegio. Un psicólogo me enseñaba la parte de atrás de una carta y tenía que decir qué carta era. No acerté ni una.

Alón sonrió cogiendo la baraja que le pasaba Rem. Los chicos despejaron la mesa y Alón puso boca abajo sobre la mesa cinco cartas después de embarajarlas.

—Si acierto, ¿gano algo? —preguntó comiendo la manzana.

Taix se echó a reír. —Mujeres...

Ella le miró con el ceño fruncido. —Eh... que esté en desventaja, no significa que no me pueda defender... —Miró a Alón. —¿Qué gano?

Alón se lo pensó, pero no se le ocurría nada. —¿Qué quieres?

Jessica sonrió. —Aunque sé que voy a fallar, quiero unos Manolo Blahnik que vi el otro día.

—Mujeres... —volvió a decir Taix.

—¿Y ese quién es? —preguntó Semir.

—Son unos zapatos —dijo ella mirando a Alón—. ¿Hecho?

—Hecho. Ahora concéntrate.

Jessica miró las cartas y señaló la primera. —El tres de picas. —Señaló otra. —El comodín, el as de corazones, el rey de corazones y el cinco de picas. —Dicho eso, se acabó la manzana.

Alón echó una mirada a los chicos, que estaban de pie apiñados mirando las cartas. Le dio vuelta a la primera. El tres de picas.

61

Sophie Saint Rose

—¡Vaya, he acertado! —gritó ella entusiasmada—. Sigue... El comodín. —Alón dio la vuelta a la siguiente. —El as de corazones. —En ese momento Jessica no se lo podía creer. —Esos zapatos son míos, nene. —Dio la vuelta al rey de corazones y al cinco de picas.

Jessica gritaba dando saltitos por toda la sala, mientras Blix se reía y aplaudía. —¡He ganado, he ganado! —De repente se paró en seco mirándolos. —Nunca había ganado nada. Me voy a por un billete de lotería —dijo yendo a por su bolso.

—Jessica... —dijo Alón sin levantarse—, vuelve aquí.

Ella se dio la vuelta con el bolso en la mano. —Cariño, estoy en racha.

—Ven aquí, quiero hacer otra prueba —dijo él sin levantarse de la silla.

Los chicos volvieron a sentarse en sus sillas. Jessica se acercó con el bolso en la mano y se sentó de mala gana. —Vale, pero si esta vez pierdo, me voy a decepcionar. ¿Qué gano ahora?

Lo chicos se echaron a reír. —¿Qué es lo que quieres? —preguntó Alón cogiéndole la mano.

Ella se lo pensó un rato. —Quiero que me lleves al concierto de Justin Timberlake del sábado.

Los chicos gimieron. —Jefe, reza para que no pase la prueba —dijo Taix.

—Hecho —dijo Alón—. Quiero que me digas qué llevo en el bolsillo del pantalón.

Jessica lo pensó un rato. —En el derecho las llaves del BMW, en el izquierdo unas monedas sueltas y un billete de diez. Y en el trasero tu cartera.

Alón se levantó de la mesa y se miró los bolsillos, sacando de cada uno lo que ella había dicho. Jessica se asustó. —¿Qué...

Él vio como se ponía pálida. —Tranquila cielo, no pasa nada...

—Quizás estás desarrollando tus habilidades al unirte a Alón —dijo Rohr—. No te asustes.

—Deberíamos dejarlo, ¿por qué no te acuestas un rato? —sugirió él ayudándola a levantarse.

—Mientras descansas, nosotros vamos pintando —dijo Semir siguiendo a sus amigos hasta la puerta.

Cuando llegaron a la cama, Alón le quitó el bolso que todavía tenía entre las manos. —Te voy a quitar los pantalones y te tumbas un rato.

Cuando estuvo tendida, Alón se sentó a su lado. —No te tienes que preocupar por nada de esto...

—¿Les pasa a todas? —preguntó mirándolo a los ojos.

Alón no supo qué responder. —Eso es algo que no sé.

Jessica se quedó callada un rato mientras él le acariciaba la espalda. —Acabo de darme cuenta de una cosa.

—¿Si? —preguntó acariciando su pelo.

—No hay nadie más, ¿verdad? —dijo ella en un susurro.

Alón se quedó parado. —¿Por qué piensas eso?

—No habéis podido responder ninguna de mis preguntas sobre otras humanas. Y todos os quedasteis sorprendidos hace un momento durante el juego de cartas. La reacción de Blix...

—No hay ningún problema, cariño —dijo esperando darle confianza—. Ahora eres la única, pero no has sido la primera.

—¿De verdad? —dijo aliviada.

—Sí, ya ha habido parejas mixtas antes. —Él le dio un beso. —Ahora cierra esos ojitos verdes y duerme un rato.

—Sí, creo que descansaré un rato. —Suspirando cerró los ojos.

Alón la dejó para no molestarla y fue al apartamento de al lado. Los chicos estaban pintando, pero cuando apareció él, soltaron los rollos de pintura, que continuaron su trabajo ellos solos mientras sus amigos se acercaban a él.

—¿Cómo lo lleva? —preguntó Rem—. ¿Necesita un calmante?

Alón negó con la cabeza. —La he dejado descansando.

—Tenemos que descubrir hasta dónde llegan sus dones —dijo Rohr.

—No hay prisa —dijo Taix—. No hay que atosigarla.

—Ya sabe que no hay más como ella —dijo Alón con el ceño fruncido—. No se lo ha tomado mal.

—Estupendo —dijo Semir aliviado—. Así no tenemos que fingir, que sabemos de qué va todo esto.

—¿Te has encontrado con Mirus? —preguntó Rem.

—Sí, se quedó muy sorprendido con la situación que nos habíamos encontrado.

—¿Crees que decía la verdad? —Rohr miró su rollo, que se había quedado sin pintura, lo mojó mentalmente e hizo que continuara con su trabajo.

—Sí, no creo que mintiera —añadió Alón—. Quiere que le informemos de lo que pase.

—¿Cómo consiguieron el nombre de Jessica? —preguntó Taix.

—Por un programa de ordenador. A los programadores les dieron unas directrices, que no sabían para qué eran. Solamente el Sahr sabía para lo que servía.

—Quiero revisar ese programa y los ordenadores que usaron —dijo Rem.

—En cuanto tenga la información, te diré dónde tienes que ir. —De repente se acordó de algo. —No le he dicho a Jessica el motivo porque la he conocido, así que tener cuidado.

Cuando terminaron la conversación la habitación estaba pintada.

—Buen trabajo, chicos.

—¡Alón! —gritó Jessica desde su piso—. Alón, ¿dónde estás?

Alón salió corriendo, abriendo de golpe la puerta de su piso. Se detuvo atónito en el umbral. Suspendidos en el aire estaban todos los objetos pequeños del apartamento.

—¡Vaya! —exclamó Semir detrás de él.

Alón miró alrededor. Libros, cuchillos, los platos de la comida, jarrones, zapatos y muchas cosas más, estaban suspendidos a diferentes alturas. Alón miró a Jessica que estaba aterrada. Los objetos se empezaron a mover. —¡Cariño, ven gateando hasta aquí!

La velocidad de los objetos empezó a ser mayor. Al ver que no se movía, entró en la habitación agachado. Cuando un jarrón le dio en un hombro, se puso a gatas y cuando llegó a la cama, agarró a Jessi tirándola al suelo.

—Bien, ahora vamos hasta la puerta.

Jessica asintió. Algunos de los objetos empezaron a chocar contra las paredes. Un cuchillo cayó cerca de una mano de Jessica y ella pegó un grito. Aceleró el paso hasta la puerta, donde Rohr la cogió sacándola de la habitación. Cuando Alón salió, Semir cerró la puerta de golpe. De repente se oyó un gran estruendo.

—Fin de la crisis —dijo Taix abriendo la puerta un poco.

—¿Qué ha pasado ahí? —gritó ella histérica.

65

Alón la abrazó. —Tranquila nena, ya ha pasado...

—Pero es que no entiendo... —dijo ella temblando.

—Creo que lo has hecho tú, Jessica —opinó Taix—. Lo que pasa, es que no lo dominas todavía.

—Ninguno de los nuestros empiezan así —dijo Rohr.

De repente se dio cuenta que estaba prácticamente en ropa interior. —¡Oh! ¡No miréis! —dijo escondiéndose detrás de Alón.

—Vamos dentro y te vistes —dijo Alón viendo como sus amigos se daban la vuelta.

Abrió la puerta y mirando la habitación, fue colocando mentalmente lo que estaba tirado por la habitación. En unos segundos todo estaba en su sitio y lo que estaba roto en la basura. Se hizo a un lado y la hizo pasar.

Ella miró a su alrededor y soltó el aire que estaba conteniendo. Fue corriendo hasta la butaca y se puso los pantalones cortos que llevaba durante la comida.

—No andes descalza, puede haber algún cristal por ahí... —dijo Alón observándola. Jessica estaba muy nerviosa y él preocupado.

—¿Me puedes explicar qué está pasando? —le dijo ella poniéndose unas zapatillas —. ¿Me lo puede explicar alguien?

Los chicos entraron en el piso. —Bien, vamos a hablar de esto y llegar al fondo del asunto —dijo Rohr sentándose en el sofá.

Todos se sentaron en los sillones, mientras Jessica los miraba anonadada. —Os veo muy tranquilos, chicos. Podía haber matado a alguien.

—Cielo, ven aquí. —Alón la cogió y la sentó sobre él en la butaca. —No ha pasado nada. ¿Crees que has sido tú?

Ella le miró a los ojos. —No lo sé. —Parecía angustiada. Él odiaba verla así.

—¿Qué estabas haciendo cuando empezó todo? —preguntó Taix.

—Estaba durmiendo, me despertó algo al caer. Abrí los ojos y miré el techo. Entonces me di cuenta que un cuchillo estaba encima de mí y fue cuando grité.

—Vamos por partes —dijo Rohr—. Intenta mover ese mando a distancia, que está sobre la mesa de café.

—¿Cómo se hace? —preguntó ella.

—Piensa en el movimiento, te imaginas el objeto en el sitio donde lo quieres —le dijo Alón con voz suave.

Jessica miró el mando a distancia durante unos segundos, pero no se movió ni un milímetro. —¡Dios, esto es ridículo! —dijo ella cabreándose. Se levantó para ir a la cocina y cogió una botella de agua.

Estaba bebiendo, cuando el mando a distancia salió disparado de la mesa de café a la mesa del comedor, pasando por toda la habitación.

—Será de efectos retardados —dijo Semir riéndose.

Taix miraba a Jessica con los ojos entrecerrados. —Creo que no es eso.

—¿Has encontrado la clave? —preguntó Alón recostándose en el sillón.

Su amigo no contestó, estaba muy concentrado mirando a Jessica. Alón frunció el ceño.

—Jessica, tienes sed… —dijo Taix viendo cómo se bebía la botella de litro.

Ella le miró sin entender nada.

Taix se sonrió de oreja a oreja. —Chicos, creo que no es Jessica quien ha hecho esto.

—¿De verdad? —preguntó Jessica—. Pues es un alivio, ¿sabes? Porque sólo pensar, que puedo hacer daño a alguien sin querer....

Alón miraba a Jessica frunciendo el ceño y luego a Taix. —"¿Estás diciendo lo que creo?"

Su amigo asintió. Alón gimió —"¿Cómo se lo voy a decir?"

—"No le digas nada de momento hasta asegurarnos" —le dijo Taix mentalmente.

Jessica sonrió contenta. —Y entonces, ¿por qué ha pasado?

—Seguramente hemos sido nosotros. Había mucha energía concentrada en el piso de al lado —dijo Rohr levantándose—. ¿Quieres ver cómo ha quedado la pintura? Ya hemos acabado.

Jessica dio un saltito. —¿De verdad? Vamos a verlo. Mañana podremos traer los muebles.

Cuando ella salió corriendo por la puerta seguida de Rohr, Alón se pasó las manos por el pelo nervioso. —Mierda, mierda, mierda...

—Tranquilo, ella está bien —dijo Taix—. Se adaptará. Si de algo estoy seguro, es que Jessica tiene un gran nivel de adaptación.

—La he conocido ayer —replicó Alón—. Esto va muy deprisa.

—Es tu pareja. Da igual que lleves dos minutos, que veinte años. Os amareis siempre —dijo Rem muy serio—. Te envidio, amigo.

Alón se quedó mirando a su amigo fijamente. —No quiero que sufra.

—Creo que la única manera de hacerla sufrir, es separándola de ti —añadió Semir —. Es feliz, disfrútalo.

—¿Alón? ¿Qué opinas de cambiar el color de esta pared? —preguntó Jessica desde la otra habitación

—¡Pero si acabamos de pintar! —exclamó Taix horrorizado.

Alón se echó a reír mientras se levantaba. —¿Qué decías sobre hacerla feliz?

Capítulo 6

Estaban en la cama después de hacer el amor, cuando Alón sacó de debajo de la almohada un paquetito.

—¿Es para mí? —preguntó sentándose en la cama y riendo como una niña—. Me encantan las sorpresas.

Él recostado sobre varias almohadas, se lo dio sonriendo.

—Te amo —dijo él viendo cómo abría su regalo.

Ella le miró con lágrimas en los ojos. —Yo también te amo. Eres lo mejor que me ha pasado en mi vida. —Se inclinó sobre él y le dio un suave beso en los labios.

Se separó rápidamente y soltó un chiquillo mientras abría la cajita. —Oh...—Jessica se quedó con su maravillosa boquita en forma de o.

—¿Te gusta? —preguntó riendo de su reacción—. Es para la mano izquierda.

Ella sacó el anillo de brillantes de la caja. Era un gran diamante amarillo, rodeado de diamantes más pequeñitos. —Es como el color de tus ojos. Mi amor, es precioso —dijo poniéndoselo en anular—. Es perfecto.

—Tú sí que eres perfecta —dijo él tirando de ella y besándola.

—¡Estamos prometidos! —exclamó sorprendida—. ¡Si nos conocimos ayer!

—No des vueltas a esa hermosa cabecita tuya —dijo riendo—. Déjate llevar.

Jessica rió pellizcándole un pezón. —Como me siga dejando llevar, me tendrás casada y embarazada antes de una semana.

Alón dejó de reír. —¿No quieres tener hijos?

Jessica se quedó en blanco. —Bueno sí, pero es pronto para eso, ¿no?

—No tomamos precauciones, Jessica. Es una posibilidad muy real —dijo mirándola fijamente.

Ella le miró con la boca abierta. —No había pensado en eso. Con todo lo que está pasando, no se me ha pasado por la cabeza.

—Tenemos que pensar que ya podrías estar embarazada —le dijo él muy despacio.

Entonces ella se le quedó mirando muy fijamente durante unos segundos. —¡Tú lo sabías! ¡Tú lo sabías! —exclamó ella.

Se levantó de la cama furiosa cogiendo una bata. —¿Qué sabía exactamente? —preguntó haciéndose el tonto.

Jessica estaba furiosa y de repente vio como un jarrón volaba hasta ponerse a su alcance. Ella lo cogió atónita. —Oh, Dios. ¿Has sido tú? —preguntó mirando a Alón, que negó con la cabeza.

Ella empezó a atar cabos. —Si no soy yo y no has sido tú…

—Jessica, relájate mi amor —dijo él levantándose de la cama y poniéndose unos calzoncillos.

—¡Qué me calme! —dijo ella histérica—. ¿Qué me calme? —Ella le tiró el jarrón a la cabeza.

Alón lo esquivó fácilmente. —Me has dejado preñada, ¿verdad? —gritó histérica viendo como Alón se acercaba lentamente. Pasó volando frente a ella un portarretratos, Jessica lo cogió y se lo tiró sin alcanzarle.

—Jessica, desviaré todo lo que me tires. Así que deja de destrozar cosas —dijo él con calma.

Jessica soltó un chillido de impotencia. Entonces una silla pasó volando directamente hacia Alón, que a punto estuvo de darle.

—Lo hiciste, ¿verdad? —preguntó señalándole con el dedo—. ¿Me has dejado embarazada?

—¡No estoy seguro! —gritó él—. ¿Vale?

Jessica se relajó un poco. —¿No es seguro?

—Yo diría que hay un noventa por ciento de posibilidades… —respondió él como si nada.

—¿Qué? —Otra silla pasó volando a su lado. Alón la paró mentalmente, colocándola en el suelo.

Se abrió la puerta y apareció Rem y Taix. —Hemos venido a mediar, antes de que rompáis todo el mobiliario —dijo Taix sonriendo.

Ella miró a Taix. —¡Tú! —exclamó señalándolo—. ¡Tú lees las mentes! ¿Estoy embarazada?

Taix miró a Alón antes de responder. —Sí, lo estás.

—¿Qué? —gimió ella dejándose caer en la butaca del salón.

—Nena, tranquila —dijo Alón acercándose a ella y acariciándole la mejilla.

—Me pondré gorda —gimoteaba Jessi—. Y tendré que dejar mi trabajo. Estaré aquí encerrada todo el tiempo.

—No tienes por qué estar encerrada todo el tiempo —le dijo él.

Ella le fulminó con la mirada. —Ah, ¿no? ¿Y qué voy a hacer cuando las cosas se pongan a volar a mi alrededor? ¿Hacerme la tonta?

—Eso sólo pasa cuando te pones nerviosa o cuando quieren algo —dijo Taix.

—¿Ha dicho quieren? —gritó histérica.

Alón le echó una mirada a Taix que lo hubiera congelado. —¿Cómo? ¡Eso no puede ser! ¡Los vilox no tienen gemelos y tú lo sabes muy bien!

—Pero ella no es una Vilox —dijo Rem muy tranquilo—. Y si Taix dice que son dos, yo le creo.

Alón miró a su amigo. —Perdona Taix, ha sido una sorpresa.

Taix sonrió. —Pues si es una sorpresa para ti, imagínate para ella.

Jessica estaba sentada en la butaca y parecía totalmente perdida. Alón se sentía impotente.

Se puso de rodillas a su lado y le cogió las manos. —Nena, todo va a salir bien. Te lo prometo.

Ella le miró con los ojos cuajados en lágrimas. —Me has robado mi vida y no me has dado opción.

A Alón se le encogió el corazón. Sobre todo, porque tenía razón. Él había irrumpido en su vida y la había puesto patas arriba.

—Alón, ¿por qué no le preparas una infusión para que se la tome antes de acostarse? —le dijo Rem.

Alón la miró y se levantó. Fue hacia la cocina y vio como Rem hablaba con Jessica muy bajo. Él no podía oírlo.

Cuando volvió con la taza de té, Jessica le miró y se tiró a sus brazos. Lloraba y le daba besos. —Perdona... —dijo ella llorando—. Para ti también es duro, ¿verdad? Soy una egoísta.

—Cariño, yo estoy bien. La que me preocupas eres tú —dijo él abrazándola muy fuerte.

—Tómate la infusión, Jessica. Y quiero que duermas bien esta noche —dijo Rem —. No quiero darte pastillas porque no sé qué reacciones puedes tener.

Jessica asintió sorbiendo la nariz mientras cogía la taza. —Gracias, sois estupendos.

Los chicos se fueron y Alón la cogió en brazos llevándola a la cama. —¿Estás mejor?

Jessica asintió dándole un beso en el cuello.

—¿Qué te ha dicho Rem? —preguntó él dejándola sobre la cama.

—Que estabas muy preocupado por mí esta tarde, cuando te enteraste de la posibilidad del embarazo. Que todo iba muy rápido y que tú no querías que todo esto pasara así. Que no querías que yo sufriera. —Se tumbó en la cama a su lado. —¿Lo he estropeado todo? —preguntó ella mirando su anillo.

Alón suspiró y la abrazó. —Mi amor, tú no has estropeado nada. La culpa es mía por no ser del todo sincero contigo.

—¿Hay algo más que deba saber? —preguntó ella sonriendo.

Él dudó, pero ya no quería más sorpresas. —¿Si te digo algo, prometes no enfadarte, ni disgustarte?

Ella se puso seria. —¿Más sorpresas?

Alón frunció los labios y asintió. —¿Lo prometes? Quiero que sepas que te amo. Que eso no va a cambiar hasta el día en que me muera.

—Me estás asustando... —dijo ella.

Alón se decidió. —Cielo, nuestra especie está en peligro.

—¿Por qué? —preguntó asustada.

—Porque nuestras mujeres cada vez tienen menos hijos y mueren más de los que nacen, en unos años desapareceríamos —dijo él preocupado por su reacción—. El Consejo de ancianos decidió levantar la prohibición de tener hijos con humanos...

75

—¿Me estás diciendo que me has dejado embarazada para perpetuar tu especie? —Jessi estaba alucinada.

—No. ¡Sí! ¡Joder, qué lío! —dijo él mesándose el pelo—. Al principio tenía que encontrarte y acostarme contigo para que te quedaras embarazada, pero luego tú eras mi pareja. Entonces todo fue natural.

—¿Tenías que encontrarme a mí? ¿Por qué? ¿No te valía cualquiera? —preguntó más interesada que enfadada.

—El Consejo, a través de un programa de ordenador, sacó tu nombre —dijo él rápidamente.

—Y tú tenías que conocerme y enamorarme. Tenías que dejarme embarazada, ¿y luego qué? ¿Me mataríais y os quedaríais con mi hijo? —preguntó ella indignada.

—No, claro que no. El Consejo garantizaría vuestra seguridad. Me aseguré de ello —respondió indignado—. Pero resultó que eras mi pareja. Era increíble. Por eso te traje aquí, en lugar de cortejarte. ¡Vi que te asustabas y te secuestré!

—Pero me dejaste embarazada —le dijo con los ojos entrecerrados.

—Ni siquiera lo hice a propósito —le dijo arrepentido—. Te deseo tanto, que me fue imposible no hacerte el amor. En ningún momento pensaba en dejarte embarazada y mucho menos en que pasara tan rápido.

—No me gusta ese Consejo tuyo —protestó ella—. Nos quiere utilizar como si fuéramos conejas. Tienes que hacer algo, mi amor.

—Ya lo has hecho tú —dijo él sonriendo.

—¿Cómo?

—Eres mi pareja, ¿no lo ves? Nadie se va a someter a este experimento, si su pareja está por ahí fuera —dijo él sonriendo—. Todos los no emparejados, buscarán su mitad.

Ella sonrió. —Pues me alegro. ¿Y cómo los ayudaremos?

Alón se echó a reír. —Mi amor, vamos por partes. ¿No crees que tienes bastante de momento?

Jessica se despertó por el olor a café. Abrió los ojos y vio un paquete a su lado en la almohada. Se levantó apoyándose en su brazo y se sentó en la cama. Estaba rodeada de paquetes de todos los tamaños y se echó a reír.

—Buenos días —dijo Alón desde la cocina—. ¿Has dormido bien?

—Cariño, ¿qué es todo esto? —preguntó abriendo el paquete que tenía más a mano.

—Otra sorpresa, pero espero que estas sean de las que te gustan —dijo llevándole un zumo de naranja a la cama.

El primer paquete era un frasco de Chanel N°5. —Me encanta este perfume —dijo colocándolo sobre la mesilla y cogiendo otro regalo. Era ropa interior de La Perla—. ¿Esto lo has comprado para ti? —preguntó ella riéndose.

—Me gusta verte con lencería negra —comento él disfrutando de cómo se reía

Un bolso de Dior, maquillaje de Lancôme, una cadena de oro. Ella se levantó de la cama y le abrazó. —No hace falta que hagas regalos para demostrarme que me quieres... —le dijo ella dándole un beso en los labios—. ¡Pero me encantan! —chilló ella con alegría.

Fue corriendo al baño. —¿Está el desayuno? —gritó desde el baño—. ¡Tenemos hambre!

—Quedan dos minutos —respondió volviendo a la cocina. Mientras oía el ruido de la ducha, Alón dio gracias por la suerte que tenía, aunque no sabía a quién, pues ellos no creían en Dios.

Jessica salió del baño con una toalla y se dirigió al vestidor. Salió con unos vaqueros y en sujetador. —Cielo, ¿me cambias los apósitos? Se han humedecido.

Alón se acercó a ella y le quitó las gasas lentamente. —Bueno, si teníamos dudas de que estabas embarazada, ya no las tenemos.

—¿Por qué? —preguntó mirándose en el espejo—. Vaya… —Jessica se pasó la mano por la cicatriz—. Está curada.

—Algo que se me olvidó decirte, es que nos curamos con más rapidez que vosotros —dijo él observándola a través del espejo—. Hay que quitarte esos puntos.

—La mitad se han caído solos —observó ella.

—Ponte una camiseta, quiero que Rem te lo vea.

Jessica se puso una camiseta de tirantes amarilla. Dos minutos después aparecían los chicos por la puerta. —Buenos días.

—¿Cómo está la futura mamá esta mañana? —preguntó Semir con su habitual sentido del humor.

—Hambrienta —respondió.

—Rem, ¿le puedes mirar las heridas? Creo que están curadas —le dijo Alón.

—Claro. —Rem se acercó a Jessi, que se levantó la camiseta hasta la herida. —Vaya, esto está muy bien. Taix, acércame las pinzas.

Casi ni notó cómo le quitaba los puntos del costado y menos los del codo. —Casi no tengo cicatriz. Rem, eres un artista.

Rem sonrió. —Gracias.

—¿Desayunamos? —preguntó ansiosa—. ¿He dicho que estoy hambrienta?

Los chicos se echaron a reír. La trataron como una reina, le sirvieron todo lo que le apetecía. Cuando se sintió satisfecha suspiró. —¿Sabéis? Vais a ser unos esposos buenísimos. Tenemos que ver cómo hacemos para encontrar a vuestras parejas.

Ellos miraron a Alón. —¿Se lo has contado todo? —preguntó Rem sorprendido.

—Creía que era lo mejor, después de lo de ayer por la noche. Soltarlo todo —dijo él sonriendo cogiéndole la mano a Jessica.

—¿Cuándo es la boda? —preguntó Taix mirando el anillo.

Jessica sonrió. —No lo hemos pensado todavía.

Blix llegó con ese momento. —Buenos días, señores. Mi xedarxse.

—Buenos días, Blix —dijo ella—. Si vas a la compra, ¿puedes traer más fruta? —Lo pensó mejor. —Mucha fruta.

Alón se echó a reír. —Blix, trae mucho de todo. Jessica acaba con lo que encuentra.

—Por supuesto. Mi xedarxse tiene buen apetito.

Jessica puso pucheros. —Cuando me ponga gorda como una vaca, no te reirás tanto y no podrás hacer nada, porque el culpable habrás sido tú.

Blix puso cara de asombro. —¿Mi xedarxse espera descendencia? Oh, qué bien... —dijo con los ojos llenos de lágrimas—. Un niño en esta casa o incluso un Xedarx, un honor...

Jessica lo miraba emocionada. Se notaba que Blix les tenía mucho cariño. —Hay que empezar a preparar la habitación... —siguió Blix—. Sólo tenemos cuatro meses y hay mucho que hacer...

—¿Cuatro meses? —preguntó ella con el ceño fruncido.

Rem intervino —No sabemos todavía cuándo darás a luz. Normalmente para nosotros son cuatro meses, pero en la combinación contigo, no sabemos qué pasará. A partir de los cuatro meses, puedes dar a luz cuando sea.

—Genial, estaré en la cuerda floja de los cuatro hasta los nueve meses —dijo ella irónica.

Alón la abrazó y le acarició la espalda. —¿Qué tal si vamos a por los muebles y los trasladamos a tu nuevo piso?

Ella le miró con el ceño fruncido. —Cariño... ahora ya no vale.

—¿Por qué? —preguntó confundido.

—Porque ahora necesitamos más espacio —dijo ella convencida—. Necesitamos habitaciones para los niños y una habitación con puerta. Todo ha cambiado.

Los chicos gimieron detrás de ella.

Alón se dio cuenta de que tenía razón. En ese momento sonó el teléfono de Semir.

—Jefe, tenemos un problema con uno de los nuestros en la universidad.

—¿Qué ha pasado? —preguntó muy serio

—Se ha puesto gallito y en clase ha empezado a lanzar libros contra el profesor. Mentalmente —dijo muy serio.

—Joder, ¿es estúpido? —dijo Rohr.

—Ha llamado su madre porque está en el despacho del Rector —continuó Semir.

—¿Saben que lo hizo él? —preguntó Jessica.

—Lo tienen retenido por gritarle al profesor, no por tirar los libros.

—Bien, ¿sugerencias? —preguntó Alón.

—Coger a ese gilipollas y pegarle una paliza —dijo Taix.

—¿Y si Semir hace creer que hay fantasmas? —sugirió Jessica—. Sólo tiene que decírselo a un par y ellos correrán el rumor por toda la Universidad. Se olvidará en una semana.

—Y luego… —dijo Alón mirando a Taix—, dale una lección a ese imbécil. Que no se olvide en su vida de quienes somos y para lo que estamos aquí. Dile de mi parte, que como vuelva a hacer algo que nos exponga, le voy a meter las pelotas por la garganta y su madre tendrá que visitarlo en el cementerio.

Jessi se acercó a su oído. —Me has puesto cachonda —le susurró.

—¡Todos fuera! —ordenó él.

Desaparecieron todos en menos de un segundo. Alón la cogió por la cintura y la pegó a su cuerpo besándola intensamente. —Me vuelves loco —le dijo con voz ronca—. Sólo tienes que hablarme y me pongo a cien.

Jessica se desabrochó los pantalones y cuando consiguió quitárselos, empujándolos con los talones, Alón la cogió por los glúteos levantándola hasta sentarla en la encimera de la cocina. Ella gritó al sentir el frío del mármol. Le arrancó las bragas y se desabrochó los pantalones. Jessica se agarró a sus hombros, clavando sus uñas a través de la camiseta cuando la embistió. Empujó en ella fuertemente una y otra vez, haciéndola gritar hasta llegar al abismo. Minutos después mientras intentaban recuperar el aliento, Jessica dijo agotada —Me encanta esta encimera.

Unas horas después, Jessica estaba con un gran block que le había dado Blix, haciendo distintos planos para la nueva casa. Los chicos estaban en el gimnasio y ella tenía que entretenerse en algo. Estaba volviéndose loca buscando las posibilidades para que todo entrara en los tres apartamentos. Eran muchos metros y quería que quedara lo mejor posible. Tendrían que meter obreros y no sabía cómo se iba a tomar eso Alón.

Se le cayó el lápiz al suelo y ella suspiró. —Venga, nenes. Ayudar a mami —dijo mirándose la barriga. Entonces el lápiz se levantó del suelo y se colocó encima del block de dibujo. Jessica estaba asombrada y de repente se echó a reír. —Sois los nenes más listos del mundo entero... —dijo acariciando su barriga—. ¿Queréis que ponga música? —preguntó levantándose y yendo hasta la cadena musical. Eligió una cadena de música clásica porque había oído que a los niños les gustaba. —¿Os gusta esto? —De repente la radio se volvió loca, pasando por varias cadenas hasta llegar a una de éxitos musicales de los ochenta. —Michael Jackson... tenéis buen gusto.

Ese juego le estaba gustando, pero no se le ocurría nada que hacer con lo que había allí. Abrió la puerta del piso. —Blix, ¿estás por ahí?

Blix apareció enseguida. —¿Mi xedarxse necesita algo?

—¿Hay por ahí algún juego de unir palabras? ¿O unir letras? — preguntó ella pensando que creería que estaba loca.

—¿Algo cómo el Scrabble?

—Sí, ese sería perfecto —dijo ella riendo.

—No, los señores no tienen. Pero puedo ir a la juguetería que hay al final de la calle —dijo él enseguida.

Ella se quedó pensando. —No, voy a ir yo y veo lo que tienen.

—La acompaño, mi señora —dijo Blix—. No debe coger pesos.

—Perfecto —dijo sonriendo.

Cinco minutos después llegaban a la juguetería. Jessica entró y se quedó impresionada. Había una casita de caramelo en medio de la tienda. Realmente precioso.

—Blix, esto va a ser divertido.

Cogió varios juegos educativos y el Scrabble. Cuando pasó al lado de un grupo de muñecas, una muy bonita de trapo se cayó sospechosamente al suelo. —Nena, pórtate bien.

Cogió disimuladamente la muñeca y la metió en el carro. Siguieron mirando por los pasillos y llegaron a una zona llena de coches de juguete. Una caja con un camión de bomberos empezó a seguirlos por el pasillo. —Vale, uno para cada uno. Pero ya está bien por hoy. —Cogió la caja del camión y lo metió en el carro.

Ya se iban cuando vieron los Telesketch. Jessica le comentó a Blix —Esto es perfecto.

Se le apetecieron unos caramelos y Jessica cogió algunos. —¿Quieres uno, Blix?

—Gracias, señora —dijo Blix cogiendo una piruleta enorme.

—¿Tienes hijos? ¿Por qué no les compras algo? —dijo ella animándolo.

—No tengo pareja, mi señora —dijo tristemente—. Por lo tanto, no tengo hijos.

—Lo siento mucho. ¿Entonces vives solo? —preguntó intentando conocerlo mejor.

—Sí, no tengo familia y vivo en un apartamento cerca de aquí —le respondió él cogiendo las bolsas después de que Jessica pagara.

Llegaron la loft enseguida comiendo ambos una piruleta. Cuando entraron por la puerta, Alón estaba en medio del salón con los brazos cruzados y cara de pocos amigos.

—¿Dónde estabais?

—Fuimos a la juguetería del fondo de la calle —respondió ella sonriendo—. ¿Dónde están los chicos? Quiero enseñarles algo.

—Bajarán en cuanto se duchen. —Seguía enfadado. —Tenías que haberle dicho a alguien dónde estabas.

—Fui con Blix al final de la calle, pero no te enfades que quiero decirte algo —dijo risueña. Buscó en las bolsas sacando la muñeca y el camión de bomberos.

Alón sonrió cogiendo la muñeca. —¿No es un poco pronto para comprarles cosas?

—Eso es lo bueno, que no los he escogido yo —dijo ella pletórica—. Los han elegido los niños.

—Estás emocionada e imaginas cosas.

—Imagino, ¿eh? —dijo ella con las manos en las caderas.

En ese momento llegaron los chicos. —¡Ya estáis aquí! —dijo ella dando saltitos por la habitación—. Sentaros en el sofá.

La miraban como si estuviera loca y mientras se sentaban, no le quitaban la vista de encima. —Mi prometido cree que me estoy volviendo un poco loca, así que le voy a demostrar lo listos que son mis hijos.

Dejó la muñeca y el camión encima de la mesa de café. —Nena, cielo...dile a papá qué juguete has elegido tú. —La muñeca se movió a la

84

derecha de la mesa. —Nene, mi amor, enséñale a papá el que has elegido tú. —La caja del camión se movió encima de la mesa.

Los cinco hombres miraban los juguetes con la boca abierta. Jessica acariciaba la barriga. —Lo habéis hecho muy bien.

—Nunca había visto algo igual —dijo Rem—. Pensaba que ellos influían en ella dándole algún don como ver las cartas, pero son ellos los que piensan.

—Ninguna de nuestras hembras ha pasado por esto. Ni los recién nacidos tienen estos dones —dijo Alón—. Los van adquiriendo a medida que crecen.

—¿Queréis ver algo más? —preguntó ella riendo.

—¿Hay más? —preguntó Alón palideciendo.

Jessica se acercó a la radio y la encendió. Puso música clásica y miró su barriga. —Nenes, ¿por qué no le ponéis la música que os gusta a papá?

La radio pasó por varias emisoras hasta llegar a una canción de Justin Bieber. Jessica hizo una mueca. —Antes eligieron una de Michael Jackson.

—Hablas con los niños y ellos te responden —dijo Taix alucinado—. ¡Y tienen gustos!

Jessica se acercó a las bolsas. —Por eso he ido a la juguetería.

Sacó el Scrabble y apartando los juguetes, abrió la caja sacando los cuadraditos con las letras. Alón la ayudó a abrir la bolsa de plástico y tirar las letras en la mesa de café.

—Quería comprobar hasta dónde llegaba su inteligencia —dijo ella esparciéndolas sobre la mesa. Miró a Alón—. ¿Qué pregunta les hacemos?

—Empieza con algo fácil —dijo Alón.

—Nenes de estas letras, ¿cuál es la letra a? —preguntó ella mirando las letras.

Todos estaban mirando las letras de encima de la mesa. Pero no se movió ninguna. Jessi suspiró.

Taix que no apartaba la vista de las fichas dijo —Esto me parece muy difícil para ellos.

Jessi lo intentó otra vez. —Si le enseñáis a papá la letra a, me como otro caramelo.

Las letras a se levantaron de la mesa.

Los chicos se echaron a reír. —¡Impresionante! —dijo Rem—. Ya saben lo que quieren y tienen carácter.

Jessi se acariciaba la barriga. —Lo habéis hecho muy bien y os merecéis ese caramelo —dijo buscando el caramelo en el bolso.

Cuando ya tenía el caramelo en la boca, se volvió a Alón. —Emotiva, ¿eh?

Alón estaba tan impresionado que no tenía palabras. —¿Preparamos la cena? —sugirió ella.

—¿Qué tal si pedimos pizza? —sugirió Taix.

—¡Sí! ¡Con pepperoni! —respondió ella.

Estaban cenando unas enormes pizzas de todos los tipos, cuando Rem mencionó —He estado pensando en la seguridad y en el futuro de Jessica con Alón. —Esas palabras centraron toda la atención en él. —Y creo que este edificio no nos sirve.

—Sí, yo había pensado lo mismo —comentó Rohr.

—¿Por qué? —preguntó ella asombrada.

—Necesitamos algo que tenga jardín, que esté vallado… —dijo Rem muy serio—. Que tenga cinco pisos y un gimnasio. Una gran sala común con comedor. Una sala de juegos y estudio.

Alón asintió. —Sí, estoy de acuerdo. Aquí hay cosas que no podremos tener.

—¿Cómo vais a conseguir eso en Manhattan? —preguntó ella riendo.

Rem sonrió. —En realidad ya lo he encontrado…

—¿De verdad?

—He buscado por Internet y he encontrado un edificio en venta que reúne todas las características, incluso tiene una piscina acristalada en el ático —dijo Rem buscando algo en el bolsillo trasero de sus vaqueros. Sacó unas hojas impresas con imágenes, que le pasó a Alón. Jessica acercó su silla a él para mirar. Tenía siete plantas, con un gran jardín en la parte de atrás rodeado por un muro. —Podemos hacer en el piso de abajo una gran sala de juegos y una enorme cocina con sala de estar —añadió Rem—. En el ático, podemos poner una oficina y un gran gimnasio al lado de la piscina. Cada planta puede ser diseñada para cada una de nuestras necesidades. El edificio tiene un aparcamiento subterráneo para treinta vehículos.

Jessica vio el precio impreso en las hojas y abrió los ojos como platos. —¡Cuesta cincuenta millones de dólares! —exclamó ella.

Alón levantó la vista de las hojas y la miró. —No me parece caro, sobre todo teniendo en cuenta que está Greenwich Village y el tamaño que tiene. —Alón sonrió mirándola. —Además es una zona perfecta, hay un parque cerca para los niños.

Ella no se lo podía creer y se metió un trozo de pizza en la boca, viendo como hablaban. Todos estaban de acuerdo. Rohr comentaba en ese momento la ventaja de hacer las obras mientras seguían viviendo allí. Jessica no daba crédito.

—¿Qué dices Jessica? ¿Te gusta? —preguntó Alón—. Por supuesto tenemos que ir a verlo, pero tiene buena pinta.

Jessica masticaba sonriendo y asintiendo, pero estaba preocupada. Cuando iba a abrir la boca para exponer sus dudas, Taix comentó —Además cuando vendas este, recuperarás casi toda la inversión.

Jessi miró a Alón. —¿Este edificio es tuyo?

Alón asintió mirando los papeles totalmente concentrado. —Bien, iremos a verlo. Pero Rem, no pongas este en venta. Lo alquilaremos por apartamentos. Rohr, llama al agente y pide una cita para mañana. Si nos vale, quiero cerrar la venta antes del fin de la semana que viene. — Alón repartía órdenes y Jessica no sabía qué decir. Descubrir que tu novio es millonario debería hacerte sentir genial, pero ella se daba cuenta de lo poco que lo conocía.

Se quedó callada durante toda la cena, mientras ellos hacían planes. Alón la miraba con el ceño fruncido de vez en cuando, pero ella no añadió nada.

Llevaban un rato tumbados en la cama. Jessica tenía la espalda pegada a su torso mientras él la rodeaba con su brazo, cuando Alón preguntó —Jessica, ¿estás bien? Durante la cena has estado muy callada.

Ella le acarició el brazo que la rodeaba. —Es que... no nos conocemos... —comentó ella en voz baja—. Cuando en la cena me he enterado de que tienes dinero, me dado cuenta que no sé nada de ti. Hemos ido tan deprisa que no sé ni siquiera si tienes familia, en qué consiste tu trabajo y un montón de cosas de las que ahora no me acuerdo, pero seguro que son importantes.

—Jessi, mírame —susurró Alón.

Ella se dio la vuelta mirándolo a los ojos. —Ni siquiera sé cómo te hiciste esa cicatriz —dijo acariciándole la mejilla marcada.

—Tengo treinta y seis años. Sólo tengo una hermana, Melina. Creo que ya te había hablado de ella. No tengo más familia. Los chicos son mi familia y por supuesto ahora tú. Y la cicatriz me la hice en un estúpido accidente de moto, cuando era adolescente.

Jessica no quiso interrumpirle. —Y tengo dinero. De hecho, todos lo tenemos. Gracias a mis conocimientos adquiridos —añadió él— . Hacemos buenas inversiones y eso nos ha proporcionado una fortuna. No ganamos nada como xedarx. Es un modo de vida proteger a nuestra especie.

—¿No tienes padres? —preguntó ella acariciándole el pecho.

—Mis padres murieron hace once años. Los asesinó un yonki para robarles el coche —dijo él en voz baja.

—Dios, no.... —gimió ella abrazándole.

—Ni siquiera lo vieron llegar. Los cogieron desprevenidos —añadió él—. Mi hermana sufrió mucho, pues tenía trece años. Se echó la culpa por no haberlo visto.

—Lo siento tanto. —Jessica no sabía qué decir. Lo que les había pasado era horrible.

Alón le acarició la cabeza. —¿Sabes? Antes de conocerte, no tenía relación con ningún humano. Sé que es irracional. En nuestra comunidad también hay mala gente, pero no podía evitar culpar a vuestra sociedad de lo ocurrido.

—Lo entiendo, mi vida. Y no te culpo.

—Tú tampoco tienes padres —dijo él acariciándole la espalda.

—Sí, murieron hace dos años en un accidente de coche —dijo ella—. Pero no es lo mismo, fue un accidente. Mi padre se despistó y no cogió una curva.

—Pero debió dolerte mucho —comentó él—. Además eres hija única.

Jessica suspiró. —Fue duro pensar que estaba totalmente sola. Fue muy duro.

—Ya no estás sola, mi vida. Nunca más estarás sola. Me tienes a mí, a los chicos y dentro de poco a los niños... —La besó en la frente.

—Sí... —Jessica suspiró. —Somos una familia.

Capítulo 7

Al día siguiente por la tarde fueron al edificio que Alón quería comprar. Era de estilo victoriano con una fachada preciosa. Entraron en la planta baja y se encontraron con cinco apartamentos que estaban muy viejos. Los chicos daban vueltas por la planta dando ideas sobre dónde estaría la cocina, el equipo de home cinema e incluso Jessica oyó algo de una mesa de pin pon. Las ventanas eran preciosas y entraba mucha luz. Jessica se imaginaba un espacio diáfano con una gran cocina y una gran mesa de comedor con espacio suficiente para unas veinte personas. No sabía por qué, pero sabía que en ese edificio viviría mucha gente.

—Alón. —Jessica le llamó desde un pequeño apartamento que había detrás de donde se imaginaba la cocina.

Alón se acercó a ella, guapísimo con unos pantalones de vestir y una camisa blanca con las mangas enrolladas por los antebrazos. —Dime...

—¿Qué te parece si dejamos este apartamento para Blix? —sugirió ella—. Vive solo y creo que estaría encantado de vivir aquí.

Alón la miró con el ceño fruncido. —¿Estás segura que quieres más gente en casa? Cariño, somos muchos y no quiero que te sientas agobiada.

—Tendremos intimidad en nuestra planta —dijo ella sonriendo—. Además me parece que cuando los chicos se unan, esta va a ser una casa de locos.

—Estás convencida de que los chicos van a encontrar pareja, pero eso puede que no pase —dijo él sonriendo.

—No lo sabemos y ya que nos mudamos, hay que pensar en todas las posibilidades —sentenció ella.

—Vale. Si a ti te parece bien, estoy de acuerdo —dijo Alón.

Cuando subieron a la primera planta, encontraron otros cinco apartamentos, las vistas del jardín de atrás eran preciosas.

—Las plantas del edificio son todas iguales, excepto el ático que como saben tiene una piscina —dijo el agente inmobiliario.

Decidieron subir al ático. —Esto es estupendo —dijo Jessica en voz baja al ver la gran piscina que tenía un techo de cristal en el tejado. En aquel espacio había sitio de sobra para poner el gimnasio e incluso podían poner un gran despacho para los chicos.

—¿Puede dejarnos un minuto? —le preguntó Alón al agente inmobiliario.

Todos reunidos cerca de la piscina, se pusieron a discutir el asunto. —¿Qué opinas? Jessica, ¿te gusta? —preguntó Alón.

—Me gusta mucho. Pero hay que hacer muchas obras para que quede como queremos —argumentó ella.

—Tenemos algo más de tres meses para hacerlas y no es mucho tiempo —dijo Taix—. Puedo ponerme con los planos esta misma noche, pero tardaré un par de días en terminarlos.

—¿Eres arquitecto? —preguntó ella.

—Son conocimientos adquiridos —susurró Alón.

—¿Conseguirás que las obras estén a tiempo? —preguntó Rem—. No quiero que Jessica esté estresada en su última etapa.

—Meteré todos los obreros que sean necesarios —dijo Taix—. En tres meses una vez finalizada la compra, creo que estará finalizada. Siempre que no haya problemas con los permisos.

—Eso lo agilizaré yo —dijo Rem.

—¿Cómo? —preguntó ella.

—Rem tiene una habilidad especial con los ordenadores —susurró Alón.

—¡Vaya! Entre vosotros sois autosuficientes, ¿verdad? —preguntó ella asombrada.

—De eso se trata, mi amor —respondió Alón.

Al día siguiente Jessica estaba sola en su salón, echando un vistazo al Vogue. Alón estaba trabajando, cuando Taix entró con un montón de planos. —¿Te importa si consulto contigo algunas cosas?

—Claro que no —dijo ella cerrando la revista—. ¿De qué se trata? —preguntó bajando las piernas del sofá.

—Estaba haciendo los planos… —dijo él extendiéndolos sobre la mesa de café—, y hay algunas variaciones, que quiero saber si te parecen bien.

—Dime... —dijo ella mirando aquel galimatías.

—Este es el plano de la planta baja. —Él señaló una gran zona con el lápiz. —Esto es el salón comedor. Este el apartamento de Blix. —Señaló una habitación cerca del salón. —Esta la habitación común de juegos y había pensado que aquí, que tenemos una habitación de unos cuarenta metros cuadrados, podíamos hacer un dispensario médico.

—Me parece muy bien, ¿pero no tenéis un hospital o algo así? —preguntó ella mirándolo atentamente.

—Sí, por supuesto. Pero a veces si tenemos heridas sin importancia, nos arregla Rem y creo que sería práctico tener un dispensario en casa.

—Vale, es buena idea. Siempre que esté muy bien cerrado para que los niños no tengan acceso a ella —comentó preocupada.

—Me ocuparé de eso —dijo Taix cambiando de hoja—. Ahora tu planta.

—¡Vaya! —dijo ella mirando los planos—. Es enorme...

—Tiene cinco habitaciones, cada una con su baño. Un gran salón con una pequeña cocina y...—dijo señalando un hueco al final del piso—, una sala privada de cincuenta metros cuadrados, para que hagas lo que quieras. Tu propio espacio.

—Has pensado en todo, ¿eh? —preguntó sonriendo sin apartar la vista de los planos.

—El ascensor va a dar directamente al salón. Hay una entrada a las escaleras que también van a dar al salón, así que si bajas un piso y no quieres esperar el ascensor, tienes un acceso rápido.

Alón y Jessica habían decidido escoger el tercer piso. Con buenas vistas y no demasiado alto. —Tu habitación en suite tiene un gran vestidor y un baño completo con ducha doble.

—¿Con hidromasaje? —preguntó sonriendo.

Taix asintió. —Una gran bañera. ¿Quieres sugerir alguna cosa que te apetezca?

—No sé lo que opinará Alón, pero a mí me encanta —dijo levantando una de las hojas—. ¿Y los chicos?

—Los demás no han sido muy originales —dijo riéndose—. Han dicho que lo que tú habías elegido, se lo pusiera a ellos.

—¿Y tú qué has elegido?

94

—Lo mismo —dijo él enseñándole su planta que era la segunda—. Me gusta la configuración y si en algún momento tengo familia, ya no habrá que hacer obras.

Ella le miró atentamente. —Espero que la encontréis todos pronto.

Él hizo una mueca. —Alón ha tenido suerte, muchos vilox se quedan sin pareja. Seguramente la mitad de estos pisos los habitarán solteros, pero están muy bien y mientras tanto podemos utilizar las habitaciones para otras cosas.

Jessica apretó los labios. —¿Los terminarás pronto? —preguntó queriendo cambiar de tema. Sentía que aquella conversación incomodaba a Taix.

—En cuanto todos me den el visto bueno —dijo él enrollando los planos.

En ese momento oyeron unos tacones que se acercaban a la puerta. —¿Quién es? —preguntó ella.

—Melina… —dijo Taix molesto—, y viene sin avisar, como siempre.

Una chica preciosa entró en el loft. Era morena de su estatura, sus ojos negros brillaban con alegría y tenía una cara de muñeca que llamaba la atención. Llevaba un vestido que Jessica acababa de ver en el Vogue de Stella McCartney de color verde, que en combinación con su melena por la cintura, parecía salida de la misma revista.

Jessica se levantó para darle la bienvenida a su futura cuñada. —Melina, me alegra mucho conocerte —dijo acercándose a ella.

Aquella belleza se echó a reír. —Me he presentado aquí para echarte un vistazo —dijo dándole un abrazo—. Bienvenida a la familia. Aunque debería estar enfadada porque Alón no me ha dicho nada.

—No podíamos decir nada —dijo Taix enfadado—. El Consejo nos lo tiene prohibido.

—Menos mal que el Consejo no puede detener mis visiones —añadió Melina cogiendo por los hombros a Jessica mientras miraba a Taix—. Sino no me enteraría de nada.

—¿Quieres tomar algo? —le preguntó ya que era su anfitriona. Estaba un poco descolocada por la actitud de Taix hacia Melina. Era incluso un poco agresivo con ella. —Por favor, siéntate.

Melina se sentó en el sofá dejando su bolso de Chanel a un lado. —¿Tienes Coca-Cola Light? Hoy hace un calor espantoso.

Taix miraba a Melina con los ojos entrecerrados, sentado en una de las butacas. —¿Y tú, Taix?

—Siéntate Jessica, ya lo cojo yo —dijo él levantándose de repente.

—Gracias —dijo sentándose al lado de Melina—. Dime, ¿cómo te has enterado?

Melina se echó a reír. —Esta noche he tenido uno de los mejores sueños de mi vida —dijo cogiéndole la mano—. He soñado contigo y con los bebés. Soy tan feliz por Alón... y por ti, por supuesto.

Taix colocó sobre la mesilla la Coca-Cola, un zumo para Jessica y una cerveza para él.

—¿Y no has considerado prudente llamar? —preguntó él de mala manera.

Melina le miró y puso pucheros. —Si lo hubiera hecho, no me hubierais dejado venir.

—Esto no puedes decírselo a nadie, Melina... —advirtió Taix con voz amenazante.

Melina respondió dolida. —¿Crees que haría algo que les hiciera daño?

Taix la miró fijamente y luego dio un sorbo a su cerveza. Jessica estaba un poco incómoda. Como si pasara algo, que ella no lograba captar.

—Me alegra que hayas venido —dijo ella al fin—. Estoy muy contenta de que haya otra mujer por aquí. —Miró a Taix y añadió con una sonrisa. —No te ofendas.

Taix sonrió. —Por supuesto, lo entiendo.

—¿Qué es eso? —preguntó Melina mirando los rollos de planos.

—Son los planos del nuevo edificio —respondió Taix molesto.

—¿Los has hecho tú? —preguntó desenrollándolos—. ¡Vaya! —Sonrió. —Es muy bueno.

—¿Te gustan? —preguntó Jessica.

—Me encantan —dijo ella mientras no se perdía detalle—. Pero aquí necesitáis otro baño —dijo señalando el cuarto de juegos.

—¿Por qué? —preguntó Taix quitándole los planos de las manos.

Melina se sonrojó. —Pues por los niños, claro. Si hay que cambiarlos, conviene que ahí haya un baño.

Jessica se dio cuenta de que tenía razón. —Melina, es una muy buena sugerencia. ¿No te parece, Taix? —Miró a su nuevo amigo, que parecía que estaba furioso.

—Sí —dijo de mala gana—. Haré los cambios.

—¿Quién va a decorarlo? —preguntó encantada porque le habían dado la razón.

Jessica se encogió de hombros. —Yo, supongo —dijo ella dudando.

—¿Quieres que te ayude? —preguntó entusiasmada—. Tú estarás incómoda y es mucho trabajo —razonó su cuñada cogiendo otra vez los planos de las manos de Taix.

Taix se resistió, pero al final cedió y se los pasó. —Soy decoradora y me va a encantar ayudarte a escoger muebles, colores y todas esas cosas.

Jessica suspiró de alivio. —Gracias, esto es un trabajo demasiado grande. —Sonrió a su cuñada. —Toda la ayuda que puedas darme, te la agradezco.

—Sí, decidió hacerse decoradora cuando podía haber sido cualquier cosa de provecho —dijo Taix ácidamente.

—Es que no todo el mundo puede tener un trabajo tan importante como ser un xedarx —respondió Melina irónicamente.

—Sí, algunos nacen para decorar y otros para trabajar —añadió Taix.

Jessica los miraba como a un partido de tenis y de repente se echó a reír. —¿Siempre os tratáis así? —Ellos se la quedaron mirando. —Parecéis una pareja que lleve casada veinte años…

Taix miró a Melina. —Son las hormonas...

Melina desvió la mirada y enrolló los planos tendiéndoselos a Taix.

—Me tengo que ir… —dijo Melina levantándose—, pero volveré pronto.

—¿Tienes algún salón que decorar? —preguntó Taix sin levantarse del sillón.

—Pues, sí —dijo ella muy seca—. Exactamente.

Jessica se acercó a la puerta y Melina la abrazó. —Volveré en cuanto tenga un hueco y hablamos.

—Ven cuando quieras —dijo Jessica sonriendo.

Cuando Melina se fue, Jessica se dio la vuelta y vio a Taix mirando el vacío. —¿Estás bien? —preguntó ella acercándose—. Soy buena escuchando.

—Todo está bien, Jessica. —Cogió los planos y fue hacia la puerta. —Nos vemos luego.

Sophie Saint Rose

Capítulo 8

Pasaron los días y Jessica cada vez se encontraba mejor. Estaba radiante. La mañana del sábado se levantó desnuda de la cama y fue al baño intentando no despertar a Alón. Cuando salía del baño, siguiendo un impulso se miró al espejo poniéndose de costado. Empezaba a tener barriga. Jessica se palpó con la mano con el ceño fruncido. Era muy pronto, pero como no sabía cómo eran los embarazos Vilox, no tenía mucha idea. Cogió la bata y se la puso antes de salir del baño. Se paró en seco cuando llegó a la habitación. Un montón de cajas de zapatos y rosas estaban por toda la estancia. Había rosas de todos los colores en jarrones de cristal. Miró a Alón echado en el centro de la cama. A su gran y perfecto cuerpo, sólo lo cubría una sábana por la cintura y la miraba sonriendo.

—Es sábado.

Jessica asintió sonriendo. —¿Sabes? Me está empezando a gustar esto de las sorpresas.

—Querías unos zapatos, te los había prometido —dijo él viéndola abrir una de las cajas, sacando unas sandalias fucsias, que eran tan hermosas que daban ganas de llorar.

Jessica se echó a reír mientras abría otra caja. —Me estás mimando demasiado —dijo sacando unas sandalias negras con un broche en un costado. Miró a su alrededor—. Aquí debe haber veinte pares de zapatos.

—Veinticinco —respondió él extendiendo la mano—. Ven aquí, nena.

Jessica se acercó a la cama mirándole a los ojos, mientras se quitaba la bata y se quedaba desnuda delante de él. —¿Has visto? Ya tengo algo de barriga —dijo cogiendo su mano y colocándola sobre su vientre.

Alón se incorporó poniendo su gran mano extendida sobre ella, acariciándola. —¿Cómo te sientes? ¿Estás lista para el concierto de esta noche?

—¿Conseguiste las entradas? —preguntó ella extasiada—. ¡Pero si no había!

—Soy un hombre de recursos —dijo besándole un pecho.

—¿En serio? —dijo ella gimiendo—. ¿Por qué no me muestras esos recursos de los que presumes?

Ella le abrazó cuando sonó el móvil. Alón se separó a regañadientes de ella y cogió el teléfono. —Rohr, ¿sabes qué hora es?

Alón se puso muy serio. —¿Cuándo?

Jessica se puso la bata y se sentó en la cama. Alón se levantó y fue hacia el vestidor. —Te veo en el aparcamiento en cinco minutos.

Alón se vistió rápidamente con unos vaqueros y una camiseta negra. Salió del vestidor poniéndose la pistolera. Jessica vio como manipulaba el arma. Fue al baño y se puso las lentillas.

—¿Es grave? —preguntó mientras se ponía una parka de verano, para disimular la pistola.

—Todavía no lo sé —dijo él acercándose a la cama y dándole un rápido beso—. Te veo luego. —Salió sorteando las flores y las cajas de zapatos.

Ella miró su barriga y se la acarició. —Papá se va a trabajar.

Una caja de zapatos de las que tenía sin abrir, se puso sobre la cama y ella rió.

Rohr, Rem y Semir estaban en el aparcamiento sobre sus motos cuando Alón llegó. —Rápido, a casa de Naurx.

Salieron del garaje y se incorporaron al tráfico, que a esa hora era denso. Sorteando los vehículos a toda velocidad, eran las ocho menos veinte de la mañana cuando entraron en la mansión de uno de los miembros del Consejo, situada en la Avenida Madison.

Alón abrió la puerta mentalmente y entró en el vestíbulo donde estaba Mirus hablando con el mayordomo. Los cuatro se acercaron al miembro del Sahr. —¿Dónde está? —preguntó Alón.

—En su despacho —contestó Mirus—. Le han asesinado, Alón. Algo inconcebible. —El anciano parecía descompuesto.

Alón miró al mayordomo. —Dele un brandy y que se siente en una silla. No quiero que se desmaye.

Alón miró a sus hombres. —Rem, puertas y ventanas. Que absolutamente nada salga, ni entre en la casa. Semir, interroga a quien viva en la casa. Rohr, ven conmigo.

—¿Dónde está el despacho? —le preguntó al mayordomo.

El vilox señaló una puerta.

Alón y Rohr se dirigieron a la puerta. Alón la abrió mentalmente para preservar pruebas. Entraron en la estancia. Un gran escritorio de estilo francés dominaba la habitación. En las paredes, estanterías llenas de libros encuadernados en cuero y cuadros de paisajes. Una chimenea a la derecha, con un sofá de cuero mirando hacia ella. Allí estaba el cadáver. Sentado frente a la chimenea con los pies apoyados en una otomana, su cabeza caía hacia atrás con un tiro en la frente. Su mano derecha caía fuera del brazo del sofá y una copa de balón estaba tirada en el suelo.

—Lo pillaron totalmente desprevenido —dijo Rohr mirando la escena del crimen.

Alón echó un vistazo a su alrededor. —No hay signos de lucha, ni de robo. El que lo mató, vino exclusivamente a eso.

—Por la posición del tiro, estaba de pie prácticamente delante de él —dijo Rohr—. ¿Por qué no se movió?

—Porque no lo vio venir —dijo Alón—. Estaba de espaldas a la puerta, no la hubiera visto abrirse.

—Pero lo habría sentido —opinó Rohr—. Si era uno de los nuestros...

—Pudo pensar que era el mayordomo —dijo Alón acuclillándose al lado del cadáver para ver el vaso vacío.

Rohr miró a Alón. —Tenía que pasar a su lado antes de quedarse en frente de él.

—Sólo hay una manera de que no lo viera —dijo Alón.

—No hay un invisible desde hace tres siglos.

—¿Si tú nacieras con el don de la invisibilidad, se lo dirías a alguien? —preguntó Alón—. Su familia lo protegería y no diría nada.

—Todos los que tenían ese don abusaron de él, poniéndonos a todos en peligro —dijo Rohr.

—No descartemos la posibilidad —respondió Alón—. De momento saca fotografías de todo. Yo voy a revisar sus cosas.

Alón se dirigió al escritorio y se puso unos guantes de látex que llevaba en la cazadora. Abrió los cajones y empezó a revisar los documentos. A medida que los iba revisando, los iba apilando sobre el escritorio. Sacó todo hasta dejarlo vacío, incluidos los cajones que revisó por la parte de abajo. Revisó el interior de los huecos y debajo del escritorio. Allí no había nada. Descolgó todos los cuadros y encontró una caja fuerte.

—Rohr, llama a Rem.

Mientras llegaba su compañero, comenzó a revisar los libros. Llevaba cinco cuando apareció Rem, que fue directamente a la caja fuerte. La miró fijamente y se abrió. —Hecho. ¿Necesitáis ayuda?

—¿Las puertas y ventanas? —preguntó Alón sacando lo que había en la caja.

—No han sido forzadas, todo está en orden —dijo Rem cogiendo uno de los libros y revisándolo.

Alón puso todo lo que había en la caja sobre el escritorio. —Inversiones, dinero en efectivo, un reloj de oro...aquí no hay nada.

—¿Dónde está su ordenador? —preguntó Rohr—. Estamos en el siglo veintiuno. Todo el mundo tiene un ordenador.

Alón frunció el ceño. —Cierto.

Rem cogió un libro de la estantería, pero no salía. —Tíos...

Se acercaron a Rem, que tiró del libro hacia él, haciendo que un panel de la pared se abriera. Era una abertura de unos cincuenta centímetros por cincuenta. Allí estaba el ordenador portátil y un disco duro externo de memoria.

—Rem, ya tienes trabajo —dijo Alón.

Rem cogió el ordenador y lo encendió conectando el disco duro externo por USB.

—Tardaré un rato.

—Seguiremos aquí y en su habitación —dijo Alón viendo como la pantalla del ordenador cambiaba de imagen rápidamente.

Alón siguió con los libros y llegó Semir. —Sólo hay un mayordomo por la noche. La doncella y la cocinera se fueron ayer a las nueve y él seguía vivo. Todavía no han llegado.

—Que las manden a casa con cualquier excusa en cuanto lleguen. ¿Qué sabe el mayordomo? —preguntó Alón mientras estaba con un libro.

—Ayer a las nueve y media le sirvió un brandy. Estaba sentado en el sofá. Le dijo que se podía retirar por esa noche y se lo encontró así esta mañana —dijo Semir cogiendo un libro y revisándolo—. No escuchó nada raro.

Alón miró hacía el carrito de los licores. Cinco botellas de cristal tallado estaban en él. Todas estaban llenas menos una, la de brandy. Pero no faltaba mucha cantidad, lo suficiente para una copa. —Murió de nueve y media, a diez —dijo Alón—. No se tomó más de una copa.

—Jefe… —dijo Rem—, mira esto.

Alón se acercó. Una foto de Jessica estaba en pantalla. —Está toda su vida. Desde su nacimiento hasta la actualidad. —Las imágenes de Jessi se continuaban. —Estuvo vigilada mucho tiempo.

Alón se tensó. —Es un miembro del Sahr —dijo él—. Puede que todos tengan esa información. —Miró a Semir. —Tráeme a Mirus.

En la sucesión de imágenes hubo una que le llamó la atención. —Vuelve atrás —le dijo a Rem

Las imágenes retrocedieron hasta llegar a la que quería. —Esa. —La imagen se detuvo. Jessica estaba en su calle acompañada de Blix, que llevaba las bolsas de la juguetería.

—La siguen todavía —dijo Rem.

En ese momento llegó Mirus que vio el ordenador. —¿Es el ordenador de Naurx? —preguntó mirando la imagen.

—¿Usted tiene esa información? —preguntó Alón.

El anciano frunció el ceño mientras veía la sucesión de imágenes que había puesto Rem en movimiento.

—No —dijo Mirus mirando atentamente—. La mayoría de esas fotos no las había visto nunca. ¿Hay algo aparte de fotos?

Rem hizo que aparecieran certificados médicos, expedientes de estudios, permiso de conducir, certificado de nacimiento... —Esa es la información que el programa debió analizar para llegar a su nombre — dijo Mirus—. Yo sólo tengo la información general que nos proporcionaron los programadores.

Alón apretó sus puños. —Quiero los nombres de los programadores y la dirección de dónde trabajaban.

Mirus asintió. —La tengo en mi despacho. La tendrás en menos de una hora. Pero desde ahora te digo, que no sabían nada sobre tu pareja. Son humanos.

Alón estaba furioso. —¿Está diciendo que algo tan importante como esto, lo dejaron en manos de humanos?

—¡No podíamos dejar una información así en manos de un vilox! —se defendió Mirus—. Pedimos determinados parámetros y ellos se encargaron de conseguir la información.

—Le pedí esa información hace días. Tiene dos horas —dijo Alón amenazante—. O sino, iremos nosotros a buscarla.

—Alón... —dijo Rohr intentando calmarle.

Mirus le miró fijamente. —Xedarx, no cruces la línea. No olvides con quién estás hablando.

—No olvide usted con quién habla —dijo Alón entre dientes—. No dejaré que nadie se ponga en mi camino.

La tensión se palpaba en el ambiente. Mirus bajó la mirada y salió de la estancia lentamente.

—Te la estás jugando, Alón —dijo Rohr preocupado—. No quiero que dejes a Jessica viuda antes de tiempo.

Alón miró a Rem. —Llévate todo eso e imprime todo lo que haya sobre Jessica. Utiliza el gimnasio para poner toda la información en la pared. Te llamaré en cuanto tenga la información de Mirus, para ir a ver a esos programadores. Semir, quiero que compres sensores de movimiento y los coloques en todo el edificio. También sensores de calor corporal. Sobre todo en mi planta. —Miró a Rohr. —Llama a Taix y dile que vigile a Jessica, que no la deje sola en ningún momento. Después encárgate de él —dijo señalando a Naurx—. Yo voy a revisar su dormitorio.

Las horas pasaron rápidamente. Alón revisó cada camisa, cada revista o caja que se encontró en su camino. No le quedó ningún lugar donde mirar en su dormitorio.

Volvió al estudio y revisó más a fondo. Incluso movió muebles. Allí no había nada más. Rohr ya se había llevado el cuerpo. Sería certificado por uno de sus médicos e incinerado rápidamente. En ese momento le llegó un mail al móvil.

—Una hora más tarde... —Llamó a Rem en cuanto lo leyó. —Reúnete conmigo en la cuarenta y siete con Lexington en veinte minutos.

Salió de la casa cerrando la puerta y se subió a la moto. Arrancó después de ponerse el casco y cogió velocidad. Sólo pensar que todo aquello tenía que ver con Jessica, le ponía los pelos de punta. Por precaución tendría que tenerla vigilada.

Llegó a la dirección que le había dado Mirus y esperó a Rem apoyado en su moto. Observó el edificio donde tenían que entrar y frunció el ceño. La primera planta parecía vacía. No esperó más. Decidió entrar. Subió los escalones y abrió la puerta del portal. Allí no había ninguno de los suyos. Ni tampoco humanos aparentemente. Recorrió la planta y estaba vacía. Oyó que Rem entraba. —Estoy aquí. —Rem subió los escalones de dos en dos. —Aquí no hay nada.

Rem llegó hasta él y miró a su alrededor. Revisó las oficinas y sonrió. —No son tan listos como creen. Se acercó a la clavija del teléfono. Pegado a la clavija estaba colocado un módem de ordenador. —Se llevaron los ordenadores y dejaron los módems. Seguramente para que los recoja la compañía de teléfonos.

—¿Puedes localizarlos? —dijo Alón cabreado por el retraso.

Rem arrancó el módem de la pared. —Con este número los localizaré enseguida, necesito un ordenador con Internet.

—Vamos —dijo Alón saliendo de allí.

Estaban en la calle y Alón vio un cibercafé. —Allí —dijo señalando el sitio.

Se dirigieron hacia allí y Rem fue hacia un ordenador, mientras Alón pedía dos cafés. Se los acababan dar cuando Rem se acercó y le dijo —Los tengo, se han trasladado a otro edificio. Están aquí cerca.

—¿Tienes la placa? —preguntó Alón.

—Sí, la llevó conmigo. —Y añadió sonriendo. —Impresiona a las humanas.

—Pues a ver si impresiona a estos —respondió Alón.

—Deberíamos haber traído a Taix —dijo Rem minutos después entrando en el edificio.

—Mientras los sistemas de seguridad no estén ajustados, lo quiero con Jessica —dijo él acercándose a la recepcionista.

—Buenos días. ¿En qué puedo ayudarles? —dijo aquella rubia demasiado maquillada, comiéndoselos con los ojos.

—Buenos días —dijo Alón mirando la placa que llevaba en el pecho—. Nancy. Queremos hablar con el responsable de este sitio.

—El señor Jenkins está en una reunión en este momento con unos clientes —dijo sonriendo.

Sacó la placa del bolsillo. —Pues dígale que salga, que la policía quiere hablar con él.

Nancy se quedó parada mirándolos sorprendida y luego reaccionó levantando el auricular del teléfono. Cinco minutos después un hombre de unos cincuenta años aparecía en la recepción. —Señor Jenkins, ¿podemos hablar en privado?

El hombre al ver la placa se asustó. —Por supuesto, pasen por aquí. —Les llevó a su despacho. —Por favor, siéntense. —Se sentó en su sillón. —¿De qué se trata?

—Estamos investigando cierta información sobre un programa de ordenador que ha hecho su empresa. Queremos hablar con el Sr Wilson y el Sr Harrison.

El hombre se levantó aliviado y salió del despacho. —Muy amable —dijo Rem con sorna.

—Está cagado —respondió Alón.

Los tres hombres aparecieron enseguida.

—¿Qué está pasando? —preguntó un hombrecito de unos treinta años con gafas de pasta que estaba muy nervioso.

—Queremos información sobre cierto programa de ordenador. Sobre encontrar a ciertas mujeres, utilizando todas las bases de datos que pudieran encontrar. ¿Les suena? —dijo Alón levantándose para intimidarlos.

El otro hombrecito de unos cuarenta años y delgado como un junco, se movía nervioso de un pie a otro. —Charlie se encargó de hackear, yo sólo hice el programa para seleccionar dentro de esas bases de datos.

Alón cruzó sus grandes brazos. —¿Le han dado ese programa a alguien?

El tal Charlie negó con la cabeza. —Sólo dimos el resultado del programa. Un nombre.

—¿Y han dado a alguien la información que utilizó el programa sobre ese nombre? —preguntó Alón mirando fijamente al junco.

—El hombre que solicitó el encargo sólo se llevó el nombre y datos generales de ese resultado.

Alón miró de reojo a Charlie, que le sudaba el bigote. —Charlie, no me hagas perder el tiempo…porque como me entere de que no colaboras, te voy a meter en chirona.

—Un hombre mayor me paró en la calle y me dio seis mil dólares por toda la información que había utilizado el ordenador para sacar el nombre de Jessica Stuart —dijo el enano temblando—. Pensé que era algo de espionaje industrial o algo así.

Alón miró al jefe de esos dos idiotas. —¿Le importaría que mi compañero revisara sus ordenadores y el programa? Es cuestión de vida o muerte.

El hombre asintió. —Por mí no hay problema. Además, el programa ya está pagado, así que nos da igual.

Les guiaron a dos ordenadores, que estaban en dos cubículos en dos partes distintas de una estancia enorme. —Procure no dañar nada, por favor —dijo el señor Jenkins.

—No se preocupe, es un profesional —dijo Alón.

Rem se sentó en uno de los ordenadores y movió el monitor de tal manera que nadie viera lo que estaba haciendo. Alón distrajo a los tres hombres con preguntas como hace cuánto que trabaja aquí y todas esas cosas. Rem se levantó y fue al otro ordenador, seguido de Alón para cubrirlo. Hubo un momento que el tal Charlie intentaba mirar por un lateral y Alón tuvo que tirar unos papeles al suelo para distraerlo. Rem se levantó y dijo —Ya está, jefe.

Alón miró a los tres muy seriamente. —Voy a pasar por alto, que han hackeado bases de datos para conseguir cierta información confidencial. —Miró al señor Jenkins y le dio la mano. —Muchas gracias por su colaboración.

Salieron de allí y Alón le dijo a Rem. —¿Lo tienes todo?

Rem asintió. —He copiado el programa y toda la información que había en los ordenadores sobre el programa y después no he dejado ni rastro de nada. Hasta he borrado los rastros de Internet.

—Bien —dijo Alón asintiendo—. Tenemos mucho trabajo.

Llegaron a su edificio y Alón fue a ver cómo estaba Jessica. Entró en el loft y la encontró con Melina riéndose viendo zapatos. —Mi amor, ya has llegado. Mira qué sorpresa —dijo acercándose y dándole un beso en los labios.

—Melina, hermana... qué alegría verte por aquí —dijo acercándose a su hermana y dándole un beso en la mejilla—. Me enteré que habías pasado por aquí el otro día.

—Sí, pero fue una visita muy rápida y como hoy es sábado, había pensado en llevarme a mi cuñada a dar una vuelta —dijo ella sonriendo.

—"No"—dijo él mentalmente—. "No te la puedes llevar a ningún sitio"

—"¿Por qué?"—preguntó ella sonriendo.

—"Te lo explicaré más tarde"—dijo él cogiendo a Jessica por la cintura—. ¿Estás segura de que quieres salir? —preguntó mirando a su pareja—. Esta noche es el concierto y vamos a salir a cenar. ¿No deberías descansar?

—Mi hermano tiene razón —dijo Melina cogiendo unos zapatos—. Deberías dormir una siesta después de comer. Ya saldremos otro día...Estos zapatos son una maravilla.

Jessica los miró con el ceño fruncido. —Sí, igual debería dormir una siesta. Melina, ¿te quedas a comer?

—Hoy comeréis solas, tenemos mucho trabajo —dijo él antes de darle un beso en la frente e irse hacia la puerta—. "Pasa por el gimnasio antes de irte" —le dijo a su hermana.

Cuando se fue, Jessica miró a Melina. —¿Qué te ha dicho?

Melina la miró sorprendida. —¿Qué quieres decir?

Jessica sonrió. —No me chupo el dedo, ha pasado algo muy gordo. Íbamos a salir y has cambiado de opinión.

—No te puedo decir nada, porque no sé nada —dijo Melina dejándose caer en el sofá—. Eres muy lista para ser humana.

—¿Te molesta que sea humana? —preguntó ella sentándose a su lado.

—¡No seas tonta! —dijo Melina indignada—. Haces feliz a mi hermano y es lo único que me importa.

Blix entró en ese momento. —Mi xedarxse, he venido a prepararles la comida.

—Pero Blix, hoy es sábado. ¿Cuándo descansas? —preguntó ella levantándose del sofá.

—Mi xedarxse me necesita —dijo yendo hacia la cocina—. Comida sana para los niños, eso es lo que necesita.

Melina se echó a reír. —¿Cuántas niñeras tienes, Jessica?

—Unas cuantas —dijo ella—, y estoy encantada.

Alón y los chicos estaban revisando todo el material que había sobre Jessica. Las fotocopias estaban preparadas y pegadas a la pared. Las fotos a un lado y la información de su vida al otro. —Tiene unas notas impresionantes —dijo Semir mirándole las notas de la universidad.

Alón miraba las fotos y sacó dos. —Estas dos fotos fueron hechas después de habernos conocido. —Señaló una de ellas. —Esta fue hecha el mismo día en que la conocimos.

Rohr mirando la pared, estaba sentado en el banco de pesas más alejado que ellos.

—Estábamos pasando algo por alto.

Alón lo miró. —¿El qué?

—Me parece que vigilaban a alguien más aparte de Jessica —dijo levantándose y cogiendo un rotulador rojo. Se acercó a las fotos que estaban colgadas y empezó a hacer círculos.

Alón se alejó y vio en casi todas las fotos al mismo hombre rodeado por un círculo rojo.

Los chicos estaban mirando las fotos absortos. —¿Conocéis a ese tipo? —preguntó Alón furioso.

—No me suena de nada —dijo Taix.

La foto que más le asustaba, era en la que el desconocido estaba detrás de Blix, en la foto que llevaba las bolsas de la juguetería. —La ha seguido hasta aquí —dijo Alón mesándose los cabellos mientras miraba las fotos.

—La ha seguido durante mucho tiempo —dijo Rem—. En esta foto llega abrigo de invierno.

—¿De cuándo es el programa? —preguntó Alón.

Rem miró el ordenador. —De diciembre.

—Así que en cuanto salió el nombre de Jessica, el tipo empezó a seguirla —dijo Taix.

—¿Qué fotos tenía de Jessica el dossier que te dio el Sahr? —preguntó Rohr.

—Están en mi correo electrónico. Leí el dossier, pero no lo descargué —dijo Alón.

—Descárgalo ahora —dijo Rem.

Alón entró en su correo electrónico y descargó el dossier. Lo abrió y lo imprimió.

Minutos después tenían la información en la mano. Alón miraba las fotos comparándolas. Siete de las fotografías coincidían. En todas Jessica estaba más abrigada.

—Sólo coinciden las primeras en el tiempo —dijo Semir poniendo una D en la esquina de cada foto del dossier.

—Eso quiere decir que las siguientes son las que mandó hacer Naurx —comentó Alón—. Puesto que Mirus no las conocía.

—Creo que él se dio cuenta del hombre de la foto y ordenó seguir a Jessica —dijo Rohr.

—Y lo mataron —dijo Alón—. Tenemos que encontrar a este tipo —añadió señalando al hombre.

—También tenemos que averiguar quién del Consejo le dio el nombre a ese tipo —dijo Semir. Todos lo miraron—. Esa información y para lo que servía, sólo la sabía el Sahr. Siento ser el portador de las malas noticias, pero tiene que ser un miembro el que está implicado.

—Semir tiene razón —dijo Rem—. Sólo ellos lo sabían y sólo ellos pudieron filtrarlo.

—Quiero que montéis un sistema de seguridad infranqueable. No quiero que en este edificio, pueda entrar ni una cucaracha sin que nos enteremos —dijo Alón nervioso—. Quien esté detrás de esto, ha matado a un miembro del Consejo, lo que significa que no se detendrá ante nada. Y Taix, quiero que el nuevo edificio tenga los sistemas de seguridad más avanzados. Semir, ¿compraste los detectores de movimiento?

—Están colocados, sólo me falta conectarlos a las alarmas — dijo Semir levantándose.

—Rem, ayúdalo a terminar —ordenó Alón—. Quiero que funcionen para esta noche.

—¿Cómo le vas a decir a Jessica lo que está pasando? —dijo Rohr—. Tienes que avisarla.

—De momento no —dijo Alón—. No estamos seguros que quieran hacer daño a Jessica. Puede que la muerte de Naurx no tenga que ver con ella y no quiero asustarla sin necesidad.

—Las probabilidades de que sea ella el centro de la investigación son muy altas, Alón —dijo Rem.

—En menos de una semana su vida ha cambiado por completo, no quiero meterle más presión —dijo Alón mirando a su amigo a los ojos.

Rem asintió y salió del gimnasio. —¿Vas a llevarla al concierto esta noche? —preguntó Rohr—. ¿Cómo vas a impedir que salga de casa?

—No lo voy a hacer —dijo Alón—. La vamos a vigilar y proteger.

—El lunes volverá a trabajar —dijo Rohr—. Allí estará sola.

Alón apretó los labios y cerró los puños. —No puedo encerrarla en casa.

—Viene Melina —dijo Taix mientras cogía los planos del nuevo edificio—. Está subiendo las escaleras.

—Le he dicho yo que viniera.

Taix miró a su jefe a punto de decir algo, pero salió del gimnasio sin abrir la boca.

Alón no pudo oír lo que se decían Taix y Melina en el pasillo, pero él estaba impaciente. —Melina, ¿quieres venir de una vez? —preguntó Alón en voz alta.

—Ya estoy aquí... —dijo ella traspasando el umbral—. Estáis todos muy gruñones.

Melina miró a su alrededor y se puso seria. —Cuéntame de qué va todo esto.

Alón vio cómo su hermana miraba toda la pared. —Han matado a Naurx.

Melina se dio la vuelta de golpe y le miró con horror. —¿Ha sido un humano? ¿Un robo o algo así?

Alón sentía cómo su hermana revivía la muerte de sus padres. —No, pequeña. Creo que está relacionado con Jessica, aunque todavía no hay nada seguro.

—Pero el Sahr te dio permiso para tu relación con Jessica —dijo mirándolo a los ojos—. ¿Por eso le mataron? ¿Son extremistas?

117

La manera de verlo de su hermana le parecía de lo más acertada.

—Creemos que alguien del Consejo filtró la información.

—Pero eso no tiene sentido. ¿Por qué iban a revelar una información potencialmente peligrosa? —argumentó ella.

—Eso es lo que tenemos que averiguar... —dijo señalando la pared—. De momento sólo tenemos esto.

—Vigilaban a Jessica —dijo ella mirando las fotos—. ¿Y este hombre de las fotos?

—Sabemos que la seguía, pero nada más.

—¿Habéis mirado el registro? —preguntó ella acercándose a una foto.

—Todavía no, pondré a Rem en ello tan pronto como pueda. —Se acercó a su hermana y la cogió por los hombros volviéndola hacia él.

—Quiero que tengas cuidado, no sabemos a qué nos enfrentamos. —Su hermana asintió. —También quiero que entretengas a Jessica. Necesita compañía femenina de vez en cuando, pero no quiero que salgáis solas. Si salís por ahí, tienes que llevarte a Taix.

—¿Por qué a Taix? —dijo ella envarada—. ¿Por qué no Rem o Semir?

—Porque Taix puede leer las intenciones de la gente y no quiero sorpresas. —Vio cómo su hermana iba a seguir discutiendo. —Es una orden.

Su hermana abrió los ojos como platos. —¿Me vas a dar órdenes a mí? ¿A tu hermana?

Alón la miró duramente. —¡Tú eres mi hermana, pero yo soy tu Xedarx, así que no discutas más!

—¡Bien! —gritó ella en su cara.

—¡Bien! —respondió él viéndola salir a toda prisa.

Sophie Saint Rose

Jessica se había puesto la lencería nueva y un vestido negro de tirantes. Eligió unos zapatos de Jimmy Choo, que Alón le había regalado. Se había alborotado el pelo y maquillado ligeramente. Estaba lista para su primera cita con su prometido. Alón la estaba esperando en el salón con unos pantalones negros de vestir y una camisa azul con las mangas remangadas.

—¿Estás listo? —dijo ella comiéndoselo con los ojos, mientras él se levantaba del sofá.

—¿Sabes que estás para comerte? —preguntó besándola en los labios.

Jessica se apartó. —Aléjate porque quiero salir y si me besas, no saldremos de casa.

Alón sonrió tristemente. —Bien, vamos a cenar y a ese concierto. Y a pasarlo muy bien

Jessica sonrió radiante. —¿Dónde me vas a llevar a cenar?

—Sorpresa —dijo él guiándola a la salida.

—Los niños hoy están muy tranquilitos —dijo ella metiéndose en el coche—. Espero que no hagan de las suyas.

—¿Crees que podremos controlarlos? —preguntó él saliendo del garaje.

—Dios, espero que sí —dijo ella mirando las luces de los letreros luminosos.

—¿Sabes? Estoy muy sorprendido por su comportamiento. Sus dones están muy desarrollados, sobre todo teniendo en cuenta... —Alón se interrumpió.

—¿Qué soy humana? —acabó por él.

119

—No te ofendas —dijo Alón mirándola de reojo.

—Oh, no me ofendo —dijo ella tocándole el antebrazo—. Cariño, puede que sea por eso. ¿No crees? Lo mejor de los dos mundos.

La llevó a un restaurante italiano muy romántico, con enormes velas que iluminaban las mesas. Era muy íntimo y especial.

—¿Te gusta? —preguntó Alón cuando llegaban a la mesa.

—Cariño, no podría haber un sitio mejor —comentó ella sentándose en la silla que le ofrecía el maître y cogiendo la carta.

Los tagliatelle a la marinera que había pedido, estaban deliciosos y el tiramisú era para morirse, aunque Jessica estaba un poco preocupada, porque Alón no dejaba de mirar a su alrededor y ella no podía dejar de pensar que pasaba algo. —¿Todo va bien? —preguntó mientras posaba la taza de té en su platillo.

Alón sonrió. —Claro, como la seda. ¿Por qué?

—No lo sé —dijo sonriendo—. Es como si estuvieras nervioso.

Alón levantó la mano para pedir la cuenta. —Todo va bien, mi amor. Tenemos que irnos porque sino no llegaremos a tiempo.

—Voy al baño primero —dijo ella levantándose.

Entró en el servicio de señoras y esperó a que estuviera vacío, mientras se miraba en el espejo y se retocaba los labios. Cuando la mujer que estaba dentro salió, lo utilizó Jessica y salió a lavarse las manos. Se las estaba secando con una toalla que había cogido del montón que había al lado del lavabo, cuando entró el maître en el servicio.

—¿Está buscando a alguien? —preguntó ella sonriendo—. Porque el servicio está vacío.

El hombre no le contestó, sino que alargó el brazo y la cogió por el cuello apretando fuertemente. Jessica abrió los ojos como platos, mientras luchaba por respirar. Le arañó la cara, pero el hombre dobló el codo, dándole la vuelta y pegando su espalda a su pecho.

Jessica estaba aterrorizada y no podía gritar. El hombre no la soltaba y no le quedaba mucho aire. Entonces el maître empezó a gemir y Jessica sintió como le soltaba el cuello. Ella consiguió soltarse y se apartó de él, tocándose el cuello mientras se pegaba contra la pared. Se dio la vuelta y vio cómo los dedos de las manos del hombre, se doblaban en una forma imposible, dando una imagen grotesca. Alón entró en el baño y se quedó mirando la escena. El maître no podía respirar, por eso no gritaba y sus manos tenían todos los dedos de la mano rotos, colgando sobre el dorso de sus manos. Jessica miró a Alón asustada. —Me ha atacado —dijo con la garganta como una lija.

Alón extendió una mano. —Vámonos de aquí —dijo él ayudándola a pasar por encima del hombre.

Salieron del restaurante aparentando que no pasaba nada y Alón pidió al aparcacoches que les trajera el BMW.

—Tranquila, cielo. Lo estás haciendo muy bien —dijo Alón acariciándole la espalda.

La subió en el coche y se dirigieron hacia su casa. —¿Por qué ha intentado matarme? —preguntó llorando. No reconocía su voz.

—Todavía no lo sé —dijo él apretándole una mano—. Pero lo averiguaremos. No te preocupes, nena.

—¿Qué no me preocupe? ¡Ese hombre puede estar muerto en este momento y no sé qué ha pasado! —insistió ella limpiándose las lágrimas con la mano libre. No pensaba coherentemente.

—Ya ha pasado —dijo Alón intentando calmarla—. Y no va a volver a pasar.

—¿Tú me soltaste de su agarre? —preguntó ella mirando como entraban en el garaje a toda prisa.

—No —dijo apagando el motor—. Cuando yo llegué, ya se habían encargado los niños.

—¿Crees que lo hicieron los niños? —preguntó ella horrorizada—. ¡Mis niños no deberían vivir una cosa así, Alón!

—Pues yo doy gracias a que actuaran a tiempo —dijo cogiéndola en brazos y metiéndola en el ascensor.

Jessica no sabía qué decir. Llegaron al loft y allí estaban los chicos esperándolos.

Alón no dijo nada, simplemente la sentó en el sofá. —Rem, mírale el cuello.

Jessica tenía unas marcas de muy mal aspecto alrededor del cuello. —Tengo que palpar, Alón.

—¡Hazlo de una vez! —respondió de mala manera.

Rem se acercó. —Levanta la barbilla, Jessica.

Ella hizo lo que le mandó, mientras Rem le palpaba el cuello. Jessica miró a Alón de reojo, viendo como agarraba el respaldo de la butaca.

—Cuéntanos qué ha pasado —dijo Rohr mirando a Alón.

—El maître del restaurante la ha atacado en el servicio de señoras —dijo Alón intentando controlar su furia—. La ha intentado estrangular.

Cuando Rem la soltó, Alón se relajó visiblemente. —Ahora mueve el cuello de un lado a otro suavemente.

Jessica lo hizo. —Toca con la barbilla tu pecho.

Jessica hizo lo que le decía lentamente. Estaba dolorida y sentía la garganta como si se la hubieran raspado como un rallador de queso, pero no quería mostrar que se encontraba mal delante de Alón.

—Mañana te encontraras todavía peor —dijo Rem sabiendo lo que estaba sintiendo—. Deberías tomar antiinflamatorios, pero con el embarazo no son recomendables.

—¿No le puedes dar nada? —preguntó Alón exasperado.

—No me voy a arriesgar a dar nada, que no sé qué reacción tiene en su cuerpo —dijo Rem incorporándose—. Los niños harán que se cure más rápidamente.

Jessica asintió dándole la razón.

—Cuéntanos lo que ha pasado, Jessica —dijo Rohr sentándose en una de las butacas.

Ella los miró a todos. —Estaba en el baño, cuando entró ese hombre y sin dirigirme la palabra, me agarró por el cuello y apretó. Intenté arañarle, pero él me dio la vuelta y siguió apretando. —Alón estaba pálido, pero ella continuó —De repente me soltó y vi como sus dedos estaban retorcidos y luego caían hacia atrás. Parecía que le costaba respirar. Luego Alón me sacó de allí. Todo pasó en un minuto.

Ella se recostó en el sofá.

—¿Era humano? —preguntó Semir a Alón.

—Sí, era humano y su comportamiento anterior fue muy normal —dijo acercándose a Jessica. Se inclinó y le sacó los zapatos.

Jessica suspiró y sonrió. —Te quiero.

Él le dio un beso en la frente.

—Así que tenemos a dos humanos que han atacado a Jessica en una semana sin razón aparente —dijo Taix, dejándole una infusión con miel y limón a Jessica sobre la mesa de café.

—Tómate eso, Jessica —dijo Rem—. Está claro que están influidos por alguien.

—Sí, alguien como yo —dijo Semir.

—Como tú no —dijo Jessica con voz rasposa—. Sino alguien con tu don.

Semir sonrió.

Jessica se dio cuenta que aquella situación estaba afectando a inocentes. —Pobre hombre. Si no lo hizo intencionadamente, me parece horrible esta situación —Se echó a llorar. —Tenía las manos destrozadas y no respiraba bien. ¿Y si lo matamos? —preguntó desconsolada.

Alón la abrazó y la sentó sobre él acunándola. Mientras miraba a sus amigos, que estaban muy preocupados, le acariciaba la espalda.

—Jessica no acepta muy bien que los niños la hayan defendido —dijo Alón apretándola fuerte.

—¿No fuiste tú? —preguntó Semir—. ¡Vaya! ¡Menudos guardaespaldas son esos dos!

—No tiene gracia, Semir —dijo Rohr.

—¿Acaso no lo veis? —preguntó Semir muy serio—. Tenemos una ventaja.

—Semir tiene razón. De esa manera, Jessica no está desprotegida —dijo Taix.

—Sólo en el caso de que no esté vigilada —dijo Alón—. Y eso no va a pasar, porque a partir de ahora no la vamos a perder de vista.

Jessica se levantó de golpe y fue corriendo al baño. Sintió unas náuseas muy virulentas y apenas llegó al váter. Arrodillada en el suelo del baño, vomitó la cena con unas arcadas muy violentas, que la hicieron llorar. Alón le agarró el pelo mientras intentaba calmarla. Cuando terminó estaba agotada. Rem le pasó una toalla mojada a Alón, que él le pasó por la cara. —Vamos a la cama, cielo —dijo cogiéndola en brazos y sacándola del baño.

Rem se acercó a la cama. —Tendrás la garganta todavía más irritada después de las náuseas. ¿Quieres beber algo? —Jessica negó con la cabeza y cerró los ojos. —Dejémosla dormir.

Los chicos salieron de la habitación y Alón le quitó el vestido con cuidado. Se durmió enseguida y Alón se acostó a su lado, preocupado por ella. Pasó más de tres horas pensando en los acontecimientos del día, intentando llegar a una solución. Al final se quedó dormido abrazándola.

Alón se despertó al día siguiente y Jessica no estaba a su lado. Se levantó rápidamente y fue hacia el baño. Se paró en seco al oírla hablar. —Quiero que sepáis que lo que pasó ayer, no fue culpa vuestra...—Alón se acercó a la rendija de la puerta y echó un vistazo. Jessica se miraba la barriga incipiente y la acariciaba mientras decía — Hicisteis muy bien en proteger a mamá. Papá y mamá estamos muy orgullosos de vosotros.

Alón abrió la puerta lentamente y se la quedó mirando. — Cariño, ¿qué haces?

Jessica le miró y dijo —No quiero que piensen, que me disgusté por su culpa.

Mirándola allí de pie, la vio tan indefensa, tan triste... Se acercó a ella y la abrazó. —No quiero que te preocupes más. Los niños están dentro de ti y saben mejor que nadie lo que sientes.

—¿Tú crees? —preguntó mirándolo a los ojos.

Alón sonrió. —Estoy seguro. —La besó en los labios. — ¿Quieres desayunar? Ayer te acostaste sin cenar...

—Sí —respondió sin entusiasmo.

Él le cogió la mano y la sacó del baño. —Alón… —dijo mientras él le tendía la bata —, dime lo que está pasando

Alón suspiró. —Cielo...

—¡No! —exigió ella—. ¡Quiero que me digas qué está pasando! ¡Ahora!

Él fue hacia la cocina y abrió el frigorífico. Jessica se sentó en la mesa del comedor mirando cómo sacaba todo lo necesario para hacer el desayuno. —Tengo derecho a saber por qué intentan matarme.

—No lo sé, sólo son suposiciones… —dijo mirándola por encima de su hombro.

—¡Pues cuéntamelas! —gritó ella.

Alón se dio la vuelta y fue hacia la mesa del comedor sentándose en frente de ella

—Sabemos que te han estado siguiendo desde que el programa informático sacó tu nombre. Sabemos que te han intentado matar dos veces desde que me conoces y ayer encontramos el cadáver de uno de los miembros del Consejo.

Jessica procesó la información sin mover ni un músculo. —Así que me quieren matar porque no quieren que esté contigo. Pero tú me dijiste que no éramos los primeros…

Alón cerró los ojos. —No, no somos los primeros. Pero en aquel momento estaba prohibido mantener relaciones mixtas, lo que llevó al Consejo a tomar una decisión.

—¿Qué decisión? —preguntó Jessica en voz muy baja.

Él la miró angustiado con sus ojos dorados. —No —dijo ella tapándose la boca con la mano—. ¡No! —Jessica se levantó y empezó a dar vueltas por la habitación muy nerviosa. —¿Los mataron?

Alón no contestó. —¿Tenían hijos? —gritó asustada.

Alón asintió. —Una niña.

—¡Dios! —gritó. Jessica se echaba el pelo hacia atrás intentando pensar—. ¿Me estás diciendo que estamos todos en peligro? ¿Los niños, tú y yo?

—No sabemos todavía lo que está pasando... —dijo él intentando calmarla.

—¡Me han intentado matar, Alón! —gritó ella—. ¡Sabemos muy bien lo que está pasando!

—Han matado a un miembro del Consejo —dijo él—. Puede que todo esto sea por otra cosa.

—¡Un miembro del Consejo, que aprobó las parejas con humanos! —dijo ella señalándolo con el dedo—. ¡Está todo de lo más relacionado!

Alón sabía que tenía razón, pero no quería que se preocupara de esa manera, por eso no se lo había contado. Odiaba sentirse tan impotente. No sabía de quién tenía que protegerla, ni del don que tenía. Mataría a aquel hijo de puta.

—No te lo dije, porque no quería que te preocuparas —dijo él acercándose a ella.

—Prométeme algo —dijo ella mirándole muy seria.

—Lo que quieras —dijo cogiéndola por la cintura.

—Si llego a tener a los niños…

—Cuando tengas a los niños —le corrigió él.

—Si me matan después de tener a los niños… —insistió ella—, quiero que te los lleves lo más lejos posible de los de tu especie.

—Eso no va a pasar… —dijo él sintiendo que una hoja afilada le traspasaba el pecho.

—Promételo, Alón —dijo ella cogiéndole la cara entre sus manos—. Dímelo en voz alta.

—Lo prometo.

A ella se le llenaron los ojos de lágrimas mirando sus ojos dorados. —Te amo.

Alón la abrazó muy fuerte. —Eres mi vida. No voy a dejar que te pase nada.

Sophie Saint Rose

Capítulo 9

Minutos después Alón estaba haciendo el desayuno, cuando llegaron los chicos.

—Buenos días —dijo Jessica sonriendo mientras levantaba la vista de un cuaderno donde estaba escribiendo.

—¿Cómo te encuentras esta mañana? —preguntó Rem mirándola atentamente.

—He tenido días mejores —dijo ella con una mueca—. ¿Podéis poner la mesa? Tengo que hacer una lista.

—¿Sobre qué? —preguntó Rohr.

—Cosas que tengo que hacer... —dijo ella mientras continuaba escribiendo.

—En cualquier cosa que necesites, sabes que puedes contar con nosotros —dijo Semir

—¡Bien! —exclamó ella—. Ya contaba con eso.

Taix se echó a reír. —Bien, ¿y qué quieres que hagamos?

Jessica revisó la lista que tenía delante. —Quiero que traigáis un abogado para hacer mi testamento.

En la habitación se hizo el silencio. Los chicos se miraban los unos a los otros. —¿Para qué? —preguntó Rem.

—Chicos... —dijo ella sonriendo—, sé que intentaréis todo lo posible para que no pase lo peor. —Miró a Alón, que estaba con los brazos cruzados apoyado en la encimera observándola con los ojos entrecerrados. —Pero si ocurre, quiero que mis bienes queden para los

129

niños. Sé que no son gran cosa comparándolos con los del padre, pero me gustaría que se quedaran con ellos.

—¿Qué más hay en esa lista? —preguntó Alón rudamente.

—Quiero que me enseñéis a defenderme. —Leyó en el block.

—Que me llevéis a mi piso, para recoger lo que quiero llevar a la casa nueva. Que vendáis mi casa y metáis el dinero en un fideicomiso para los niños. Tengo que enviar un mail al trabajo para renunciar ...

—¡Estás cortando todo contacto con el pasado! —dijo Alón muy enfadado—. ¡No quiero que renuncies a tu vida!

—Mi amor... —dijo ella dulcemente—, ya he cortado con mi vida anterior, ¿no te has dado cuenta? Desde el momento que te conocí, entré en tu vida.

Alón no podía contener su rabia. —Me voy al gimnasio. —Y dicho eso, salió del loft dando un portazo.

Los chicos pusieron el desayuno sobre la mesa en silencio. Minutos después Jessica todavía miraba la lista. —No me ha dejado acabar... —dijo ella.

—¿Qué más pone en la lista? —preguntó Rohr.

—Quiero casarme —dijo ella compungida.

Los chicos sonrieron mirándose los unos a los otros. —Esa parte creo que a Alón le gustará.

—Sí, ¿verdad? —preguntó ella encantada.

—Sobre lo de defenderte... —dijo Rem—, no es buena idea.

—¿Por qué? ¿Acaso no hay manera de defenderse de un Vilox? ¿Un talón de Aquiles? —preguntó sirviéndose una gran porción de comida.

—Un humano no —sentenció Semir.

Ella lo miró con los ojos entrecerrados mientras masticaba. —Pero de un humano sí. Y el de ayer era humano.

Los chicos sonrieron. —Me parece muy bien que quieras defenderte. Pero estás embarazada y no tenemos datos de los embarazos con humanos. No quieras excederte —dijo Rem—. Además son gemelos y tu primer embarazo.

—Sí —dijo ella muy dulcemente—. Pero también es la primera vez que tengo a unos extraterrestres intentando quitarme de en medio.

Taix se echó a reír, recibiendo un codazo de Rem que la miraba muy serio.

Alón estaba pegando ganchos de derecha al saco de boxeo, cuando Rohr apareció en el gimnasio.

—No deberías tomártelo así —dijo Rohr sujetándole el saco.

—¿Eso crees? —preguntó jadeante dando un golpe.

—Intenta resolverlo a su manera. Se siente impotente e intenta buscar soluciones a lo que puede hacer.

—Y todo tiene que ver con acabar con su antigua vida. —Golpeó otra vez con fuerza. —Y prepararse para que todo esté listo en caso de que muera.

Su amigo sonrió. —No todo. Si te hubieras quedado, habrías oído lo que quedaba de lista.

—¿Sí? ¿Y qué quedaba? ¿Una incineración? —preguntó furioso.

—Quiere casarse.

Alón se detuvo en seco. —¿Lo puso en la lista?

—Sí, y se quedó un poco triste porque no quisiste oírlo. —Rohr le ayudó a quitarse los guantes. —Así que si te lo dice otra vez, procura hacerte el sorprendido.

—No voy a esperar a que me lo vuelva a decir —dijo cogiendo un teléfono—. Melina, tienes que venir —le dijo a su hermana en cuanto le cogió la llamada—. Bien, te veo en una hora.

—¿La vas a sorprender? —preguntó Rohr con una sonrisa.

—Le encantan las sorpresas —dijo pensando en lo que había que hacer—. Búscame una iglesia donde nos podamos casar el martes.

—¿Quieres casarte en dos días? —Rohr estaba muy sorprendido—. Los humanos tienen unos trámites que hay que pasar.

Alón sonrió. —Pero vosotros lo conseguiréis, ¿verdad? Y procurar que Jessica no se entere de nada. Es muy lista. Organizar una comida en uno de los pisos para que ella no se entere. Del vestido y la decoración se encargará Melina.

En ese momento llegó Taix. —Bueno, está preparándose para la primera clase.

—¿Qué quieres decir? —preguntó Alón frunciendo el ceño.

—Te dije que no deberías haberte ido —dijo Rohr riendo.

—Para su primera clase de defensa personal —respondió Taix sentándose en un banco de pesas.

—¡Si está embarazada! —gritó el furioso—. ¿Por qué no le habéis quitado la idea de la cabeza?

—Si tú no puedes con ella, no intentes que nosotros la metamos en vereda —dijo Taix riéndose.

—¡Humanas! —dijo él exasperado—. Las vilox son más sumisas.

—¿Lo dices por tu hermana? —preguntó Taix.

En ese momento llegó Jessica vestida con unos leggins de deporte, a juego con la camiseta. También llevaba unas zapatillas deportivas.

—Tenía ganas de ver el gimnasio —dijo ella entrando por la puerta seguida de Rem y Semir. Entró mirando las modernas máquinas de ejercicio. —¡Vaya! Aquí tenéis de todo. ¿Puedo usar los aparatos o sólo es un lugar para hombres?

—Puedes subir cuando quieras —dijo Alón acercándose a ella.

—¿Ya no estás enfadado? —preguntó ella dándole un beso.

—Unos golpes en el saco y todo en su sitio.

Jessica miró a su alrededor y cuando se dio la vuelta, vio la pared cubierta de fotos suyas. —¿Es aquí donde trabajáis? —Se acercó a la pared.

Observó toda la información que había sobre su vida. —Veo que estáis bien documentados. No me acordaba de esa nota de estadística.

—Es la información que utilizó el programa de ordenador —dijo Alón muy tenso.

—Me pregunto quién quedó segunda —preguntó Jessica sonriendo—. Chicos, ¿no tenéis curiosidad? —Los chicos estaban tensos y no contestaron—. ¿Es este el tipo que me sigue?

—Sí. ¿Te suena? —preguntó Alón arrancando una de las fotos ampliadas de aquel tipo.

Ella miró la foto detenidamente. —Me suena…

—¿En serio? —preguntó Rohr acercándose a ellos.

—Sí, pero ahora no caigo —dijo ella dudando.

—No te preocupes. Si es importante, ya te acordarás —dijo Alón colocando la foto en su sitio.

—¿Empezamos con las clases? —preguntó sonriendo ilusionada, olvidándose de la pared que tenía detrás.

Alón miró a Rem que encogió los hombros. —Ten cuidado con la barriga —le aconsejó su amigo.

—Tranquilos, chicos. Alón me cuidará —dijo ella subiéndose al tatami. Empezó a dar saltitos y Rem puso los ojos en blanco, levantando los brazos exasperado.

Alón entró en el tatami. —Bien nena, primera regla. Si ves al tío de la foto huye.

Jessica hizo pucheros. —¿No le puedo dar una paliza?

Taix y Semir se echaron a reír.

—No —dijo Alón sonriendo—. Sales corriendo todo lo que puedas.

—Que será poco dentro de dos meses —apostilló Rem.

Jessica le sacó la lengua.

—Siguiente regla —dijo Alón—. Hasta que no resolvamos esto, no saldrás de casa si no estás acompañada de dos de nosotros y uno de ellos será Taix.

Jessica miró a Taix, que le guiñó un ojo. —Porque lee los pensamientos.

—Exacto. No podrás enfrentarte a un vilox, porque con sólo mirarte podría lanzarte un cuchillo o cualquier otra cosa. Nunca lo harán en un sitio público. Él o ellos no querrán publicidad, porque si como creemos son extremistas, intentarán proteger a la raza, que es lo que creen que están haciendo ahora. —Jessica asintió a su prometido. —No vale que haya sólo una persona, porque él la eliminará. Tiene que ser un sitio con mucha gente. Así que si te encuentras en una situación de peligro, corre hacia donde haya gente y nos llamas.

—Reconocerás a un vilox porque todos son morenos y de ojos negros. Esa es la única manera que un humano tiene para reconocerlos —la informó Taix

—¿Y vosotros? ¿Cómo los reconocéis?

—También los sentimos. Sentimos que están en una habitación —dijo Rohr.

—Si algún humano te vuelve a atacar, Taix sentirá sus intenciones antes de que pase, pero si estás sola mientras estás embarazada, los niños te protegerán. —Jessica iba a protestar y él continuó —Cuando los hayas tenido, tendrás que defenderte sola.

Jessica sonrió, pero no dijo nada. —A partir de ahora te daré unas cuantas clases de defensa personal, pero también quiero que vayas armada.

Jessica abrió los ojos como platos. —Con eso no estoy muy contenta.

Alón la miró a los ojos. —No sabemos lo que puedes necesitar. Quiero que estés preparada. Llevarás un arma pequeña, que ni notarás que tienes encima.

—A ver si me pego un tiro sin querer... —dijo ella dudando.

Taix rió. —Mira, así les ahorras el trabajo.

Jessica se echó a reír. Alón, Rohr y Rem no salían de su asombro.

—Tenéis un sentido del humor de lo más extraño —dijo Rohr.

—¡No seas tan serio, Rohr! ¡Vive un poco! —exclamó Jessica riéndose.

Los chicos no pudieron evitar sonreír. Alón la cogió de los brazos, poniéndola justo delante de él. —Jessica, concéntrate.

135

Jessica se puso seria y le miró a los ojos. —Si un hombre viene y te coge por el cuello como ayer... —Alón con su gran mano rodeó su cuello, todavía algo magullado del día anterior. —Tienes que pegarle una patada en las pelotas, lo más fuerte que puedas. Si está muy cerca de ti con la rodilla y si está más lejos estira la pierna. —Jessica hizo el amago. —Bien. Del golpe él se doblará, pero puede que no te suelte. La reacción normal es que doble las rodillas, pero puede que se doble por la cintura hacia delante. Si se dobla por la cintura sin soltarte, con la rodilla le pegas en la cara y procura darle en la nariz que es el punto más débil. Si te sueltas y se dobla de rodillas, haces una patada en arco, dándole en la sien para dejarlo fuera de combate. Después corres.

—Taix, deja de reírte tanto y amaga lo que he dicho para que Jessica lo vea —continuó Alón.

Hicieron los movimientos para que ella se diera cuenta de cómo se hacía. Los dos movimientos les llevaron dos segundos.

—Tienes que practicar para que te salga sin pensar —dijo Alón—. Como estás embarazada quiero que sólo amagues. Así, te saldrá natural. Cuando tengas a los niños, ya harás los golpes reales con fuerza real, pero hasta entonces no.

—Bien —dijo ella seriamente—. ¿Empezamos?

Alón la cogió suavemente del cuello. Jessica no lo pensó, le dio una patada en las pelotas con toda su fuerza. Él gimió cayendo al suelo de rodillas. Jessica le miró sorprendida y luego reaccionó. —Cariño, ¿estás bien? —gritó por encima de las carcajadas de sus amigos. —Lo siento, es que no lo pensé... me salió natural.

Taix se agarraba el estómago mientras se reía. —¡No tiene gracia! —chilló ella mientras intentaba que su enorme hombretón se incorporara—. Menudos amigos estáis hechos.

Alón tardó unos minutos en levantar la cabeza. —Cielo, lo haces muy bien —dijo Alón jadeando—. ¿Qué te parece si dejamos el resto para mañana?

Las carcajadas aumentaron. Jessica estaba indignada. Se sentó en el tatami y le cogió la cara. —Lo siento, mi amor... —Le dio besitos en la cara. —Te compensaré por esto. —Alón gimió.

—Te ha pillado desprevenido una muñequita de cincuenta kilos —dijo Rohr sonriendo.

—Rem, ¿no deberías reconocerlo? —preguntó Jessica preocupada.

Rem, que todavía se reía, respondió —Tranquila Jessica, esta noche ya verás cómo está perfectamente. Además, se lo merece por torpe.

Jessica les echó una mirada que congelaría el desierto. —¡Me caéis fatal!

Melina llegó unos minutos después y mientras Alón se duchaba, estuvieron hablando un rato. —Dime Melina, ¿sales con alguien? —preguntó mirando de reojo a Taix, que revisaba los planos sobre la mesa del comedor. Taix rompió en dos el lápiz que tenía en las manos. Interesante.

—No... —dijo su cuñada sonrojada—. No tengo pareja.

—¿Y cómo es eso? Tú eres preciosa. Seguro que hay muchos hombres por ahí que te piden salir —dijo ella a mala leche. Aquel idiota se había reído de Alón. Se las iba a cobrar todas juntas.

Melina se rió. —Sí, pero hasta ahora una vilox no podía emparejarse con un humano.

—Bueno, pero eso está resuelto, ¿no? —dijo ella levantándose a por agua—. Puedes salir con quien quieras.

—No es tan sencillo —dijo Melina—. Para tener relaciones con alguien, tenemos que sentir que es nuestra pareja. Como Alón contigo.

—Pero Alón no era virgen —comentó ella—. ¿Por qué una mujer no puede hacer lo mismo?

—Que nos acostemos con las humanas, no significa que no queramos encontrar a nuestra pareja —apostilló Taix.

—A ver si lo he entendido —dijo Jessica—. Los varones vilox que no tienen pareja, disfrutan del sexo con las humanas, sexo sin compromiso. Pero las hembras vilox, se tienen que quedar vírgenes para siempre.

Taix se enfadó. —¡La mayoría de las hembras vilox tienen parejas!

—Melina no —dijo Jessica muy calmada—. ¿Se tiene que quedar sola para siempre porque no encuentre su pareja? No me parece justo.

—¿Y si aparece su pareja? —dijo él indignado.

—Para ser un pueblo tan inteligente, sois muy cortos de miras. —pinchó Jessica—. Pues lo deja y ya está.

—¡Pero ya no sería virgen! —protestó Taix.

—Si encuentra a su pareja, le dará igual que sea virgen o no —dijo ella indignada—. A mí no me ha importado con Alón.

—No es lo mismo —dijo Taix.

Jessica le miró asombrada. —Sois unos machistas.

—Sólo digo, que no me gustaría que a mi pareja la hubiera tocado otro hombre —protestó—. Nos volvemos muy posesivos con nuestras parejas. Si otro hombre la hubiera tocado, ese tío no duraría mucho.

—Pero la pareja de Melina sería humano y ellos son más comprensivos —dijo ella sonriendo.

Melina los miraba atentamente. —¿Sabes, Jessica? Tienes razón.

Taix recogió los planos. —Creo que voy a dejaros solas, para que sigáis hablando.

—Oh... ¿No quieres seguir hablando del tema? —preguntó ella inocentemente—. Nos viene bien un punto de vista masculino.

—Para el caso que me hacéis —refunfuñó él antes de salir.

—Le estabas pinchado, ¿no? —preguntó sonriendo su amiga.

—Se lo merece por haberse reído de Alón en el gimnasio —dijo ella resuelta.

—Eres una protectora feroz. Menos mal que somos amigas.

—Taix también es amigo mío, pero se lo tenía merecido.

Estaba dándose un baño con espuma. Se tumbó hacia atrás, reposando la cabeza. Suspiró sonriendo. Había enviado el mail de renuncia y no se arrepentía. Abrió los ojos y se quedó sorprendida. Había bombas de espuma por todo el cuarto de baño. Era precioso.

—Alón, ¿estás ahí?

—Sí —respondió él al otro lado del baño.

—¿Puedes venir?

Alón entró en unos segundos. —¿Qué has hecho? —preguntó sonriendo.

—No he hecho nada. ¿No te parece precioso? —dijo mirando el cuarto de baño—. Los niños son imaginativos, ¿eh?

Se acercó a ella. —Como su madre.

—¿Estás mejor? —preguntó mirándolo con picardía.

—¿Quieres hacerlo en la bañera? —Alón se quitó la camiseta y los vaqueros en un suspiro. —No sé si cabremos los dos.

Alón se metió en la bañera, mientras Jessica le hacía espacio. La bañera era enorme para alguien como ella, pero Alón era muy grande y Jessica tuvo que sentarse encima de él a horcajadas. —La bañera en la casa nueva, tiene que ser como un campo de fútbol —dijo ella frotándose contra él.

—Me encargaré de ello. —Gimió cogiéndola por las caderas. —Me encargaré de que tengas la bañera más grande que existe.

Jessica rió mientras le besaba en el cuello. —No exageres, que te conozco. —Le lamió el lóbulo de la oreja, mientras él subía las manos y le ahuecaba los pechos.

Ella siguió frotando su sexo contra el suyo y le besaba torturándolo. —Nena, si sigues así, no voy a aguantar mucho.

—¿Y a qué esperas? —preguntó mientras Alón le besaba los pechos.

Alón la levantó por las caderas y la condujo hacía su sexo penetrándola suavemente. Jessi empezó a moverse arriba y abajo lentamente sobre su eje, hasta que perdió control arqueándose hacia atrás, mientras Alón la penetraba más y más fuerte, haciéndola volar gritando su nombre.

Cuando volvieron en sí, Jessi sonrió a sus ojos dorados. —No nos hemos arreglado tan mal, ¿eh?

—Eres un peligro, Jessica Stuart —dijo él ayudándola a incorporarse.

Al día siguiente Alón estaba en el gimnasio con los chicos, después de la lección de Jessica, que había ido a ducharse. —¿Qué habéis averiguado?

—Nada de momento, jefe —contestó Semir.

—¿Estamos bloqueados?

—Estoy utilizando un programa del FBI en reconocimiento de rostros —dijo Rem—. Pero de momento nada.

—No estará fichado —dijo Alón.

Rem sonrió. —Este programa no usa sólo fichados, sino permisos de conducir, trabajadores de la Administración, ejército...

—Vamos, que si alguna vez te has hecho un carnet, estás ahí — dijo Taix.

—Exacto —respondió Rem.

—Ten cuidado, que no te pillen —advirtió Alón.

—Ten fe, ¿alguna vez te he fallado? —preguntó riéndose—. Hay mucha información en la base de datos, por eso tarda un poco. Pero lo encontraré.

—¿Y en el registro?

—En el registro de los vilox la mayoría de las fotos son antiguas, algo que debemos solucionar —dijo Rem—. Se deberían actualizar las fotos cada cinco años.

—Nos encargaremos de eso en cuanto solucionemos lo de Jessica. —Alón miró la pared. —¿Algo más?

—Hemos investigado a fondo a todos los miembros del Sahr — dijo Rem cogiendo cinco dossiers y dándoselos a Alón—. Pero no hemos encontrado nada raro.

Alón abrió el primer expediente, que era el de Mirus y lo leyó por encima. —El que se ha chivado tiene que haberlo hecho con alguien de confianza. Parejas, hijos…

—O es el que lleva todo el asunto con algún fanático —añadió Taix.

—El día que fui al Sahr y me dieron las instrucciones, el único que no parecía contento con el asunto era Xarhim.

—Es el más joven, sólo tiene cincuenta años —dijo Rohr—. Tenía pareja, pero murió en el segundo embarazo al abortar.

Alón frunció el ceño. —Puede que todo este asunto no le guste precisamente por eso. Es una posibilidad. ¿Tiene un hijo o su mujer también abortó el primero?

—Un varón que tiene veintisiete años —añadió Rohr—. Es agente de bolsa en Wall Street. No tiene pareja y es un mujeriego incorregible. Cada noche sale con una humana distinta.

—Entonces no es que esté en contra de las humanas precisamente. Si fuera un radical, ni las tocaría —opinó Semir.

—O sólo las utiliza —dijo Taix.

—¿No las utilizamos todos? —preguntó Semir.

Alón frunció el ceño. —No estoy muy orgulloso de haberlo hecho, pero es cierto. Las utilizábamos para tener sexo.

—¿Alguno de los familiares ha maltratado a algún humano? —preguntó Rohr mirando a Rem—. ¿Alguna vez algún xedarx ha tenido que intervenir?

—No lo he mirado —dijo Rem—. En cuanto pase la boda, me pondré a ello. Miraré en los informes de los otros dos grupos xedarx. Pero estoy seguro que nosotros no.

—Los otros dos grupos son más jóvenes. Si algún familiar de uno del Consejo se hubiera metido en un lío, nos hubieran llamado a nosotros —dijo Alón.

—Entonces si ninguno de los tres grupos actuales ha intervenido, es que ha sido que alguno de los grupos anteriores —dijo Taix.

Alón sonrió. —Algunas veces tienes buenas ideas...

—Eres jefe de los xedarx desde hace seis años —dijo Rohr—. Entonces tenemos que buscar archivos de seis años para atrás, que haya llevado el grupo del jefe de los xedarx anterior.

—Revisarlos y yo llamaré a Jermix para ver de qué se acuerda —dijo Alón.

—Hace tiempo que no veo a ese viejo refunfuñón —dijo Taix riendo.

—Lleva una vida muy tranquila en New Jersey. Lo veo de vez en cuando —dijo Alón—. A los setenta y seis años a mí también me gustaría estar así.

—Nos pegaba unas palizas terribles entrenando —dijo Rem sonriendo—. No lo echo de menos.

—Eso me recuerda que no quiero que descuidéis ni vuestro entrenamiento, ni el entrenamiento de los otros xedarx —dijo Alón muy serio—. Tengo la sensación que a partir de ahora lo vamos a necesitar.

Los chicos asintieron. —Sobre todo a los más jóvenes, con veinte años estábamos un poco chiflados y no me gustaría llamar a sus padres diciendo que están en el depósito.

Rohr miró a Alón. —Puedo encargarme de eso, si quieres.

Alón asintió. —Perfecto, tú te encargarás de supervisar sus entrenamientos. Mételes caña.

Rohr sonrió.

—¿Y la boda? ¿Está todo listo?

Taix chasqueó la lengua. —Melina está muy pesada. Tiene mi piso patas arriba.

Alón le ignoró. —¿Rem?

—Todo listo, jefe. ¿Tú tienes el esmoquin?

—Sí y recogeré las alianzas en una hora —dijo mientras miraba su móvil.

Capítulo 10

Cuando Jessica se levantó al día siguiente, Alón no estaba en la cama. Frunciendo el ceño miró a su alrededor después de ir al baño, pero no estaba en el loft y no había dejado una nota.

—Papá debe haberse ido a trabajar —les dijo a los niños. Le rugió la barriga. —Sí, tenemos hambre. Vamos a hacer el desayuno.

Estaba a punto de hacer el café, cuando Blix entró en el piso empujando un gran carrito de comida.

—¿Pero qué es esto? —preguntó sonriendo de oreja a oreja, mientras veía cómo Blix ponía una silla delante del carrito, que había colocado en el centro del salón.

—Hoy le he traído un desayuno especial —dijo él levantando las tapas de plata que había sobre unos platos—. Zumo de naranja, café, tortitas con nata y fresas, croissant, tortilla de jamón ibérico y fruta.

A Jessica se le hizo la boca agua y se sentó rápidamente. —No es mi cumpleaños —dijo ella cogiendo un tenedor—. Mi madre siempre me hacía tortitas en mi cumpleaños

Blix la miró tiernamente. —Le haré tortitas todos los días si quiere.

Aquel gesto emocionó a Jessica. —Es muy bueno conmigo, Blix.

—Desayune, que dentro de una hora va a venir la señorita Melina a hacerle compañía —dijo Blix mientras recogía las sábanas de la cama y la ropa sucia.

145

—¿Viene Melina? Pero si hoy es martes —dijo con la boca llena—. ¿No tiene que trabajar?

Blix se encogió de hombros. —Sólo transmito el mensaje.

Cuando terminó de desayunar y se lo comió todo, se sentó en el sofá con un block y un lápiz, hablando con Blix mientras él limpiaba el piso. Estaba mirando el dibujo que habían hecho los niños, una mesa semicircular con cinco sillas, cuando llegó Melina. Jessica se sorprendió del vestido que llevaba. —¡Guau! ¡Melina, estás preciosa! —exclamó levantándose del sofá.

Su cuñada llevaba un vestido color rosa palo, con bordados plateados que caían por la falda hasta sus rodillas. Llevaba un recogido estilo años veinte totalmente a la moda y unos zapatos de plataforma con un tacón enorme, que hacían sus piernas kilométricas. —¿Vas alguna gala o algo así?

—Cariño, son las diez de la mañana —dijo su cuñada sonriendo. La abrazó y le dio un beso en la mejilla—. Este es tu día.

Jessica la miró a los ojos sin comprender. —Es el día de tu boda —explicó Melina como si tuviera cinco años. Luego se echó a reír—. Tendrías que verte la cara.

—¿Me estás diciendo que hoy me voy a casar? —preguntó muy despacio.

Melina fue hacia la puerta y la abrió. Entraron en la habitación dos mujeres cargadas de cosas. —Ellas son Isabel y Tara. —Las chicas sonrieron. —Te van a poner muy guapa.

Melina miró nerviosa a Melina. —Pero si no tengo vestido, ni zapatos, ni...

146

Blix, que se había escabullido en cuanto entraron las mujeres, volvió a aparecer llevando un gran porta trajes blanco y dos cajas debajo del brazo.

—Está todo listo. Tú sólo tienes que disfrutar. Habría traído champán, pero en tu estado no es aconsejable. —Melina dio dos palmadas. —Venga, colocarlo todo sobre la cama y Blix cuelga el vestido para que no se arrugue.

Jessica se acercó a Melina y la cogió del brazo para llamar su atención. —Esas mujeres... —dijo en voz baja.

Melina puso su mano sobre la de ella. —Tranquila, las he llamado esta mañana y no sabían a dónde iban. Han estado vigiladas desde la llamada. —Jessica se relajó. —Bien, ahora date una ducha. Nos queda mucho por hacer —dijo Melina empujándola suavemente hacia el baño.

Cuando la peluquera le estaba secando el pelo, se dio cuenta que Melina estaba sentada en el sofá con el dibujo de los niños en la mano.

—¿A que lo hacen bien? —preguntó satisfecha.

—¿Esto lo han hecho los niños? —preguntó su cuñada con cara de preocupación.

—Sí. —Jessica observó el rostro de su cuñada. —¿Pasa algo?

Su amiga sonrió sin llegarle la sonrisa a los ojos. —No, claro que no. —Miró a las mujeres y continuó —Es que son muy pequeños para hacer esto, ¿no crees?

Jessica se encogió de hombros y se distrajo cuando la otra mujer le enseñaba un frasco de laca de uñas.

Después de manicura, pedicura, peinado y maquillaje, Jessica estaba deseosa de ver el vestido. Melina tenía un gusto exquisito y estaba segura de que le gustaría el diseño. Sólo esperaba que le quedara perfecto.

Cuando llegó el momento, después de ponerse una ropa interior blanca preciosa, Melina se colocó delante de ella con el brazo levantado para no arrastrar la funda. —Querida, esto ha sido todo un reto —dijo su amiga riendo—. Organizar una boda en día y medio, no es nada comparado a encontrar el vestido adecuado para la mujer que le ha robado el corazón a mi hermano. —La miró con cariño. —Este seguramente es el vestido más importante de tu vida y espero que te encante.

—¡Dios, voy a llorar! —dijo ella abanicándose con las dos manos.

—¡Ni se te ocurra! —dijo su amiga bajando un poco la cremallera central del porta trajes—. Allá vamos.

Cuando quitó la funda del todo, Jessica se levantó de la silla que habían utilizado para maquillarla y se acercó sin quitarle la vista de encima al vestido. —No me puedo creer que sea tan hermoso —dijo acariciando el maravilloso encaje que había en el escote. Todo el vestido era de un encaje muy ligero. Era de corte princesa con un corpiño en corte corazón. Y a Jessica le pareció el vestido más bonito que había visto en su vida.

Melina sonrió satisfecha. —Me alegro que te guste. Ahora vamos a ponértelo.

Cuando Melina terminó de abrocharle los diminutos botones de la espalda, la ayudó a ponerse unas sandalias que tenían perlas en las tiras. Melina la miró con ojo crítico. —Perfecta, ahora mírate al espejo.

Jessica se dio la vuelta a un espejo ovalado de cuerpo entero que había llevado Blix. Su recogido se parecía al de Melina, pero era mucho más elaborado. El escote corazón le quedaba perfecto con su figura y el corpiño disimulaba su embarazo completamente.

—¿Esa soy yo? —preguntó riéndose—. Me encanta. ¡Parezco una estrella de cine!

Melina se rió con ella. —Sí que te pareces un poco a Grace Kelly el día de su boda.

Melina la volvió a mirar a través del espejo. —Te falta algo que tengo aquí.

—¿Qué es?

Su amiga se acercó a su bolsito y sacó dos cajitas forradas en terciopelo. —Estas joyas eran de mi madre —dijo abriendo los estuches y enseñándoselos—. Me gustaría regalártelas.

Jessica se quedó sorprendida mientras miraba unos pendientes, que eran cada uno un gran diamante solitario. En la otra caja había una pulsera de diamantes haciendo juego.

—¡Oh! ¡Melina, no puedo aceptarlos! —exclamó cogiendo las manos de su amiga y mirándola a los ojos—. Eran de tu madre, deberías llevarlos tú.

Melina la abrazó. —Tú eres la pareja de mi hermano y te mereces llevar algo que le perteneciera. —Y Melina sin darle importancia añadió —Además, tengo muchas. A mi madre le encantaban las joyas.

—Gracias —dijo ella cogiendo un pendiente y poniéndoselo—. Son maravillosos.

—Seguro que Alón te llenará de ellas con los años —dijo Melina riéndose mientras la ayudaba a ponerse la pulsera que tenía un cierre de seguridad.

—Sois todos muy generosos conmigo —dijo emocionada.

Melina la miró a los ojos acariciándole los brazos. —No, Jessica. La generosa has sido tú. Lo has dado todo por él y no hay nada que pueda compararse con eso. —Suspirando le cogió la mano y la llevó hacia la puerta. —¿Lista?

—Lista.

Las chicas bajaron hasta la entrada del edificio donde los chicos las esperaban. Los cuatro estaban vestidos con esmoquin. —Estáis muy guapos —dijo ella radiante.

Ellos no le contestaron. Se la quedaron mirando fijamente sin hablar. Jessica perdió un poco la sonrisa y le dijo entre dientes a Melina —Que digan algo…

Rohr fue el primero en hablar. —Pareces un ángel.

—¡Oh, Dios! ¡Voy a llorar! —gimió ella volviendo a abanicarse con las manos.

—¡No! —dijo Melina mirándola seriamente—. ¡Vosotros, ayudar un poco!

—Ya... —dijo Jessica—, se me está pasando.

—Son las hormonas —dijo Rem.

—¡No seas tonto! —dijo Melina cogiéndole la cola—. ¡Se va a casar! Es normal que llore.

—¿Nos vamos? —preguntó Taix abriendo la puerta.

Los chicos la escoltaron hacia la limusina. —El chófer es de los nuestros. De todas maneras no te separarás de nosotros.

Rohr se subió con ella cuando consiguió entrar en el coche. —¿Eres el padrino?

Él sonrió. —Sí, me lo pidió Alón esta mañana.

—Estoy muy contenta y emocionada —dijo mirando por la ventana. Estaban saliendo de la ciudad—. ¿Los chicos van detrás?

—Sí —dijo Rohr—. Va un coche delante y otro detrás. Tú sólo dedícate a pasarlo bien.

Jessica se relajó. Un rato después llegaban a una iglesia preciosa, que estaba en una pequeña colina. Una escalera de piedra llegaba hasta ella. Una gran cascada de rosas subía por los bordes de la escalinata, dando una imagen idílica. —Es preciosa —susurró cuando bajó del coche.

Melina le tendió su ramo de novia. —¿Empezamos? El novio debe estar impaciente.

Alón salió del interior de la iglesia y se quedó observándola desde la entrada. Jessica fue hacía él. Subió lentamente los escalones mirándolo a los ojos.

Cuando llegó a su lado le dijo sonriendo. —Tú y tus sorpresas.

Alón le cogió la mano y se la puso en el brazo. —¡Si te encantan las sorpresas!

—Y esta es la mejor de todas —dijo ella dándole un beso.

Cuando se separaron, Melina dijo divertida —Eso va al final. Todos a sus puestos.

Blix y los chicos, excepto Taix, entraron en la iglesia con Melina, colocándose en los bancos delanteros. Su amiga era la madrina y Rohr el padrino, así que se quedaron a ambos lados del altar, donde les esperaba un cura con una sotana blanca. En la iglesia había rosas de colores suaves por todos los lados y miles de velas iluminaban la estancia. Era todo tan bonito, que Jessica no sabía a dónde mirar. Alón le apretó suavemente el brazo. —¿Estás segura de esto?

Jessica le miró a los ojos. —Te amo, ¿necesito decir más?

Alón sonrió. —¿No te importa que yo te lleve al altar?

Jessica se echó a reír. —Cariño, no esperaba otra cosa.

Se empezó a oír música de órgano y Jessica vio a una mujer tocándolo en un extremo del altar. Avanzaron lentamente hacia el altar, donde el sacerdote sonreía.

—Estamos aquí reunidos, para unir a este hombre y esta mujer en santo matrimonio —dijo el sacerdote.

Mientras el cura hablaba, Jessica miraba a su prometido a los ojos. —Alexander Beikerfield... ¿aceptas a Jessica Anne Stuart como tu futura esposa? —Jessica se sorprendió.

¿Alexander? ¿Quién era Alexander? Miró al sacerdote con el ceño fruncido.

Alón sonriendo le apretó la mano para que le mirara. —Sí, acepto.

Ella le miró a los ojos y los entrecerró. Se acercó a él, poniéndose de puntillas y le preguntó al oído —No me estoy casando con otro, ¿no?

Alón se echó a reír. —No, mi vida.

Jessica asintió y volvió a su puesto. Miró al cura que estaba claramente sorprendido y le dijo con los ojos chispeantes —Puede continuar.

Los chicos intentaron no reírse y ella les miró de reojo sonriendo.

Jessica se emocionó mucho con el intercambio de anillos. No pudo evitar llorar. Melina la iba a matar.

Cuando terminaron la ceremonia, Blix y Taix se intercambiaron para sacar las fotos. Alón y Jessica subieron a la limusina, después de darle las gracias al sacerdote y a la mujer, que era una feligresa muy devota.

El coche estaba ya en movimiento, cuando Jessica preguntó mientras cogía un refresco que le ofreció Alón. —¿Alexander Beikerfield?

—¿No le gusta, Señora Beikerfield? —Alón se explicó—. Los vilox no tenemos apellidos y la mayoría tienen unos nombres, que resultan extraños para los humanos. Así que tenemos identidades humanas.

—Así que en mi mundo somos los Señores Beikerfield y en tu mundo soy la pareja de Alón.

—Exacto. —Él le acarició el cuello. —¿Sabes que estás preciosa, señora Beikerfield?

Jessica le besó en los labios y respondió coqueta —Sí, lo sé. Así que recuerda esta imagen cuando no pase por la puerta.

Volvieron al edificio y los chicos les estaban esperando fuera. Estaban en el ascensor, cuando Jessica se dio cuenta de que no iban al loft. El ascensor se detuvo en el cuarto y entraron en un piso que estaba totalmente cubierto de flores. También había unas mesas cubiertas de deliciosas exquisiteces. Jessica se echó a reír. —¿Tenemos banquete?

—Una pequeña comida —dijo Melina mientras la acercaba a una mesa con servicios para todos. En una esquina había una tarta nupcial preciosa. Todo era tan especial, que se emocionó otra vez—. Melina, todo es precioso. Podrías ser organizadora de bodas.

Melina le guiñó un ojo. —Otro de mis grandes talentos.

Pasaron una velada maravillosa. Todos sentados a la mesa, lo celebraron entre risas.

Después de un par de horas Rem le dijo a Alón. —Es la hora.

Melina se levantó y se acercó a ellos. —Jessica, ¿por qué no te vas a cambiar y a ponerte más cómoda?

Jessica se dejó llevar. Allí pasaba algo y no quería estropear la sorpresa. —Vale, ¿me pongo unos vaqueros? —preguntó levantándose.

—Ponte lo que está encima de la cama —dijo Melina acompañándola—. Te ayudaré a quitarte el vestido.

Se vistió con una falda de tubo blanca y una blusa blanca de tirantes. —Bien, ¿y ahora qué?

Alón entró en ese momento con unos pantalones negros de vestir y una camisa azul.

—Ahora, nos vamos —dijo sin aclararle nada.

Jessica sonrió y miró a Melina que le estaba diciendo —Yo ya me voy. Pásatelo muy bien.

Se despidió de su amiga dándole un abrazo. —Gracias por todo el trabajo que has hecho. Debe de haber sido una locura organizarlo todo.

—Me ha encantado hacerlo.

Los chicos y ella se subieron a los coches. Después de un rato Jessica se dio cuenta a donde iban y preguntó con el ceño fruncido —¿Vamos al aeropuerto?

Alón sonrió. Pararon el coche en una pista donde había un jet. La bajaron rápidamente del coche y la guiaron hasta el avión. —¿Me vais a meter ahí? —preguntó ella de repente parándose en seco—. No, no, no.

Jessica se dio la vuelta y empezó a andar hacia el coche. Alón la cogió del brazo girándola. —Nena, ¿qué pasa?

Ella les miró a todos que la rodeaban. —¿No habéis leído mi vida? Yo no me subo en avión —dijo firmemente—. ¡Nunca!

Alón gimió. —¿Te da miedo montar en avión?

—¿Por qué no teníamos ese dato? —preguntó Rem con el ceño fruncido.

—¡No me da miedo montar en avión! —respondió muy dignamente—. ¡Me da pánico!

Los chicos se miraron los unos a los otros. —Alón, soluciónalo ¡Aquí estamos muy expuestos! —añadió Rohr.

—Cariño, sabes que nunca haría nada que te hiciera daño, ¿verdad? —dijo él acariciándole el cuello

Jessica sonrió y luego perdió el conocimiento.

Se despertó hambrienta. Rodó por la cama buscando a Alón. Tras palpar el colchón, suspiró y abrió los ojos. Se sentó de golpe en la cama, apartándose el pelo de la cara. Estaba en una habitación que no conocía. En realidad, aquello parecía un palacio. Los techos estaban pintados con ángeles y las molduras de las paredes estaban pintadas de oro. Su cama parecía sacada del renacimiento. Se bajó de la cama y fue hacía una ventana. Abrió las puertas dobles y vio un gran canal que estaba debajo. —Venecia —dijo sorprendida.

—¿Te gusta? —le susurró Alón al oído.

Jessica miró por la ventana y vio los canales con las grandes góndolas navegando por ellos. —¿Cariño?

—¿Uhmm? —respondió él abrazándola por la cintura y besándola el cuello.

—¿Me has dejado sin sentido? —preguntó ladeando la cabeza para darle espacio.

Alón le lamió el lóbulo de la oreja. —¿No ha merecido la pena?

Ella suspiró mirando a su alrededor. —Sí. ¿Estamos de luna de miel?

—Toda novia debe tener una luna de miel. —Alón le acarició la barriga. —¿Tienes hambre? Hace doce horas que no comes nada.

Jessica se dio la vuelta y le abrazó por el cuello. —Después...

Capítulo 11

Una semana después llegaron al aeropuerto de Nueva York. Alón la sacaba en brazos del avión, mientras los chicos los esperaban con la puerta del coche abierta.

—¿Qué tal la luna de miel? —preguntó Semir cogiendo las maletas.

—Fantástica —respondió Alón sentando a Jessica inconsciente en el asiento trasero del coche—. Aunque esta vez ha sido un poco más difícil de convencer para subir al avión.

Taix se echó a reír. —¿Qué ha hecho?

—Se escondió en el baño de la suite, atrancando la puerta con una silla —respondió sonriendo sentándose a su lado. Le inclinó la cabeza para que no le doliera el cuello y continuó —No podía sacarla sin romper la puerta.

—¿Y cómo lo solucionaste? —preguntó Rohr.

—Entré por la ventana. Ni me vio venir, porque estaba atenta a la puerta. —Alón observó a Jessica sonriendo

—¿Algún problema? —preguntó Rem.

Él negó con la cabeza. —Supongo que no dimos demasiado tiempo para ser localizados.

—¿Y su salud? —preguntó Rem señalando a Jessica—. ¿Vómitos? ¿Mareos?

Alón se echó a reír. —No ha parado de comer desde que llegamos a Venecia. Nunca he visto a alguien comer tantos espaguetis a la carbonara. Y ha debido probar todos los helados de Italia.

Rem sonrió satisfecho.

—Y vosotros, ¿habéis encontrado algo?

—Hay un informe de hace diecisiete años, sobre un incidente de abuso a una humana —dijo Rem—, sin violación. Le dio un par de puñetazos cuando no quiso acostarse con él. Se solucionó con medio millón de dólares y la firma de un documento de confidencialidad.

—¿Quién era?

—Un nieto de Mirus —respondió Rohr, que en ese momento metía el coche en el garaje.

—¿Recientemente ha tenido algún problema?

—No. —Rem abrió la puerta trasera del coche. —Desde ese episodio, ha sido un niño bueno. De hecho, es el senador Fergus Gray.

—Vaya, vaya —dijo Alón sacando a Jessica del coche—. ¿Un vilox senador?

Rohr se encogió de hombros. —A mí también me pareció raro. Pero supongo que querrá mejorar la sociedad, porque dinero no le falta.

Alón frunció el ceño. —No debemos alterar la historia de los humanos, es una regla básica. Vigilarlo. Aunque no tenga nada que ver con Jessica, esto no me gusta. Y el que seguía a Jessica, ¿ya sabéis quién es?

—No sale en ninguna base de datos —dijo Rem cabreado—. No tiene identidad humana.

Jessica empezó a despertarse en el ascensor. Abrió los ojos y al primero que vio fue a Rohr. —¡Vaya, pero si es el padrino! —dijo somnolienta.

—¿Has tenido un buen vuelo? —preguntó Rohr riéndose.

Jessica miró a Alón, que la llevaba en brazos. —¿No te da vergüenza? —Alón negó con la cabeza. —¿Cómo entraste?

—No te voy a contar todos mis secretos. Sólo llevamos una semana casados.

—¿Eso quiere decir que dentro de veinte años, todavía tendrás cosas que contarme? Este matrimonio va a ser de lo más divertido —dijo mientras la metían en el loft—. Cariño, bájame.

Taix y Semir llegaron en ese momento con las maletas. —¿Llevabais tanto equipaje?

Jessica se sonrojó. —Es que había cosas muy bonitas. —Su marido la dejó en el suelo. —Os hemos traído un regalo —dijo ella emocionada buscando una gran bolsa.

Los chicos parecían sorprendidos mientras ella repartía los paquetes. —¿No os gustan? —preguntó ella al ver que no los abrían.

—No es eso —dijo Taix incómodo—. Es que hace años que nadie nos regala nada.

Jessica sonrió. —¡Abrirlos!

Los chicos abrieron los envoltorios. En su interior había una góndola de cristal, con un gondolero con su pértiga. Eran piezas que variaban un poco, pero todas eran parecidas. —¿No son bonitas? —preguntó ella encantada—. Estuvimos en un sitio donde soplaban vidrio y había piezas maravillosas.

—Es un regalo precioso, gracias —dijo Rem carraspeando, envolviendo su regalo con cuidado.

Los chicos le dieron las gracias y los dejaron solos. Jessica se mordió el interior del moflete. —No pienses que no les ha gustado —dijo

Alón cogiéndole la cara con las manos—. Es que hace mucho tiempo que nadie piensa en ellos y les cuida.

—¿Crees que es eso? —preguntó dudosa.

—Están un poco emocionados, eso es todo. —Le dio un beso en los labios y luego le dijo —Come algo. Yo voy a dar una vuelta.

Jessica suspiró y miró las maletas. Tenía mucho que hacer, pero lo primero era lo primero. Fue hacia la nevera, la abrió y vio un montón de comida, que estaba preparada lista para calentar. —Blix, te quiero...

Alón cogió el BMW y se acercó a New Jersey. Cuando llegó a la casa de su amigo, echó un vistazo a su alrededor y se dirigió a la parte de atrás de la casa. En una tumbona estaba Jermix leyendo un libro. —No deberías entrar así en una casa ajena, amigo. Te pueden pegar un tiro —dijo el viejo mientras cerraba el libro y lo colocaba sobre una mesa baja que tenía al lado.

—¿Y ese tiro me lo vas a pegar tú? —preguntó riéndose.

Se sentó en la otra tumbona y se sirvió una limonada de la jarra que había en la mesa.

—Necesito información.

Jermix se puso alerta. —Si te puedo ayudar en algo...

Alón observó a su amigo. No se conservaba mal para tener setenta y seis años. Fuerte de complexión, todavía conservaba los músculos que le habían hecho uno de los mejores xedarx. Lo único que delataba la edad que podía tener, era su cabello blanco.

—Mi esposa es humana —dijo sin perderle de vista—. El Consejo levantó la prohibición y esperamos familia.

Su amigo no movió un músculo. El entrenamiento de sus años de xedarx no se podía dejar atrás. —La han intentado matar dos veces y han matado a Naurx.

—Alguien no quiere el mestizaje —dijo Jermix—. ¿Sospechosos?

—Un hombre la ha seguido, pero todavía no sabemos quién es.

—¿Qué quieres de mí?

—Información sobre algún incidente del pasado de alguno de los familiares del Consejo.

Su amigo miró al vacío. —Hace unos treinta y cinco años, un hijo de Zadish mató a una doncella en un hotel de California después de violarla. Le dio una paliza que le arrancó la mitad de la dentadura.

—¿Cómo lo solucionasteis?

—Como lo solucionamos siempre —dijo mirándolo seriamente.

—Lo liquidasteis. ¿Zadish no puso objeciones? —preguntó Alón.

—Él me dio la orden directamente.

—Entonces no puede ser él —dijo Alón para sí.

—¿Quieres que te dé un consejo? —preguntó el hombre levantándose y poniéndose frente a él en toda su altura.—. No te fíes de nadie, absolutamente de nadie. Ni de los tuyos.

Alón se levantó y lo miró a los ojos. —Pongo la mano en el fuego por mis hombres.

—¿Pondrías la vida de tu hijo?

Jessica estaba revisando su correo electrónico. Había muchos mensajes de María, pero no sabía qué decirle. Le daba pena, pero no podía explicarle nada. Abrió el último de los correos "No sé qué está pasando. Aunque me has dicho que estás bien, si no te pones en contacto conmigo y te veo, llamaré a la policía" Jessica se puso nerviosa mirando la fecha del mensaje ¡Se lo había enviado hacía dos días!

—¡Alón! —gritó abriendo la puerta del loft—. ¡Alón, baja!

Llevaban unos días de vuelta y Alón pasaba mucho tiempo con los chicos en el piso de arriba entrenando. Su marido estuvo allí enseguida con Taix y Semir.

—Tenemos un problema.

Fue hasta el ordenador y le enseñó el mensaje. —¿Tan amiga tuya es? —preguntó Taix mirando la pantalla del portátil.

—Sí —confirmó ella—. Le envié un mensaje diciendo que por un problema familiar iba a estar fuera de la ciudad y que dejaba el trabajo porque no sabía cuándo iba a volver, pero parece que ella no se lo ha tragado.

—¿Es la que estaba en el restaurante? —preguntó Alón.

—Sí, ella es la que me dijo que fuera al médico. —Jessica estaba preocupada. No se había esperado la intromisión de su amiga. —¿Qué hacemos? ¿La llamo?

—Llámala —dijo Alón—. Dile que estás fuera del estado. Que tienes a una tía que está enferma y la estás cuidando. Que es la única familia que tienes.

Jessica cogió el móvil y marcó. Después de dos tonos su amiga lo cogió. —Jessica, ¿eres tú?

—Sí, María. Acabo de ver tu mail —dijo ella riéndose—. Un poco exagerada, ¿no?

—¿Exagerada? ¡Hace semanas que no sé nada de ti! —le gritó su amiga por teléfono—. ¡Sólo sé que te ibas al médico y después desapareces!

—Perdona. —Miró a su marido que escuchaba la conversación atentamente. —Pero es que no me encuentro en Nueva York y estoy muy ocupada. Verás, mi tía Rose, que vive en California, está muy enferma y es la única familia que tengo. Cuando enfermó, salí corriendo y no pensé en nada más. Lo siento.

Su amiga suspiró. —Está bien, pero cuando vuelvas a Nueva York, tenemos que quedar. Vendrás a cenar con Trevor y conmigo a casa.

Jessica abrió los ojos como platos recordando algo. —Está bien. Te llamo, ¿vale?

Después de despedirse y colgar se giró a los chicos. —Ya sé quién es el que me seguía.

—¿Quién? —preguntó Alón cogiéndola de los hombros.

—Es Trevor, el novio de María. No me acordaba porque sólo lo había visto una vez y fueron unos segundos, pero es él.

—Está claro que es una identidad falsa —dijo Taix sentándose en el sofá.

Semir sonriendo diabólicamente apostilló. —Pero tenemos un contacto.

—Sigue con él. Sino no me hubiera dicho que quedáramos a cenar. —Ella sonriendo cogió un plátano de la encimera. —Podemos tenderle una trampa.

—Podemos esperar un par de semanas y llamar a María para quedar los tres —dijo Taix

—Eso es peligroso —dijo Alón—. No se tragará que de repente Jessica quiera quedar con María, sobre todo porque siempre está vigilada. No colará.

—Pero lo que sí hará, es seguir en contacto con María, porque sino ya la habría dejado o liquidado. Todavía quiere usarla —dijo Semir.

—Tendremos que vigilar a María por si hay suerte —dijo Alón—. Si aparece, que no se os escape.

—Nos encargaremos —dijo Taix saliendo del loft tropezándose con Blix, que entraba en ese momento.

Pasaron tres meses, pero no hubo suerte. El hombre no volvió a aparecer y Jessica estaba deprimida. Pasarse todo el día metida en casa, empezaba a pasarle factura. Todos hacían lo que podían para animarla. Alón no dejaba de hacerle regalitos y Melina se pasaba a menudo con los últimos detalles de la decoración del edificio, que estaba ya casi terminado. Después de un retraso con las obras, se mudarían en unos días y Jessica lo estaba deseando. Su barriga parecía la de una embarazada de nueve meses y los niños estaban inquietos. No paraban de moverse y Jessi casi no podía dormir. Melina la miraba preocupada, mientras le enseñaba unas muestras de pintura para el gimnasio.

—Jessica, ¿te encuentras bien?

Ella bufó. —Estoy harta de estar aquí encerrada.

—Te comprendo —dijo su amiga—. A mí me volvería loca estar en tu posición.

—¿Por qué no vamos hasta el edificio nuevo y así le echó un vistazo? —preguntó poniéndose de pie—. Por favor…

Melina se levantó del sillón. —Es peligroso, Jessica. No deberíamos salir sin los chicos.

—Rem y Taix están aquí. —Su mirada se iluminó de ilusión.

—Hablaré con ellos —dijo Melina saliendo del piso.

Al cabo de unos minutos aparecieron los tres y los chicos la miraban con cara de pocos amigos. —Melina nos ha dicho que quieres salir —dijo Rem.

—Sí, por favor —rogó Jessica—. Hace meses que no salgo de casa y me voy a volver loca.

Rem miró a Taix, estaba claro que estaban hablando mentalmente. —Por Dios, ¿no podéis hablar en voz alta? —preguntó exasperada—. Me estoy hartando de todo esto. No trabajo, no veo a nadie a parte de vosotros. —Se agarró la barriga. —Y tengo dos melones dentro de la barriga. ¡Quiero salir!

Rem la miró. —No te separarás de nosotros. Allí todavía hay obreros y no es seguro.

—¡Hecho! —respondió ella rápidamente.

—No, no. Un momento —dijo Melina—. Llamaremos a Alón para ver qué dice.

Jessica miró a Melina queriendo matarla. —Si llamas a Alón, no te vuelvo a hablar más en la vida. Lo juro por Dios.

Melina la miró dolida. —Lo hago por ti.

Jessica tomó las riendas de su vida. —Bien, no me dejáis otra opción.

La miraron con los ojos entrecerrados mientras la veían coger su bolso y colgárselo en su hombro. —Si no queréis venir conmigo, allá vosotros. —Dicho esto, salió por la puerta.

—Jessica, ¿qué haces? —preguntó Rem saliendo detrás de ella.

165

—Me voy al edificio nuevo. —Pulsó el botón para llamar al ascensor.

Los chicos salieron corriendo detrás de ella. —¡Joder, Jessica! ¡Espera que cojamos las armas por lo menos! —dijo Rem intentando retener las puertas del ascensor—. No llevamos las lentillas, espera cinco minutos…

Jessica se les quedó mirando y sonrió. —Claro, os espero en el vestíbulo.

Melina entró en el loft para coger el bolso y el móvil. Cuando salió corriendo en busca de Jessica, ya estaba bajando por el ascensor. Miró la puerta de las escaleras y se dirigió hacia ellas a toda prisa.

Cuando llegó al vestíbulo, la puerta del portal estaba abierta. —¡Taix, se ha ido! —gritó por el hueco de las escaleras. Angustiada salió a la calle, mirando a ambos lados. Estaba lleno de gente y no la veía por ningún lado. Un dolor en el estómago la alarmó. ¡Alón los iba a matar!

Cuando llegó Taix, él le gritó —¿Por qué no la has detenido?

—¡Fui a buscar el bolso! ¡Sólo he tardado dos segundos! —gritó ella.

La gente los estaba mirando. Llegó Rem corriendo. —Vamos a por el coche y rezar porque esté en el edificio nuevo.

Corrieron hacia el cuatro por cuatro y mientras salían a toda velocidad, Taix llamaba a Alón. —Se ha ido —dijo muy serio a su jefe en cuanto descolgó.

—¿Jessica? —gritó Alón.

—Se ha ido al edificio nuevo, pero no estamos seguros. Era allí a donde quería ir.

—Voy para allá.

Quince minutos después Rem frenaba en seco ante el edificio. Se bajaron del coche tan aprisa, que ni se molestaron en cerrar las puertas. Subieron las escaleras y entraron en el hall. Miraron a su alrededor, pero allí no estaba. Taix localizó al jefe de obra, que estaba hablando con un obrero. —Señor Smith, ¿ha venido por aquí una mujer embarazada?

El hombre le miró sorprendido. —No que yo sepa. Y llevo aquí dos horas.

Taix se dio la vuelta para mirar a Rem. —Hay que revisar el edificio.

Alón seguido de Semir y Rohr entraron corriendo. —¿Está aquí?

—¡No la han visto, revisar el edificio! —ordenó al jefe de obra.

Rem miró a Taix. —Igual no le ha dado tiempo a llegar. Hemos llegado muy rápido.

—¡Alón! —Melina muy pálida estiró la mano hacia a su hermano, cuando algo tiró de ella, haciéndola arquear la espalda y echar la cabeza hacia atrás con los brazos en cruz.

—Dios mío, ¿le está dando un ataque? —preguntó el señor Smith.

—¡Qué salga todo el mundo! —gritó Taix—. ¡Todos fuera!

Los obreros salieron del hall mirándolos como bichos raros. —No le habléis, está teniendo una visión —dijo Alón.

Melina cayó al suelo nada más decir eso y empezó a retorcerse gimiendo. —¡Haz algo! —le gritó Taix mirando como Melina sufría.

Alón le miró de reojo fríamente. —Esto no hubiera pasado si vosotros hubierais hecho vuestro trabajo.

Melina volvió a arquear la espalda. Empezó a gritar y a llorar, pero no se le entendía bien lo que decía, hasta que puso los ojos en blanco y gritó desgarradoramente —¡No!

Alón se acercó a su hermana que estaba temblando tirada en el suelo. —Melina —dijo con voz tranquila—. Hermana, ¿qué has visto?

La cogió por los hombros sentándola en el suelo. Ella gemía y lloraba. —Sangre, mucha sangre.

Alón se tensó. —¿Era Jessica?

Melina le miró con los ojos llorosos. —La tienen, Alón. Y le van a hacer mucho daño. He visto sangre y un cuchillo. Ella no se puede mover. Está atada y grita. Pero nadie la oye. —Hablaba entrecortadamente respirando con dificultad. —La maldad la rodea. Quieren hacerle daño a ella y a los niños.

Alón tragó saliva intentando hablar. No podía.

—¿Has visto dónde está? —preguntó Rohr al otro lado de Melina.

—No, era todo reluciente… como plateado —dijo ella llorando. Y levantó la vista de golpe mirando a Alón—. Y he visto la mesa que dibujaron los niños. Jessica tenía las manos atadas a una de las patas. Tuve un mal presentimiento cuando vi el dibujo. Tenía que haber dicho algo…

Alón entrecerró los ojos. —¿Cómo era esa mesa?

—Es semicircular con cinco sillas —dijo ella intentando levantarse, pero sus piernas no la sostenían.

—Está en la sala del Consejo —dijo Alón ayudándola a incorporarse—. Me voy para allá.

—¿Dónde está esa sala? —preguntó Semir.

—En Wall Street, en una cámara acorazada —respondió sentando a Melina sobre una caja

—¡Largaos! —apuró Melina.

Salieron corriendo y se subieron a los coches. Un silencio sepulcral invadía la atmósfera. Entraron en el parking del banco y Rohr siguió las indicaciones que le dio Alón.

Salieron de los Hummer y Alón vio que había allí dos coches más. —Son dos como mínimo. Coger armas. —Abrieron el capó del coche y levantaron una tapa, que escondía todo tipo de armas. Alón cogió una metralleta pequeña y la comprobó mientras los demás escogían lo que necesitaban. —Tirar a matar. No quiero errores. No quiero que esos cabrones salgan vivos de aquí.

Alón se dirigió hacia la entrada de las escaleras y abrió la puerta mentalmente.

Sophie Saint Rose

Capítulo 12

Jessica dio al botón de bajada en el ascensor, en cuanto Melina entró en el loft. No pensaba quedarse allí ni un minuto más. Sabía que en cuanto volvieran, llamarían a Alón y ya no podría salir. Cuando llegó al hall, abrió la puerta que daba al exterior y suspiró contenta. Era una delicia salir a la calle. Bajó las escaleras que daban a la acera y caminó calle abajo. Sintió una punzada en el hombro y se volvió tocándoselo, mirando a su alrededor. Empezó a marearse y se asustó cuando se le nubló la vista. Paró un coche a su lado y notó que empezaba a desvanecerse. Alguien la sujetó por las axilas y la metió en el coche. No sintió nada más.

Se despertó mirando a su alrededor asustada. Hacía frío. Se movió dándose cuenta que estaba tirada en el suelo, pero no se ponía levantar. Todavía un poco mareada, miró sus manos que estaban sobre su cabeza. Tiró gimiendo, cuando se dio cuenta que tenía puestas unas esposas, sujetas por una cadena larga que estaba agarrada a la pata de una mesa. Por mucho que tiraba, la mesa no se movía. Miró hacia abajo. Sus piernas estaban rodeadas de una cadena que terminaba en sus tobillos.

—Nuestra invitada está despierta, Droig. ¿Por qué no te acercas y compruebas si está cómoda? —dijo una voz detrás de ella.

Asustada Jessica retorció el cuello mirando hacia atrás y vio como el hombre de las fotos se acercaba hasta ella.

171

Sophie Saint Rose

—¿Qué queréis? —preguntó ella sintiendo que se le helaba la sangre de terror.

—¿Y tú te atreves a hacer esa pregunta? —La voz que le preguntó, parecía enfadada.

Jessica se retorció intentando ver quién le hablaba, pero no llegaba a verlo. —No sé qué queréis. Yo no he hecho nada. —Tenía que intentar ganar tiempo.

—Cierto, a ti sólo te han embaucado. Pero no podemos dejar que se salgan con la suya. —Parecía que la voz se acercaba, pero ella seguía sin ver quién le hablaba.

—¿Quiénes? —gritó ella sin dejar de mirar a su alrededor.

—¿Cómo se atreven a mezclar nuestra sangre con la vuestra? Asquerosos humanos. Me dais asco con vuestras guerras y pobreza. Sois débiles y mezquinos. —La furia se reflejaba en su voz y Jessica tembló.

El hombre que estaba a su lado, la escupió en la cara. —Sois basura. El día que una humana tenga el hijo de un vilox, será el fin de nuestra raza. Y nosotros no lo permitiremos. —El hombre le pegó una patada en la pierna a la altura del muslo. Jessica gimió de dolor y notó cómo los niños se revolvían en su barriga.

—¿Y qué van a hacer conmigo? —preguntó llorando—. No he hecho nada, de verdad. Están equivocados.

—¿Crees que somos idiotas? —preguntó el hombre a su lado—. ¿Qué embarazada tendría esta barriga en cuatro meses? Te hemos seguido desde hace mucho tiempo.

—¿Eres el que ha intentado matarme? —preguntó llorando mirándolo a la cara. Era un hombre normal y corriente. No tenía nada fuera de lo normal, excepto su mirada, que le decía claramente que no saldría de allí con vida. Jessica no podía retener las lágrimas, pensando que había sido una estúpida caprichosa.

—Mira, ya no se hace la tonta —dijo la voz. Parecía divertido.

—Yo no te he tocado en mi vida —dijo el hombre riéndose—. Si te hubiera tocado, estarías muerta.

Jessica gritó pidiendo socorro, pero su voz retumbó en la sala. El hombre se agachó cerca de su cabeza. —Aquí no va a oírte nadie, zorra. Así que ahorra tus fuerzas.

—¿Vosotros matasteis al miembro del Consejo? —preguntó tirando de sus cadenas.

—Estaba investigando lo que no debía —le respondió la voz.

El hombre que estaba a su lado, estaba observando su vientre. A Jessica se le erizó la piel. —¿No te gustaría saber qué es lo que lleva dentro? —preguntó fríamente.

—¿Te refieres al engendro? —preguntó la voz.

—Sí. Sería interesante saber qué es lo que lleva dentro —dijo mientras la seguía mirando con ojos de sádico.

—¿Qué clase de chiflados sois vosotros? —preguntó histérica—. ¡Malditos psicópatas!

La voz se echó a reír. —Tiene carácter. Y sí...tienes toda la razón, sería educativo ver qué intentan colarnos.

—¡Cómo le hagáis daño a mis hijos, ya podéis correr! —gritó ella tirando de las esposas, haciéndose daño en las muñecas—. ¡Porque los xedarx os perseguirán hasta el último lugar de este planeta, malditos gilipollas!

—Ellos nunca nos encontrarán —dijo la voz—. Sobre todo porque no saben quiénes somos. Cuando encuentren tu cadáver, será en la próxima reunión del Consejo. Creo que entenderán el mensaje. —Hubo un silencio. —Droig, creo que tienes razón. Veamos qué lleva dentro.

Jessica gritó cuando el hombre se puso de rodillas frente a su vientre. Con la mano derecha tocó su barriga, mientras con la izquierda cogía un gran puñal que tenía sujeto por el cinturón a la espalda. —¡Malditos cerdos, dejar a mis hijos en paz!

El hombre levantó la camisa premamá que llevaba, dejando su vientre al descubierto y pasó el cuchillo por su cintura mientras no le quitaba la vista de encima, disfrutando de su tortura. —¿Dónde crees que debo clavar el cuchillo?

—No lo sé muy bien, no soy médico —dijo la voz divertido—. Las cesáreas se hacen por la parte de abajo.

Jessica no dejaba de gritar y llorar, retorciéndose en el suelo. El hombre colocó el cuchillo cerca de su bajo vientre. Jessica chilló cuando sintió la hoja contra la piel. Cuando la punta del cuchillo empezó a cortar la piel, Jessica gritó con todas sus fuerzas.

De repente no sintió más y bajó la vista muy nerviosa.

El hombre tenía el cuchillo clavado entre los ojos. Jessica lloró de alivio, mientras veía cómo el hombre caía hacia atrás, con su cara vuelta hacia ella en el suelo. Sangraba mucho y la sangre se derramaba por el suelo.

Miró tras de sí con pánico buscando a alguien, pero estaban solos. Los niños la habían sacado de esta.

—Sorpresa, sorpresa —dijo la voz—. Mira tú por donde, vamos a tener aquí unos engendros con dones muy fuertes, ¿verdad?

—¡No te acerques a mí, maldito cabrón! —gritó ella.

—Ya lo he hecho muchas veces y tú no te has dado ni cuenta —dijo él a su oído.

Jessica se sobresaltó gritando. —¡No te veo!

—Exacto, querida. No puedes verme. Ni tú, ni nadie si yo no quiero —le susurró al oído.

Jessica sintió como se abrían las pulseras de las esposas, pero no hizo ningún gesto que la delatara. —Por favor, no me hagas daño...— gimió ella mientras cogía con fuerza uno de los extremos de las esposas—. Por favor. —repitió llorando.

—No te rebajes.

Jessica movió su brazo con todas sus fuerzas en dirección a la voz, sintiendo el golpe que le dio mientras las esposas rebotaban.

Un reguero de sangre cayó al suelo. —¡Maldita puta! —gritó la voz. Jessica vio cómo el reguero de sangre se alejaba un poco de ella.

La sangre estaba formando una mano y la parte derecha de una cara. Jessica sintió cómo las cadenas se movían, dejándole las piernas libres. Se sentó sin quitarle la vista de encima, dobló las rodillas y se agarró a la mesa levantándose lentamente, cuando se dio cuenta de que había dejado las cadenas en el suelo y podrían ayudarla. Se inclinó un poco para cogerlas, cuando oyó un estruendo y gritó aterrada. Por lo que parecía una puerta, entró Alón pegando tiros. Gritó tirándose al suelo haciéndose un ovillo y cubriéndose la cabeza.

—¡Despejado! —gritó Alón después de un rato de ráfagas de balas.

—¡Es invisible! —gritó ella—. ¡Alón, es invisible!

—¡Rohr, bloquea la puerta cuando entremos! —gritó Alón.

Jessica tirada en el suelo, miró hacia donde estaba el reguero de sangre, pero no encontró la cara. Gimió. —Mierda, mierda. ¡No dejéis que salga! —gritó ella.

Alón dio un paso al frente pasando por la puerta. Iba seguido de Taix, que llevaba una metralleta enorme. Rem pasó a su lado seguido de Semir. —¡Bloquéala, Rohr! —ordenó Alón mirando a su alrededor. La puerta de acero volvió a colocarse en su sitio y quedaron encerrados.

—¿Cómo sabéis que sigue aquí? —gritó ella.

—Porque puedo leer su mente —respondió Taix muy calmado—. Jessica, acércate a Alón.

Jessica se arrastró hasta su marido. La recogió del suelo, sujetándola de un brazo y la colocó detrás de él. Jessica daba con su espalda en la pared. A sus costados se colocaron Rem y Semir.

—Si sangra, se le puede ver —dijo ella cogiendo la camiseta de Alón.

—Vaya —dijo Taix riéndose—. ¿No has podido con una humana?

—Es un patético de mierda —añadió Rem mirando alrededor.

—Uhh, el niñato está enfadado —añadió Taix—. ¿En serio creías que te saldrías con la tuya?

Rem miró al techo. Jessica no se perdía nada sin salir de detrás de Alón. —Ese gilipollas quería abrirme el vientre para coger a los niños. Le parecía muy divertido ver cómo eran.

Alón se puso tenso. Rezumaba furia por todos sus poros. —¡Maldito cabrón, ya puedes pegarte un tiro, porque sino te voy a destripar!

—No tiene pistola —dijo Taix—. Más vale que te rindas tío, porque nos estás cabreando.

Jessica frunció el ceño. ¿Cómo iba a esperar allí toda la vida? Tenía que tener un plan, sino no lo entendía. —Tiene que tener algún arma sino, ¿a qué espera? —dijo ella.

—¿Taix? —preguntó Alón.

Su amigo no dijo nada. Jessica miró al tío del suelo. —¡Tiene un cuchillo! —gritó ella.

En ese momento un cuchillo se clavó contra el pecho Taix. Una ráfaga de balas volaron a la dirección de donde había venido el cuchillo. Jessica gritó viendo como Taix caía al suelo de rodillas, hasta caer del todo al suelo.

De repente empezó a caer una intensa lluvia del techo y una figura de agua se incorporó del suelo al lado del cuerpo sin sentido de Taix, con su metralleta en la mano. Rem disparó varias veces su pistola antes de que se incorporara del todo. Cuando lo vio caer al suelo, Alón se acercó a él y lo agarró de las solapas, levantándole por el aire y tirándolo sobre la mesa de acero. El hombre echó sangre por la boca.

—¿Quién te dio la información? —preguntó Alón.

El agua dejó de caer. En la cámara se había formado una piscina. El agua les llegaba a las rodillas y Jessica se agachó al lado de Taix, elevándole la cabeza para que no se ahogara, mientras gritaba que se despertara. Rem se acercó a Taix, arrodillándose a su lado y le puso una mano en el cuello comprobando el pulso. Le dijo con alivio —Está vivo. Tranquila Jessica, está vivo.

Alón seguía con el loco que no hacía nada más que gemir. —¿Quieres vivir? Dime quién te dio la información y haré que te salven…

—Que te jodan —respondió el hombre mientras se volvía visible a los ojos de todos.

—¡Te van a joder a ti! —gritó Alón—. ¡Maldito cabrón, ninguno de tus amigos se volverá a acercar a mi familia!

El hombre sonrió antes de que su cabeza cayera hacia atrás. Había muerto y Jessica, que ya estaba histérica, le gritó a Alón —¡Déjalo, está muerto! ¡Taix te necesita!

—Rem, comprueba que está muerto —dijo Alón soltado las solapas de aquella mierda y dejándolo caer a la mesa.

Su amigo le tocó la carótida y asintió. —Está muerto.

Alón levantó una pistola y le pegó un tiro en la cabeza. —Por si acaso.

Rem sonrió. —Vamos a llevar a Taix a la clínica.

Semir estaba partiendo en dos la camiseta que llevaba Taix. El cuchillo estaba ubicado cerca del corazón.

—No toquéis el cuchillo —dijo Rem—. Hay que moverlo lo menos posible.

Alón gritó contra la puerta llamando a Rohr, pero la puerta no se movía. —Joder, fuera no me puede oír.

—¿Qué? —gritó ella—. ¡Tenemos que sacarlo de aquí!

Rem miró a su alrededor y vio la pantalla del lector óptico. —Alón, pon tu retina delante del lector.

Alón se quitó la lentilla y la puso delante de la pantalla. Sonó un pip, pero la puerta que había sido desencajada, no se movió. —¿Sabéis Morse? —preguntó ella—. En todas las películas saben Morse.

Alón sonrió y se movió delante de la pantalla, repitiendo el proceso, haciendo una serie de sonidos. La puerta se volvió a desencajar y Rohr se acercó a la entrada. —¿Todo bien?

—Encárgate de llevar a Taix al coche —dijo cogiendo a su mujer en brazos. Ella le abrazó mientras lloraba de alivio.

Rohr miró a Taix tirado en el suelo y sin moverlo de su posición le hizo levitar sacándolo de la cámara. —Es culpa mía —gimió Jessica contra el cuello de Alón—. Todo esto es culpa mía.

—Shusss, cielo. No es cierto —dijo Alón llevándola al coche—. ¿Cómo estás? ¿Estás herida?

Ella no quería mentir. —Creo que me han hecho una herida debajo de la barriga.

—Vamos a la clínica y te revisarán —dijo Alón preocupado—. Todo va a salir bien.

Los dos cuatro por cuatro llegaron a la clínica en diez minutos. El pequeño hospital tenía una entrada subterránea y Rohr pudo sacar a Taix sin que les viera ningún humano. Lo colocó suavemente sobre una camilla, que llevaba el servicio sanitario que salió a recibirlos.

—¡Traigan otra camilla! —gritó Alón sacándola del coche.

Una enfermera que salió a recibirlos, se paró en seco mirando a Jessica con la boca abierta. —Perdón, pero aquí no podemos atenderla.

—¡Rem! —gritó Alón—. ¡Trae esa maldita camilla! ¡Tiene una herida en el vientre!

Rem apartó a la enfermera firmemente, mientras Alón la colocaba en la camilla. —Sólo la tocarás tú —le dijo a su amigo—. Rohr, no te separes de ellos.

—Cariño, estoy bien —protestó ella—. Rem, cuida de Taix.

—Taix va camino de quirófano, pero a ti no voy a dejarte en manos de nadie —dijo Rem empujando la camilla y metiéndola en un box que encontró vacío. Empezó a gritar a la gente que tenía a su alrededor—. ¡Quiero un ecógrafo y al mejor ginecólogo que haya entre estas paredes! ¡Y lo quiero ya!

A un xedarx no se le llevaba la contraria y Jessica sonrió. —¡Rem, menudo carácter! Así nunca vas a conseguir novia.

Rem sonrió. —Sólo me decidiré a tener novia, si es como tú —dijo él levantándole la blusa. Se puso unos guantes de látex—. ¿Alón?

—Muévete, Rem —dijo Alón mirando su barriga—. No te preocupes por mí.

Rem la palpó en el final de su barriga. —Jessica, no es mucho. Así que no te preocupes —dijo cogiendo una gasa—. No necesitarás ni puntos.

—Los niños no le dejaron continuar —dijo Jessica llenándose sus ojos de lágrimas.

Alón se acercó y le cogió la mano. —Es la adrenalina y el shock —dijo Rem mirándola muy serio—, que combinado a tu embarazo es pura dinamita. Voy a hacerte una eco y veremos cómo están los pequeños.

—Ahora están tranquilos —dijo ella. En ese momento le dieron un buena patada y Jessica se acarició la barriga—. Vaya, si llego a decirlo antes…

Una enfermera llegó corriendo con el ecógrafo seguida de un médico. —¿Usted es el ginecólogo? —preguntó Rem.

El hombre, que miraba a Jessica de reojo, asintió. —Nunca he tratado a una humana. Lo he estudiado en la facultad, pero nunca he tenido la necesidad de tratar a una.

Jessica puso los ojos en blanco. Alón contestó furioso —¡Pues debe ser el médico con menos trabajo del mundo!

El médico se sonrojó. Rem controló la situación. —Sólo dígame si ve algo raro. Yo me encargo del resto.

Rem cogió un frasco que le tendió la enfermera y dándole la vuelta le echó un gel sobre la barriga. Jessica dio un respingo. —¿Está frío? —preguntó Rem sonriendo.

Jessica sonrió. —Podría ser peor.

Rem cogió un aparato, que empezó a pasar sobre su barriga. Rem miraba una pantalla atentamente. —¿Queréis ver a los niños? —dijo moviendo el monitor para que los vieran. Jessica y Alón miraban la pantalla sin perder detalle—. Los niños se mueven y no veo ninguna hemorragia. ¿Tienes algún dolor? —preguntó Rem.

—No, aparte de las patadas, todo va bien —respondió viendo un montón de bultos—. ¿No podemos verles las caras?

El ginecólogo carraspeó y todos se le quedaron mirando. —No quiero molestar, pero yo diría que la señora está fuera de cuentas.

Alón se alarmó. —¿Qué quieres decir? ¿Qué va a parir?

El doctor señaló el monitor. —Por la posición de los niños, yo diría que como mucho en un día da a luz. Tendrán que comprobar si está dilatando, porque yo creo que uno de ellos está totalmente en posición. Es más, si me apuran, creo que está coronando.

—¿Coronando? —preguntó Jessica—. ¿Va a nacer?

—Deberían comprobarlo —dijo el médico preocupado—. Lo raro es que no tenga dolores.

—No puedo comprobar eso —dijo Rem dejándole el aparato a la enfermera—. Tendrás que ser tú —le dijo a médico.

—Rem… —advirtió Alón.

—Alón, por el bien común tendrá que ser él quien la revise, así que te vas a ir con Rohr fuera de este hospital. Sal al aparcamiento —dijo él levantándose de la banqueta que estaba usando.

—Cariño sal fuera, por favor. No quiero problemas en la familia —suplicó Jessica.

—Dile a Semir que venga, estará cerca de Taix —dijo Rem antes de que Alón se fuera.

—Cariño…—dijo Jessica—, te quiero.

—Y yo a ti —respondió él.

El doctor puso cara de asombro—. Si son hijos de un xedarx, eso es ilegal. Tengo que dar parte.

Alón se acercó al médico. —Mira, enano… como por tu culpa le pase algo a mi esposa, te voy a despedazar.

El ginecólogo, que tuvo que levantar la vista para mirar a Alón a la cara, se puso a temblar.

—¡Alón! ¡Discúlpate ahora mismo! —protestó Jessica—. ¡Este hombre! —exclamó exasperada.

Rem se echó a reír. —Alón, envíame a Semir —dijo sacando una pistola y dejándola sobre la camilla a su alcance. Jessica vio la pistola. Sabía que era una advertencia más que otra cosa y Jessica puso los ojos en blanco.

Minutos después Semir dijo a través de la cortina. —Estoy aquí.

—¿Cómo va Taix? —preguntó Jessica en voz alta, mientras el ginecólogo le quitaba con ayuda de una enfermera la ropa mojada.

—Está en quirófano —informó Semir mientras le ponían una bata por encima—. Pero al parecer no ha llegado a tocar el corazón.

Jessica se puso a llorar de alivio. Rem se acercó a ella. —Relájate, ¿vale? Ahora sólo tienes que pensar en los niños.

El ginecólogo le dobló las rodillas, colocándole las piernas sobre la cama. Se las abrió todo lo que pudo. —Vamos a ver lo que hay por aquí.

El ginecólogo la palpó y Jessica sintió una sensación que no le gustó nada. —¡Salga de ahí! ¡Ahora! —gritó ella.

Rem cogió la pistola.

El hombre levantó las manos. —Le juro que no he hecho nada malo.

—Tranquilo, Rem. Es culpa mía. No puedo soportar que me toque.

—¿Te hace daño? —preguntó Rem mirando al médico con una mirada heladora.

—No, es que me ha dado repulsión cuando me ha tocado —respondió frustrada.

—Si me permiten hablar —dijo el médico rápidamente—, la señora está de parto.

Jessica le miró como si estuviera loco. —¡Pero si no me duele nada!

El hombre se encogió de hombros. —Pues yo he tocado la cabeza, así que no va a tardar demasiado. Ya está muy dilatada. Yo diría que debería empezar a empujar.

Jessica miró a Rem. —Tráeme a Alón.

—¡Semir! —gritó Rem.

—Voy a por él.

Alón no tardó ni un minuto en llegar, haciendo que el médico se sobresaltara.

—Está de parto —dijo Rem frunciendo el ceño—. Lo que me preocupa es que no tiene dolores.

—Mejor, ¿no? —dijo Alón cogiéndole la mano a su esposa.

—Los dolores en estos casos, avisan de cuándo parir. Pero a Jessica no le duele nada. Es una situación extraña.

—Debería examinarla mejor —añadió el médico.

—¿No lo ha hecho ya? —preguntó Alón.

—Casi no me ha dejado.

—Alón, hazlo tú —rogó ella—. Siento mucha repulsión cuando lo hace él.

—Pero cielo, yo no sé qué hacer —susurró viendo lo nerviosa que estaba su mujer.

—Le puedo guiar, si quiere —dijo el médico pasándole unos guantes de látex.

Alón se puso los guantes sin pensárselo más. Se colocó al pie de la camilla. —Ábrale las piernas.

Lo hizo delicadamente y miró hacia abajo. —¿Eso es la cabeza? —preguntó él poniéndose nervioso.

El médico asintió. —Señora, está oficialmente de parto. Cuando yo le diga, empujará fuerte durante un intervalo de diez segundos.

—¿Alón? —preguntó ella muy nerviosa.

Alón le acarició la pierna y sonrió. —Ya están aquí, mi vida. Estoy contigo, no te preocupes.

Jessica se puso a llorar. —Ni siquiera hemos comprado pañales —dijo irracionalmente.

—Compraremos cientos de pañales cuando salgamos de aquí —dijo Rem suavemente intentando calmarla—. Ahora haz caso al ginecólogo.

El médico miró a Alón. —Cuando salga la cabeza, lo cogerá del cuello suavemente así —dijo indicándoselo con las manos—, y la ayudará a que pasen los hombros por la boca de la vagina. No se precipite, la naturaleza es muy sabía.

Alón asintió. El médico miró a Jessica. —¿Preparada?

—Sí —dijo elevándose sobre sus codos—. Rem, ponme las almohadas detrás de la espalda.

Cuando Rem terminó, Jessica dijo—Podemos empezar.

—Bien, tome aire y empuje —dijo el médico mirando hacia abajo.

Jessica tomó aire y empujó lo más fuerte que pudo, mientras Rem contaba hasta diez. Ella notaba que algo enorme salía por allí abajo, pero no le dolía nada.

—¡Pare! —gritó el médico con cara de asombro—. Impresionante. Muy bien, xedarx. Coja la cabeza con cuidado y señora vuelva a empujar. ¡Ahora!

Jessica volvió a tomar aire y empujó fuertemente. Rem iba por el cuatro, cuando oyó llorar al niño.

—¡Es un varón! —dijo el médico sonriendo mientras lo cogía de las manos de un asombrado Alón y lo limpiaba con una toalla—. Nunca había visto un parto tan fácil. —Instantes después bajo la atenta mirada de Alón, se lo colocó a ella sobre el pecho.

Jessica lloraba y reía a la vez. —¡Alón, es moreno! —gritó ella exaltada.

—Y grande —dijo el médico—. Debe pesar unos tres kilos y para ser gemelar, está muy bien. Mientras el médico colocaba una especie de pinzas en el cordón umbilical. Miró a Alón sonriendo. —¿Quiere cortar el cordón?

Él estaba totalmente emocionado e impresionado. —Sí, claro.

Rem reía mientras observaba cómo cortaba el cordón. —¡El primer bebé! ¡Felicidades amigo!

El médico miraba sin tocar a Jessica entre sus piernas, mientras ellos hablaban admirando al niño. —Me parece que no tenemos mucho tiempo, porque el otro se acaba de colocar. Vaya prisa que tienen estos niños por salir.

Jessica se echó a reír. —No me extraña nada. —Miró a su hijo que tenía un puñito en la boca. —Tiene hambre…

Alón sonrió. —¡Qué raro!

Rem levantó los brazos. —Dámelo, que yo te lo cuido mientras das a luz al otro.

Alón la besó en los labios. —A por el siguiente, nena.

El médico se colocó en su sitio, ya con la toalla en las manos. —¿Preparada? Empuje.

Este parto fue más rápido todavía. Salió la cabeza al tercer segundo de empujar y el resto nada más empezar. —¡Una niña! —exclamó el médico satisfecho.

—¡Es rubia! —gritó Alón por encima de los gritos de su hija.

Jessica estaba fascinada. —Tiene el pelo de mi madre, rubio platino. —Se la colocaron en el pecho y el bebé dejó de llorar al instante.

—¡Fíjate! —dijo Rem—. La niña de mamá.

De repente la niña abrió los ojos y miró a Rem, que se quedó sin habla. Le miró fijamente y Rem obviamente nervioso levantó a vista hacia Alón. —Jefe… la niña.

Jessica levantó la cabecita de su hija y la niña la miró. —Dios mío, Alón…

Alón se inclinó asustado sobre ellas y vio sus ojos. —Una xedarx… una guerrera como su padre. —Suspiró por los problemas que se le venían encima. De repente la niña movió los ojos para mirar a Rem.

Jessica sonrió. —Rem... te está mirando.

Rem sonrió a la niña haciéndole una gracia cuando Alón comentó —No, le está vigilando porque lleva al niño en brazos —dijo Alón observando la cara de su hija.

Rem sonrió y dando el niño a Alón por encima de la cama dijo —Ya está con vosotros, ¿vale? —Sorprendentemente la niña sonrió. —Esto es increíble —dijo Rem mirándolos fijamente.

—Debemos limpiar a la señora —dijo el médico—. ¿Puede hacerlo una enfermera?

Jessica asintió mirando a sus niños. —Me gustaría saber de qué color tiene los ojos el niño.

—Se permiten apuestas —dijo Rem—. Yo digo que azules como su madre.

—Ahora son verdes —apostilló Alón—. Yo digo que dorados como su hermana.

—Pues yo digo que negros —dijo Semir desde el otro lado de la cortina.

Cuando ya habían limpiado y cambiado a Jessica, que se sentía estupendamente, Alón dijo a los que esperaban fuera. —Ya podéis pasar.

Rohr y Semir abrieron la cortina y contemplaron a los bebés con sendas sonrisas.

El niño despertó en ese momento y gritando abrió los ojos. —¿De qué color? —preguntó Rem.

—Dorados —dijo Alón mirando al niño satisfecho.

—Increíble —dijo Semir acercándose a los bebés—. Dos xedarx en un mismo parto.

—Y una hembra nada menos —dijo Rohr mirando el pelo de la niña—. Y rubia. La van a adorar.

—Dejar de decir tonterías, que queda mucho para eso —dijo Jessica incómoda pensando en sus hijos como xedarx.

Alón miró a Rohr y dejaron el tema. —¿Cómo está Taix?

Semir sonrió. —Saldrá de esta. Todavía están con él, pero ya han terminado con lo más duro. Están cerrando. Lo pasarán a planta mañana.

—¿Alguien ha llamado a Melina? —preguntó Jessica.

187

Los chicos se sonrojaron. —La llamo ahora —dijo Rohr.

El médico se acercó a Rem. —Mis xedarx, tengo que hacer el informe de los nacimientos. ¿Cómo se llaman los niños?

Jessica y Alón se miraron sorprendidos. —No habéis escogido los nombres, ¿verdad? —preguntó Semir riendo.

Jessica le dijo a Alón —Yo escojo los nombres humanos y tú los vilox.

Alón sonrió mirando a sus amigos. —¿Veis por qué me case con ella?

—¿Cuáles son tus nombres? —preguntó ella impaciente.

Él miró a su hijo en brazos y dijo con orgullo —Olox.

—¿Olox? —preguntó ella con el ceño fruncido—. Olox suena raro.

Los chicos se echaron a reír, mirándola con indulgencia. —Olox fue el primer xedarx. Es un honor llevar su nombre. —Le aclaró Alón acariciándole el pelo. —Él fue el primero de los nuestros y mi hijo es el primero de nuestra nueva raza.

—De acuerdo —dijo ella de mala gana—. ¿Y la niña?

Alón miró a su hija, que en ese momento estaba dormida sobre el pecho de su madre. —Trix.

Jessica sonrió. —Me gusta. —Acarició la espalda de su hija. —Yo la llamaré Christine Melina Beikerfield y a mi niño…Francis Alexander Beikerfield.

—¿Francis? —Alón parecía indignado. —¡No puedes llamarlo Francis!

Jessica le miró con furia reprimida. —¿Tú lo llamas Olox y yo no puedo ponerle el nombre de mi padre?

Alón se sonrojó. —Pero querida, es un nombre...

—Le pueden llamar Frank —resolvió Semir—. Frank Beikerfield suena muy bien.

Todos asintieron. —¿Entonces estamos de acuerdo? —preguntó ella mirando a Alón con cara de pocos amigos.

—De acuerdo —respondió con una sonrisa dirigida a su mujer—. ¿Me perdonas?

—Me lo pensaré. —Jessica intentó disimular la sonrisa.

—Rohr, Semir, volver a la cámara y llevar los cadáveres a un sitio seguro. Quiero fotografías de todo y sacarles sangre, huellas, todo lo que podamos necesitar... Avisaré al Sahr cuando terminéis, para que no aparezcan por allí. Rem, hay que enterarse quién de los dos tenían acceso a la cámara. Sólo se podía entrar con la identificación de retina y quiero saber cuándo se introdujo en la base de datos.

Capítulo 13

Los chicos desaparecieron dejándolos solos, pero no por mucho tiempo porque diez minutos después apareció Melina con aspecto de haberla atropellado un tren.

—Dios mío, Melina... ¿qué te ha pasado? —preguntó Jessica mirándola sorprendida.

—¿Cómo está Taix? —preguntó medio histérica.

Alón se acercó a su hermana esta vez con la niña en brazos. —Está mejor, lo tienen bajo observación —la tranquilizó él.

Melina se dejó caer en la banqueta, bajó la cabeza y se puso a llorar tapándose los ojos. —Tenía tantos nervios...

Jessica la miró preocupada. —Lo siento mucho, esto es culpa mía...

Alón se arrodilló frente a su hermana. —¿Quieres animarte un poco y saludar a tu sobrina?

Melina levantó la vista de golpe y miró a la niña. —Dios mío, ni siquiera la había visto...

Él se la puso en brazos y Melina volvió a llorar. —Mírala, es preciosa...Tan rubia.

—Te presento a Christine Melina —dijo Alón en voz baja.

—¿Le habéis puesto mi nombre? —preguntó sollozando.

Melina empezó a hacer un ruido raro y Jessica intentó incorporarse un poco para verla mejor. —¿Qué le pasa?

—Está hipando —dijo Alón riéndose—. Lo hace desde que era niña.

Trix abrió los ojos y miró a su tía, que en ese mismo instante se relajó completamente sonriendo a su sobrina. —Nena, eres guapísima. Lo sabes, ¿verdad? —preguntó con una voz sorprendentemente calmada.

Jessica no sabía qué pensar, el cambio fue tan radical que la impresionó un poco y miró a Alón, pero no dijo nada —¿Quieres conocer a tu sobrino?

Melina se levantó del taburete y se acercó a la cama con la niña en brazos. —¿Cómo se llama?

—Olox o Francis Alexander —dijo Alón mirando a Jessica de reojo—. Melina, ¿te encuentras bien?

Su hermana les regaló una sonrisa enorme. —Claro. Este es un día de celebración. ¡Antes estaba muy nerviosa, pero ahora me encuentro genial! —Miró a cada niño unos segundos sin decir nada, pero luego añadió admirada mirando a Jessica a los ojos. —Dos xedarx, Jessica. Eres increíble. Nadie ha dado a luz a dos xedarx en una misma familia y tú los tienes en el mismo parto.

En ese momento llegaron las enfermeras y Alón con la pistola en la mano, les siguió mientras trasladaban a su familia a una habitación privada. Colocaron a los niños en sus cunitas. Jessica le dijo a Melina —Cielo, me tienes que hacer un favor.

Su cuñada que estaba tocando la manita de Olox respondió —Claro, ¿necesitas algo?

—Quiero que vayas a alguna tienda de bebés y les compres ropita.

—Cuando vengan los chicos iré con ella, no te preocupes. Compraremos todo lo necesario —dijo Alón sentándose en la cama junto a Jessica—. ¿Cómo te sientes?

Jessica sonrió. —¡Pero si no me ha dolido nada!

—¿De verdad? —Melina la miraba sorprendida. —¡Pero si dicen que es horrible!

—Pues a mí me dijeron empuja y empujé. —Acarició el brazo de Alón. —Cariño, tienes la ropa húmeda. Deberías ir cambiarte.

—Iré después —dijo dándole un beso.

—¿Por qué no hacemos una lista de lo que podemos necesitar? —dijo Melina sacando la agenda de su bolso.

Estuvieron haciendo la lista durante un tiempo hasta que volvieron los chicos.

—Gracias a Dios que habéis llegado —dijo Jessica desesperada—. Melina ya ha escrito cinco hojas.

—Cielo, las habitaciones en la casa nueva están casi listas, pero vais a necesitar un montón de cosas —dijo levantándose—. Vamos Alón, tenemos mucho que hacer.

—Descansa, ¿vale? —le dijo él dándole un beso de despedida.

Cuando salía, les preguntó a los chicos —¿Todo bien?

—Todo en orden, Rem se ha quedado en el piso revisando el equipo de lectura óptica —respondió Rohr acercándose a las cunas.

Alón pasó por el loft para cambiarse, antes de ir con Melina a comprar lo que necesitaba. —Meli, ¿te importa hacer una maleta para Jessica, mientras me doy una ducha?

193

—Claro, yo me encargo —dijo ella metiéndose en el vestidor.

Se dio una ducha rápida y salió del baño con el albornoz puesto. Rem estaba hablando con Melina. —Rem, ¿has encontrado algo? —preguntó escogiendo unos pantalones vaqueros y un ligero jersey verde. A Jessica le encantaba el verde.

—Sí, se introdujo la nueva configuración el mismo día que el Sahr te dio el nombre de Jessica —dijo Rem sentándose en la cama

—¿Se puede saber quién la introdujo? ¿Pudo introducirla alguien del exterior al Sahr? —Se puso unos zapatos y cogió su arma.

—Quien sepa suficiente sobre esos aparatos, puede manipularlos.

—¿Y si han seguido a los del Consejo y han encontrado la cámara? —preguntó Melina—. Todos los vilox saben que hay un sitio de reunión, aunque no saben dónde. Pueden haberlos seguido y encontrarla.

—Pero eso no explica cómo sabían lo de Jessica —dijo Alón cogiendo una cazadora—. El nombre de Jessica, lo sabían incluso antes de que me lo dijeran a mí.

—Creo que en este momento casi ya da igual donde empezó la filtración —añadió Rem—. El hecho es que hay vilox que nunca aceptarán a Jessica. Siempre habrá contrarios al mestizaje.

Alón taladró con la mirada a Rem. —Si fuera tu pareja, no dirías eso.

—Alón, no sabemos si la filtración fue en el Consejo o si fue donde estaban haciendo el programa. Y ahora que han nacido los niños, no podrás ocultar a Jessica porque medio hospital, sino todos, saben que está allí —respondió levantándose.

—Tenemos que detener a los insurgentes. Y si alguien del Consejo está implicado, quiero saberlo —dijo cogiendo la bolsa que Melina había preparado—. ¿Sabes ya quién era el invisible?

—Todavía no, pero he analizado las pruebas de ADN y se están cotejando. Alón sabremos quiénes son, de eso no me cabe duda.

—Bien, ¿quieres venir con nosotros? Vamos a comprarles cosas a los niños y luego al hospital.

—No, voy a ir al edificio nuevo a revisar la seguridad y comprobar cómo están las obras. Que Taix no pueda hacerlo, es un inconveniente —dijo Rem acompañándolos hasta el ascensor—. De todas maneras, casi todo lo que queda por hacer, es obra de Melina.

—¿Cómo va la decoración? —le preguntó a su hermana.

—Sólo queda por terminar el gimnasio, la zona de la piscina y la sala de reunión. Los ordenadores nuevos llegan mañana, con todas las especificaciones que Rem pidió. También la sauna y las máquinas de ejercicios. Lo único que falta por pedir son los muebles de la piscina, que Jessica no llegó a elegir. Se supone, que los obreros que estaban trabajando en los cuartos de baño del piso de abajo, terminan mañana. Eso era lo que estaba supervisando Taix.

—¿Así que mañana se van los obreros? —preguntó Alón acercándose al coche.

—Sí, sólo quedan detalles de decoración y compras de menaje. Mañana me encargaré de todo —dijo subiéndose al asiento del pasajero.

—Bien, quiero el traslado para pasado mañana —dijo Alón—. Los detalles que puedan quedar, los solucionaremos nosotros sin que nadie entre en el edificio. Haré que Jessica no salga del hospital en tres días. Después de la mudanza, quiero un barrido por el edificio. Micros, cámaras, todo lo que algún obrero pueda haber colocado en la casa.

195

Quiero esa casa inexpugnable. Te mandaré al edificio nuevo a alguno de los chicos para organizarlo todo.

Tres horas después Alón se estaba volviendo loco. —Melina, por favor. ¡Termina de una vez, hemos comprado media tienda!

—Los niños necesitan de todo. ¡No tenéis nada excepto los muebles! —protestó ella.

—Quiero volver con Jessica a la clínica —dijo Alón cogiendo una cosa con una bomba de succión—. ¿Qué es esto?

Melina le echó una mirada rápida. —Un sacaleches.

Alón miró sorprendido el aparato y rápidamente lo volvió a dejar en la estantería.

—Alón, coge uno. Puede que Jessica lo necesite.

—¿Por qué iba a necesitarlo?

Melina le sonrió. —¿Por qué habrá momentos en los que ella no pueda estar cerca de los niños para darles de comer? Con eso se la puede sacar antes y el que esté con los niños, les da el biberón.

Alón puso los ojos en blanco y Melina se echó a reír. —Me va a gustar verte de padre. ¿Quién lo iba a decir?

—Es sorprendente, ¿verdad? —dijo mientras cogía una de las cajas que Melina le había pedido y la metía en el segundo carrito.

—Te ha cambiado la vida muy rápidamente.

—Más le ha cambiado a Jessica —comentó preocupado—. Espero que pueda con ello.

Jessica asintió cogiendo un termómetro infantil. —Me preocupa un poco que se sienta aislada. Espero que todo este tema se solucione, para que pueda salir a la calle por lo menos. —Melina le miró a los ojos. —¿Has intentado tener visiones del pasado con esos asesinos?

Alón se la quedó mirando. —No, la verdad es que todo ha pasado tan rápido, que ni siquiera se me ha pasado por la cabeza. Además, están muertos.

Melina encogió sus hombros. —Por intentarlo no pierdes nada. De todas maneras, si quieres saber lo que ha pasado realmente, deberías coger a cada miembro del Consejo y pegarles un repaso sobre su pasado.

Alón lo pensó seriamente. —No puedo secuestrar a cada miembro del Consejo para leer su pasado.

—No, secuestrar no. Pero sí puedes pedirles permiso para encontrar al traidor —dijo ella sonriendo—. El que se niegue, ese es el que tiene algo que ocultar.

—Todos tienen cosas que ocultar, son del Consejo —aclaró Alón empujando el carrito.

—Por probar tampoco pierdes nada. —Melina vio unas mantas para bebés y salió disparada con su carrito—. Mira qué cosa más bonita.

Alón pensó seriamente en lo que había sugerido su hermana. No le parecía mala idea.

No les cabían las cosas en el coche, así que tuvieron que llamar a Rem para que fuera con el suyo. Rem se reía cuando llegó. —¿Pero por qué no pedisteis que os lo llevaran?

Melina se cruzó de brazos. —Porque Alón no quería a nadie que no fuera de confianza cerca de las cosas de los niños. Y los carritos y los asientos del coche para los niños no nos entran.

197

Alón metió los carritos de los bebés en el coche de Rem. —Si no te hubieras empeñado en comprar todo esto, no necesitaríamos llevarlo todo al loft para volver a trasladarlo todo dentro de tres días.

—Jessica lo apuntó en la lista. —le explicó a Rem sin hacer caso a Alón.

—Pues si la mamá quiere todo esto, que así sea —dijo su amigo cerrando el capó—. Entonces, ¿vamos al loft?

Cuando llegaron al piso, Melina abrió la puerta de entrada y allí estaban Rohr y Semir en la cocina con una cerveza en la mano. —¿Por qué coño estáis aquí? —gritó Alón tirando las bolsas al suelo en el umbral de la puerta.

Rohr miró a Semir. —Te lo dije.

Semir hizo una mueca y miró a su jefe. —Ella quería volver a casa.

—¿Qué? —gritó Alón entrando en su casa.

Su esposa estaba sentada en la cama, franqueada por los bebés a ambos lados, que en ese momento estaban dormidos. —Baja la voz que se acaban de dormir —dijo ella en voz baja.

—¡Por Dios, mujer! ¡Esta independencia tuya tiene que terminar! —dijo Alón entre dientes dando grandes calzadas hasta el borde de la cama—. ¡Has parido esta mañana!

Jessica sonrió. —Pedí opinión a mi médico y me dijo que me podía ir.

Detrás de Alón alguien carraspeó. Se dio la vuelta para ver a Semir, que iba a decir algo hasta que miró a Jessica. —¿Querías decir algo? —le preguntó a Semir con los ojos entrecerrados.

Semir miró a Jessica como pidiéndole disculpas. —El médico le recomendó que se quedara hasta mañana.

Alón se dio la vuelta taladrando con la mirada a Jessica. Su esposa puso cara de niña buena. —Pero no dijo que pasara nada por irme hoy.

—¿Rem? ¿Tengo que llevarla otra vez al hospital?

Rem se acercó a la cama. —¿Cómo te sientes? —le preguntó a Jessica.

—Un poco cansada ahora mismo, pero no me duele nada —respondió ella sinceramente.

—¿Alguna hemorragia?

Jessica negó con la cabeza.

Rem miró a Alón. —Yo creo que no hay problema. De todas maneras, antes parían en casa y no pasaba nada.

A Alón no le gustó su respuesta y volvió a mirar a Jessica. —¿Y cómo habéis traído a los niños?

Jessica se sonrojó un poco. —En brazos, tampoco era mucho trayecto.

Alón movió la cabeza de un lado a otro.

—¿Ves cómo era buena idea comprar las cunitas con ruedas, para poner al lado de la cama? —dijo Melina sonriendo—. Iré a por ellas. —Miró a Semir y le preguntó —¿Me ayudas a sacarlas del coche?

—Jessica Anne Beikerfield… —dijo Alón entre dientes mirando a su mujer fijamente.

—Cariño, no podía quedarme allí y ver cómo no dormíais, vigilando toda la noche. Esto es mucho más práctico.

—Pasado mañana empezaremos la mudanza y no te quería aquí con los niños.

Jessica puso pucheros. —No podía dormir sin ti.

Eso le ablandó y cuando le sonrió, se le pasó el enfado. Si no tenía cuidado, podría manejarlo con el dedo meñique.

Cuando colocaron a los bebés en sus cunitas, Jessica y Melina se pusieron a revisar las compras, mientras los chicos tomaban una cerveza.

—Debería descansar. Los niños se despertarán cada tres horas, debe aprovechar a dormir cuando ellos duermen —dijo Rem viendo como habría el envoltorio de unos chupetes.

—Déjala que disfrute. Hoy ha sido un día muy movido —dijo Alón.

—Sí, que te intenten matar y parir dos hijos en un día, debe ser poco menos que estresante —dijo Semir.

—¿Pedimos la cena? —preguntó Rohr—. Casi no comió nada a la hora de la comida.

Alón frunció el ceño mirando a Jessica. —Pide comida china, le gusta mucho.

Después de cenar Jessica se quedó dormida enseguida. Los chicos y Melina se fueron a sus casas. En los días siguientes habría mucho que hacer. Alón miró a sus hijos que dormían plácidamente. No podía creer que tuviera tanta suerte. Ese día había estado a punto de perderlo todo.

Capítulo 14

Jessica no durmió mucho esa noche. Los niños se despertaban continuamente para que les diera de mamar y para cambiarlos. Cuando no era uno, era el otro y Alón intentaba ayudarla. Al amanecer Jessica después de conseguir dormir a Trix, se tiró sobre la cama al lado de su marido. Alón tampoco había dormido mucho.

—Vas a necesitar ayuda —le dijo Alón en voz baja abrazándola.

—Acabamos de empezar —respondió ella somnolienta—. Además son dos. Ya me imaginaba que no iba a ser fácil.

—No te puedes pasar sin dormir los próximos años —dijo él seriamente—. Buscaremos a alguien que nos ayude. En la nueva casa hay habitaciones para tener una niñera interna. Además, —dijo sonriendo— ¿para qué hemos comprado el sacaleches sino?

Jessica respondió a su sonrisa —No es seguro…y después de lo de ayer, ya no volveré a cometer el error de ser imprudente.

Alón le acarició la espalda. —Intentaré que tu vida vuelva a ser lo más normal posible, cariño.

—Tengo algo de hambre —dijo ella levantándose de la cama sin mirarle.

Él se apoyó sobre sus codos, observándola con el ceño fruncido. No le extrañaba nada que no le creyera cuando le decía que volvería a tener una vida normal. Suspirando se levantó de la cama para ayudarla.

—Sé que esto no debe ser fácil… —dijo empezando a poner la mesa para el desayuno—, pero cielo, intentaré allanarte el terreno todo lo que pueda.

Jessi le echó una breve mirada mientras cortaba unas naranjas.

—Estoy un poco sensible por lo de ayer, pero estaré bien.

Él la cogió por los hombros y le dio la vuelta para mirarle la cara. Tenía ojeras y parecía muy cansada. —Buscaremos a alguien para que te ayude lo antes posible. En cuanto la investiguemos, la traemos.

Jessica se puso a llorar. —Si no sé qué me pasa... —gimoteó—. Debería estar muy feliz. Tengo dos niños preciosos y te tengo a ti....

Alón suspiró abrazándola. —Han sido unas horas estresantes y tú lo has llevado muy bien, mi amor.

Trix se puso a llorar. Jessica gimió abrazando a Alón fuertemente. —No te preocupes, que voy yo.

—No —dijo ella apartándose de él—. Termina el desayuno... —Jessica se alejó y cogió a la niña en brazos.

—Shhh... —le susurró meciéndola—, tranquila, mi vida...

La niña la miró a los ojos y de repente se sintió mucho mejor. De hecho, era muy feliz. Una intensa alegría la invadió. Sonrió a la niña ampliamente y el bebé se calmó al instante. Después de dar vueltas con la niña por la habitación para dormirla, se rindió porque parecía que la niña estaba muy despejada y la echó en la cuna.

Alón ya había puesto el desayuno en la mesa cuando ella se sentó. —No hacía falta cambiarla, ni darle de comer. Crisis superada —dijo ella risueña.

Alón le estaba sirviendo zumo de naranja con la jarra cuando la miró. Se paró en seco con la jarra en alto. —¿Nena, estás bien?

—Estupendamente —respondió ella untando una tostada de mantequilla.

Alón dejó la jarra en la mesa. —Hace unos minutos estabas deprimida y ahora eres todo sonrisas. —La miró preocupado. —Nadie puede cambiar de ánimo tan rápido. Llamaré a Rem.

Se levantó y fue a por su móvil, que lo tenía en la mesilla de noche. —Cariño, estoy bien. No sé por qué te preocupas tanto —dijo Jessica levantándose de la silla y mirándolo sonriendo.

—No, no estás bien. —Con la marcación rápida llamó a Rem. —Parece que te has chutado algo.

Cuando Rem contestó al segundo tono, él le dijo —Baja ahora mismo.

Alón tiró el móvil sobre la cama y se acercó a Jessica. —Estás exagerando...de verdad. —Ella se rió. —Si lloro porque lloro y si río porque río.

Rem llegó en ese momento. —¿Qué ha pasado? —dijo cerrando la puerta lentamente. Echó un vistazo a los niños y luego les miró interrogante.

Alón señaló a Jessica con la cabeza. —Le pasa algo...

Jessica bufó y se echó a reír. —No me pasa nada. Me siento genial. De hecho, nunca me había sentido tan feliz.

—Eso es lo que me preocupa. —Alón se acercó y cogiéndola por los brazos, la obligó a sentarse. —Antes estaba llorando y en unos minutos parece la mujer más feliz del mundo.

Rem la miró con los ojos entrecerrados. —¿Te has tomado algo?

Jessica le miró confundida. —Por supuesto que no, le estoy dando de mamar a los niños. ¿Cómo voy a tomar nada sin consultar a mi médico? —Volvió a reír. —Y ese eres tú.

Rem miró a Alón. —Cuéntamelo todo.

—Lleva toda la noche levantándose para atender a los niños y hace un momento se puso muy sensible por todo lo que estaba pasando. —Miró a Jessica, que sonriente continuó desayunando. —Después Trix se puso a llorar y cuando se sentó ... —Alón la miró con los ojos entrecerrados. —Como Melina...

—¿Qué estás diciendo? —preguntó Rem.

—Ayer Melina llegó llorando al hospital y cogió a Trix en brazos, entonces cambió. Le cambió el carácter —insistió Alón.

—¿Te refieres a las emociones? —inquirió Rem sentándose en una silla.

—Se mostró mucho más feliz —respondió mirando a Jessica—. Como ella.

—¿Pero qué dices? —dijo mirándolo atentamente—. ¿Estás diciendo que Trix puede controlar lo que siento?

—Lo que sienten todos —admitió Alón—. Y no sólo los humanos, también los vilox.

Rem pensativo miró la pared que tenía en frente y al cabo de unos minutos habló. —Si tiene ese don, puede ser muy poderosa. Nadie controla con sus dones a los vilox.

—Pero Taix puede leer sus pensamientos —dijo Jessica.

—Sí, pero no puede influir en ellos —añadió Alón.

—Es lógico puesto que es mitad humana, mitad vilox, que pueda controlar ambas especies —dijo Rem preocupado.

—Ya veo —dijo Alón dejándose caer en la silla al lado de Jessica.

—Esto es malo, ¿no? —preguntó ella.

Alón asintió. —Los vilox pueden verlos como una amenaza.

—No sabemos si Olox tiene algún don de ese tipo —dijo Rem—. Pero si se parece a su hermana y seguro que sí, los verán como una especie superior y se sentirán amenazados.

—¿Qué vamos a hacer? —preguntó ella intentando calmarse.

—No decir nada a nadie —dijo Alón—. Nadie tiene por qué saberlo.

Rem asintió. —Cuantos menos lo sepan, mucho mejor. —Él miró las cunas. —Pero no sé cómo vamos a controlarlos.

—¿Cómo vas a convencer a un bebé de un día, para que no manipule la mente? —dijo ella irónica—. ¡No nene, hacer reír a la tía está mal! ¿Crees que lo entenderá?

—Hasta ahora lo han entendido todo muy bien —dijo Alón sonriendo.

—Cierto —le dio la razón—. Pero también es cierto que son niños y juegan. Les encanta jugar, ¿recordáis?

—Si alguien se siente distinto, no le daremos importancia. Nos haremos los tontos —dijo Rem cogiendo una tostada.

—¿Y si alguien le cae mal a Trix y le hace inmensamente infeliz? —dijo Jessica sin soportarlo más—. ¡Esa persona podría hacer una tontería!

—Tendremos que inculcarle lo que está bien y lo que no está bien —dijo Alón mirando cómo se levantaba exasperada—. Cariño, tranquilízate —dijo comprensivo—. Van a ser un poco más difíciles de educar, pero entre todos lo conseguiremos.

Jessica apretó los labios, pero no dijo nada.

Olox se puso a llorar y sin mirar a los chicos fue hasta él y lo sacó con cuidado de su cunita. —¿Tienes hambre, mi amor?

Rem se levantó de su silla. —Os dejo solos. Hoy hay mucho que hacer…

Jessica se abrió el albornoz y se bajó el camisón. Cuando Olox se le enganchó al pezón, le susurró palabras cariñosas observando su preciosa carita. —Eres un glotón, ¿verdad?

Alón se sentó a su lado sobre la cama. —Mañana nos vamos al edificio nuevo…

—No podrás buscar a alguien que me ayude y ahora todavía menos —dijo ella acariciando el precioso pelo negro de su hijo—. Si alguien los cuida, más probabilidades hay de que los descubran y eso es algo que no pienso permitir.

—Se nos ocurrirá algo —dijo Alón acariciándole un pie al bebé.

—Me gustaría estar lejos de aquí —dijo ella mirando a Alón a los ojos—. ¿Y si nos vamos? A una isla desierta donde sólo estemos nosotros.

Olox miró a su madre después de cambiarle de pecho. —Todo se arreglará…

Jessica estaba mirando al frente y frunció el ceño. Por la pared de la cocina estaban saliendo plantas. Parecían enredaderas. Una fina arena blanca empezó a cubrir el suelo. Y a su derecha empezaron a aparecer pequeñas olas de agua verde esmeralda. En cuestión de unos segundos una maravillosa playa estaba ante ella. —¿Estás viendo lo que yo veo? —preguntó ella mirando el maravilloso regalo.

—¿El qué? —preguntó Alón mirando a su alrededor.

—La playa —susurró Jessica—. Sólo la veo yo, ¿verdad?

Alón miró a su hijo. —Ya sabemos cuál es su don. Hacer ver cosas que no existen, le será muy práctico siendo xedarx.

—¿Y cambiar el humor de la gente no es práctico? —dijo ella mirando a su hija—. Hacer que alguien que está nervioso se calme o al revés. Dominar el ánimo de una sala llena de gente, puede ser muy práctico.

—¿Es bonita la playa? —preguntó acariciándole la espalda

—Preciosa, de arena blanca y agua verde esmeralda —dijo suspirando—. Más te vale que las próximas vacaciones sean a un sitio así.

Alón se rió. —Lo prometo. Una playa para nosotros solos.

Minutos después Alón se vistió y se despidió de Jessica con un beso. —Voy a ver cómo va todo. Si necesitas cualquier cosa, pega un grito o llámame al móvil. No estaré lejos.

Jessica colocó a su niño en el hombro y dándole palmaditas en la espalda, dio una vuelta por la habitación. Una vez que Olox hubo eructado y lo dejó en la cuna, Jessica se puso a organizar lo que tendrían que llevarse los chicos a la casa nueva al día siguiente.

Las maletas no serían suficientes para transportar toda la ropa, así que cuando llegara Blix, le diría que trajera bolsas de basura para guardarlo todo. Casi todas sus cosas ya estaban en el edificio nuevo, porque los chicos habían organizado la mudanza de su piso y Melina había colocado los muebles en su nueva casa. No les había costado nada vender su piso y el dinero como había pedido, había sido depositado en un fondo para sus hijos. Jessica suspiró sacando sus cajas de zapatos del armario, cuando oyó que abrían la puerta del loft. Salió a la habitación y se encontró con Blix, que miraba a su alrededor sorprendido. No le extrañaba que pusiera esa cara. Todo el piso estaba lleno de cosas. Carritos de bebé, paquetes de pañales, ropa infantil, bolsas llenas de la tienda y un montón de cosas más que estaban por ahí repartidas. Blix abriendo los ojos como platos se acercó lentamente a los niños. Jessica sonrió. —No se van a despertar, Blix.

Blix se sobresaltó. —No la había visto. —Señaló a los niños. — ¿Cuándo ha pasado esto?

Jessica sonrió dejando las cajas encima de la cama. —Ayer. Fue toda una sorpresa. —Se acercó a las cunas donde Blix estaba mirando a los niños. —¿Qué te parecen?

—Es rubio —dijo Blix señalando a Trix.

—Rubia. —Señaló a su hija. —Ella es Trix y el Olox.

—Una niña rubia —dijo él impresionado—. Ningún vilox es rubio.

—Pues cuando les veas los ojos vas a alucinar —bromeó ella.

—¿Por qué? —preguntó él tocando un lacito de la cuna.

—Porque tienen los ojos dorados —respondió ella volviendo al armario.

—¿Los dos? ¿La niña también? —Blix se arrodilló en el suelo y se inclinó en su dirección.

—¡Por Dios, Blix! ¡Levántate! Pensaba que ya habíamos pasado esa fase —dijo ella indicándole que se levantara.

—Mi xedarxse, es un honor trabajar para usted. —Blix parecía emocionado.

Jessica sonrió. —Pues yo estoy encantada de que estés aquí. Mañana hacemos la mudanza y hay que recogerlo todo. Y tú tienes que irte a tu casa a recoger tus cosas.

—Ya lo he hecho todo —dijo el hombre cogiéndole las cajas de las manos—. Hace meses que ya lo he recogido todo.

—Qué previsor eres —dijo ella haciendo una mueca—. No como nosotros, que está todo sin hacer.

—Y no va a hacer nada más —dijo Blix firmemente—. Usted debe estar agotada y lo que tiene que hacer, es descansar. No se preocupe de nada.

Jessica observó alucinada como Blix trabajaba a su alrededor. En una hora había vaciado el armario, colocando la ropa en unas cajas que parecían armarios portátiles. Llevaban barras para colgar la ropa y él fue colgando todas las prendas concienzudamente.

—Les he dejado algo de ropa para cambiarse mañana —dijo amablemente.

—Piensas en todo, Blix —dijo sentándose en el sofá y encendiendo el ordenador para entretenerse mientras él trabajaba.

Con un rotulador rojo escribió en cada caja "Alón" y fue sacando caja por caja del loft con un carrito de dos ruedas. Seguidamente cogió cajas cuadradas y empezó a meter libros y cds, dejando la estantería de al lado de la cadena de música vacía. Desconectó la cadena envolviéndola con cuidado y empezó a descolgar cuadros de las paredes.

Cuando se puso a hacer la comida, ya había recogido casi todo el piso. Lo único que no había tocado eran los muebles y las cosas de los niños. —Mañana recogeré lo que queda —dijo él sonriendo mientras sacaba una sartén—. Lo del baño y lo de los niños.

Jessica miró a Trix que se estaba removiendo en la cuna. —Lo que falta por guardar, se queda aquí, ¿no?

Blix asintió. —El señor va a alquilar los pisos, así que los alquilará con muebles. Sólo nos llevaremos algunos electrodomésticos, para las pequeñas cocinas de cada piso. Exprimidores, tostadores, etc...

Ella miró a su alrededor. —¿Sabes? Llevo aquí poco tiempo. — Se emocionó. —Pero lo voy a echar de menos.

Él sonrió. —Es normal. Ha sido el principio de su vida de casada.

Melina entró en el loft. —¡Vaya! ¡Habéis estado ocupados!

Jessica sonrió a su cuñada. —Lo ha hecho él todo —dijo levantando las manos—. No me ha dejado tocar nada.

Melina sonrió a Blix. —Te está cuidando… y me parece muy bien. ¿Cómo va todo, Blix?

—Todo en orden, señorita. ¿Se queda a comer?

—Sí, por favor. Estoy hambrienta. —Se acercó a las cunitas y cogió a Trix que estaba despierta. —¿Y cómo está la niña más bonita del mundo esta mañana?

—¿Sólo del mundo? —preguntó Jessica sonriendo.

—Del universo —dijo su tía mirando a Trix—. La más preciosa.

—¿Sabes cómo está Taix? —preguntó algo preocupada.

—Le he ido a ver esta mañana —dijo llevando a la niña hasta el sofá—. Y por lo gruñón que estaba, creo que va mucho mejor.

—¿Y cuándo vuelve a casa?

—Por el carácter que tiene, lo echarán enseguida. —Le hizo una gracia a la niña. —En dos días o así, ya estará dando guerra.

Jessica veía a su cuñada muy contenta, pero dudaba que fuera asunto de su hija. —¿Pasa algo entre Taix y tú?

Melina se revolvió incómoda en el sofá. —¿Qué quieres decir?

Jessica vio cómo se sonrojaba. —Perdona, no es asunto mío...

Su cuñada se quedó callada un momento y luego continuó —La verdad es que no lo sé muy bien. Siempre me trata mal. —Se encogió de hombros. —Al principio me dolía que me respondiera de esa manera, pero ahora ya estoy acostumbrada.

Jessica se sentó enfrente de ella. —Taix tiene muy buen carácter, por eso me extrañó tanto como te respondía.

—Con los demás le he visto ser simpático y gracioso. —Melina miró a la niña con pena. —Pero conmigo siempre ha sido así. De hecho, es entrar en una habitación y notar cómo le cambia la expresión cuando me ve.

—¿Y no habéis discutido, ni nada? —preguntó Jessica muy interesada.

Melina la miró. —Le conozco de casi toda la vida. A todos los xedarx los educan juntos a partir de una edad e iba a mi casa cuando yo era una niña. Pero era verme en la cocina merendando o en el salón viendo la televisión, cuando decía que se tenía que ir y se largaba corriendo.

Jessica llevaba un tiempo rondándole una idea por la cabeza, así que preguntó —¿Cuándo se supone que una pareja vilox se une? —Melina la miró sorprendida. —Alón me dijo que estaba predestinada de nacimiento, ¿pero cómo es?

—Cuando una niña nace, puede encontrar a su pareja en cualquier momento —dijo sonriendo—. Puede ser un amigo de sus padres al que conoce en una fiesta o un compañero del colegio. Cuando ocurre, como sabes se le cambia el color de los ojos, así todo el mundo sabe que está emparejada. Cuando eso ocurre, se celebra una fiesta por el emparejamiento.

—¿Y si no la encuentra de pequeña?

—A los trece años si la niña sigue sin pareja, su familia le organiza una fiesta donde se presentan todos los no emparejados. De esta manera se garantiza que la niña pueda conocer a todos los candidatos —dijo con una sonrisa triste.

—Así que en tu fiesta no conociste a tu pareja —añadió entendiendo el proceso.

Melina asintió. —Mi fiesta fue un poco triste, porque acababan de morir mis padres.

Jessica sintió mucha pena por ella. —¿Conocías a Taix en esa época?

Su cuñada negó con la cabeza. —Le conocí en la fiesta, supongo.

—¿Supones? —preguntó—. ¿Pero no era amigo de tu hermano?

Melina lo aclaró acariciando a su sobrina. —Cuando murieron mis padres, nos fuimos a vivir con unos amigos de mis padres, para que Alón estuviera cerca de su gente. Por supuesto Taix iba al instituto con él, pero creo que la primera vez que lo vi debió ser en la fiesta. La verdad es que no la recuerdo muy bien.

Jessica pensó en todo aquello. —¿Cuánto hacía que habían muerto tus padres?

Melina respondió mirando al vacío. —Un mes.

—Por Dios, ¿un mes? —Jessica se levantó indignada. —¿Pero a quién se le ocurre poner a una niña que había perdido a sus padres a buscar marido?

Su cuñada no pudo evitar reírse al ver la expresión de su amiga. —¿Qué más da? Ha pasado mucho tiempo.

Blix las interrumpió en ese momento llamándolas para comer.

Alón subió al gimnasio para ver cómo iba todo.

Allí sólo se encontraban Semir y Rohr recogiendo la documentación de la pared.

—¿Cómo va todo? —preguntó cogiendo una foto de Jessica.

—Estamos guardando todo esto para terminar aquí hoy —dijo Rohr desconectando el ordenador.

—¿Cómo va Taix?

Semir se echó a reír. —Cuando le fui a ver, tenía una discusión acalorada con Melina.

Alón sonrió. —Entonces dentro de poco lo tendremos con nosotros. ¿Alguien se está encargando de recoger sus cosas?

Rohr asintió. —Blix me ha dicho que él se hará cargo.

—¿Del ADN sabemos algo? —dijo ayudando a Rohr a meter el ordenador en una caja.

—De eso queríamos hablar —dijo Rohr incorporándose—. Como teníamos la mudanza, hemos tenido que suspender los análisis, porque sino teníamos que enviar los análisis a la clínica. Y no queríamos que nadie más supiera de qué se trataba. Rem ha trasladado el equipo del sótano, al nuevo laboratorio en la casa nueva. En este momento está colocando el equipo de laboratorio y de quirófano.

Alón miró a su alrededor. —¿Estaremos preparados para mañana?

Semir contestó —Sí, claro. La mayoría se queda aquí para los nuevos inquilinos, así que no hay problema. El tráiler para la mudanza ya está alquilado. Mañana lo recogeré a las ocho de la mañana.

Alón se quedó pensando en Jessica y comentó —Tengo que buscar a alguien para que ayude a Jessica con los niños. Hoy no ha dormido nada.

Rohr sonrió. —¿Es duro?

—Y acabamos de empezar. —Suspiró Alón pasando una mano por su cabello negro. —Pero tener dos, es el doble de trabajo y no quiero que esté estresada todo el día.

Semir frunció el ceño. —¿Y cómo lo vamos a hacer? No podemos poner un anuncio donde se ponga, se necesita niñera.

—¿Conocéis a alguien de confianza?

Los chicos negaron con la cabeza. —¿Por qué no sacamos otro nombre del ordenador? La nueva podría ayudar a Jessica —dijo Semir en coña.

Alón lo miró con el ceño fruncido. —Muy gracioso. Hablaré con Blix de ello después de ir a ver a Taix. También me pasaré por la casa nueva para ver como ha quedado todo. Mañana haremos un rastreo para estar seguros que en la casa no hay ninguna cámara, ni micro. ¿Están preparados los rastreadores?

—Sí, están en el coche —dijo Rohr—. Listos para usar.

Alón se acercó a la puerta para irse. —Estar pendientes de Jessica. Volveré en cuanto pueda. Llamarme si pasa algo.

Sophie Saint Rose

Capítulo 15

Caminaba por el pasillo de la clínica hacia la habitación de Taix, cuando oyó los gritos. Alón sonrió. No tardó en llegar a su puerta, cuando en ese momento se abrió de golpe y una enfermera salió despavorida de allí. Alón entró en la habitación y cerrando la puerta tras de sí comentó —Esa no vuelve por aquí. —Riéndose se acercó a la cama, donde su amigo tenía un humor de mil demonios

—¡Joder, Alón! ¡Sácame de aquí! —dijo Taix gruñendo apartando la sábana que le cubría el torso, dejando un gran vendaje al descubierto—. ¡Quiero ir a casa!

Alón observó a su amigo que estaba un poco pálido, pero por lo demás parecía tener buen aspecto. —Nos recuperamos rápidamente, pero te han abierto el pecho para arreglar el estropicio de ayer y no eres Superman, así que te quedarás hasta que lo diga el médico.

—Mierda, no quiero quedarme. ¡Estoy bien! Rem puede encargarse de las curas. —Sus ojos dorados brillaban intensamente. —Si no me llevas tú, me voy solo.

Alón se echó a reír. —Eres peor que Jessica. —Se le quedó mirando decidiendo qué hacer. —Mañana es la mudanza, no podremos estar pendientes de ti. —Vio que Taix iba a protestar. —Si prometes quedarte en casa de Rem esta noche y que mañana no te separarás de Jessica por si necesitas algo, te dejo volver.

215

Taix no esperó. Agarrándose el pecho se levantó de la cama. —Joder Taix, ¿no te han dado ropa? ¿Un camisón? —preguntó cuando su amigo se levantó como había venido al mundo.

—¿Esa chorrada con la que se te ve el culo? —preguntó abriendo de golpe el armario para sacar su ropa.

No le costó ponerse los vaqueros, pero las botas fueron otra historia. Alón se agachó y se las puso. Para cuando se incorporó, Taix estaba más pálido. —¡Jódete, Taix! ¡Te quedas aquí! ¡Estás muy mal todavía!

Su amigo frunció los labios. —Búscame una maldita camisa o te juro que me piro de aquí así.

Alón se quitó el jersey que llevaba encima de su camisa y le ayudó a ponérselo.

—Siéntate en la cama un momento, mientras voy a avisar de que te vas.

Cuando consiguió que se sentara, salió para hablar con el médico. Se encontró a una enfermera que salía de otra habitación. —Perdone, necesito hablar con el médico que trata al xedarx.

La mujer le miró nerviosa. —En este momento no está, mi xedarx.

Alón le miró con los ojos entrecerrados. —¿Y dónde está? ¿Es que aquí no hay nadie responsable?

—Sí, el cirujano de guardia. ¿Quiere que lo llame?

Alón se lo pensó. —Sí, dígale que venga enseguida.

La enfermera se fue corriendo. Después de tantos años, todavía le sorprendía cómo se comportaban los de su raza con él. Volvió a la habitación y su amigo seguía sentado en el mismo sitio agarrándose el pecho. —¿Nos vamos?

—Espera un momento, tenemos que hablar con el médico. —Alón sonrió irónicamente. —Por la prisa que tenía la enfermera que le fue a buscar, no tardará mucho.

Observó cómo su amigo apoyaba una mano en la cama. —¿Cómo está Jessica?

—Cansada y un poco estresada, pero voy a buscarle ayuda —dijo Alón sentándose en una silla.

Taix se quedó mirando a su jefe. —¿Y mi niñera?

—¿Tu niñera? —dijo Alón prestándole toda su atención—. ¿Crees que querría trabajar para nosotros?

—Mis padres la despidieron cuando yo tenía diez años por quererme demasiado. —Taix hizo una mueca. —Es como mi madre. Cuando podía, me venía a ver a escondidas, hasta que fui lo suficientemente mayor para que mis padres no se metieran.

—¿Y cómo es?

—Es una vilox de cincuenta y cinco años. —Taix sonrió. —Ahora trabaja para otra familia, pero no está contenta. Se moriría de la alegría si volviera a tener bebés que cuidar y a mí cerca. ¿Sabes que me regaña como si tuviera cinco años?

—¿Cómo se llama?

—Ylei —dijo sonriendo—. Su número está en mi móvil. —Taix miró a su alrededor. —Que por cierto, ¿dónde está?

—Lo tiene Rem, con tu documentación.

La puerta se abrió, dejando pasar a un médico que estaba muy acalorado. El hombrecito los miraba con los ojos como platos. —¿Me han mandado llamar?

Alón asintió levantándose de su asiento. —Taix se va. ¿Tiene algún inconveniente?

El hombrecillo miró a Taix asustado. —Mi señor, debería esperar. Los puntos se pueden abrir…

—¿Tiene alguna indicación que deba seguir, o sólo me va a dar la monserga? —protestó Taix.

—Necesita una cura al día y mucho reposo. No hacer esfuerzos para que no se salten los puntos —dijo atropelladamente.

—¿Te ayudo, Taix? ¿O puedes solo? —dijo Alón acercándose a la puerta ignorando al médico.

—Puedo solo. —Se incorporó lentamente.

Cuando llegaron a casa, los chicos estaban en el loft paseando a los niños de un lado a otro. Alón dejó pasar a Taix, que caminaba muy lentamente. —Mirar quién está aquí.

—¡Taix! —exclamó Jessica acercándose—. ¿Cómo estás? Por Dios, siéntate. Te vas a caer redondo.

Rem ayudó a Taix a llegar hasta el sofá. —¿Qué coño haces aquí?

—Me han dado el alta —dijo sonriendo—. Qué bueno estar en casa. —Cambió de tema antes de que le dieran la plasta. —Enseñarme a los niños.

Semir que llevaba en brazos a Olox se sentó a su derecha y Rohr que llevaba a Trix se sentó a su izquierda. Taix miró de izquierda a derecha encantado. —Son muy guapos. Me gustaría cogerlos, pero no puedo. —Con un dedo tocó el dedo de un pie de Olox. —Son enanos, ¿eh?

—Comparados contigo sí —contestó Jessica dándole un zumo—. Bebe algo, pareces acalorado.

—Taix nos ha solucionado el problema de la niñera —dijo Alón cogiendo de la cintura a su mujer—. Dice que la que fue su niñera, sería perfecta.

—¿De verdad? —preguntó Jessica con la mirada iluminada—. ¿Querrá cuidar a los hijos de una humana?

Taix sonrió. —Estará encantada. De todas maneras, tengo que hablar con ella. Pero no creo que haya ningún problema.

—Taix, deberías acostarte —aconsejó Rem—. Te quedarás en mi casa esta noche.

Taix asintió. —Pero antes quiero comer algo.

—Blix hizo la cena, sólo hay que calentarla —dijo Jessica yendo hacia la cocina.

—No, Jessica. Ya se lo preparo yo —dijo Semir pasándole el bebé a Rem—. Tú descansa. Por la noche no vas a parar.

Alón se acercó a ella. —¿Has dormido algo?

Jessica le dio un beso. —Cuando Melina se fue después de comer, he dormido una siesta. ¿Y tú, cómo estás? Debes de estar cansado.

—Estoy muy bien. No necesito dormir mucho. En cuanto cenemos, nos vamos a la cama.

Estaban todos sentados en la mesa cenando, cuando Taix preguntó —¿Qué sabéis de los cabrones que matamos?

—Todavía nada —dijo Rem—. Los resultados estarán a punto de salir.

—¿Ya has montado el equipo? —preguntó Alón.

—Sí, he montado el laboratorio y he hecho el rastreo previo del edificio. —Tomó un trago de cerveza y continuó —Mañana después de la mudanza, los tres haremos uno en profundidad.

—Pensaba ir hoy a ver el edificio, pero al final no me ha dado tiempo —dijo Alón irónicamente mirando a Taix.

—Lo siento, jefe. —Taix se revolvió incómodo en la silla. — Pero aquí estoy mucho mejor.

Jessica sonrió. —Me alegro que estés de vuelta. Si este cromañón no se pusiera nervioso, te daría hasta un beso.

—¿Qué estás diciendo, mujer? —preguntó Alón fingiendo estar enfadado—. ¿Que cuándo me doy la vuelta, das tus besos alegremente?

—A millones —contestó Jessica riéndose.

Todavía sonriendo Alón miró a sus hombres. —Planeemos lo de mañana.

—Mañana recojo el camión a las ocho de la mañana —dijo Semir—. Rohr y yo nos encargaremos de trasladarlo todo con ayuda de Blix.

—Yo me quedo aquí para ayudar con los niños y los enfermos —dijo Rem riéndose—. Me ha tocado el trabajo más fácil.

—Ja, ja —dijo Taix refunfuñando—. Yo puedo cuidar de la seguridad de Jessica.

—No, se encargará Rem —ordenó Alón—. Tú estarás de apoyo. Yo me quedaré en la casa nueva, mientras ellos se dedican al transporte. Blix y yo lo organizaremos, distribuyendo nuestras pertenencias.

—Cuando lo hayamos llevado todo, trasladaremos a Jessica, Taix y los niños en los Hummer —dijo Rohr—. Semir y Taix en el primer coche, Rem y yo en el último. Alón con los niños y Jessica en el coche del medio.

—¿El edificio nuevo es seguro? —preguntó Jessica.

—Tenemos los mejores sistemas de seguridad, detectores de movimientos, sistemas de alarma por apertura de puertas, infrarrojos.

Todo de lo mejor —dijo Rem—. Sabemos que cuando un vilox quiere entrar en un sitio, las cerraduras normales no sirven. Así que todas las cerraduras de la casa son electrónicas con claves de seguridad. Es como una caja fuerte.

—¿Y si cortan la luz? —preguntó Jessica.

—Tenemos generadores propios, aunque las puertas no se abrirían, sino que se bloquearían —añadió Rem.

—De todas maneras, hemos puesto diversas salidas de seguridad y refugios —añadió Taix.

—¿Refugios?

—Más bien son como habitaciones del pánico —dijo Rem.

—Dios mío —dijo ella abrumada—. Voy a vivir en Fort Knox. —Sin poder evitarlo se echó a reír.

Alón y los chicos la miraron preocupados. —Cariño, te acostumbrarás —dijo Alón intentando tranquilizarla—. Además es temporal, hasta que hayamos solucionado el tema.

Jessica le miró con los ojos cuajados en lágrimas. —¿Temporal? ¿Cuándo nuestros hijos estarán seguros? ¿Me garantizas que alguno de los tuyos no querrá matarlos dentro de dos años? ¡No me puedes garantizar eso, porque no lo sabes! ¡No lo sabe nadie!

—Solucionemos las crisis una por una. —Alón la cogió de las manos.

—Desde que hicieron ese maldito programa de ordenador, hemos echado a andar una bola, que cada vez se está haciendo más enorme y terminará llevándonos a todos por delante —dijo ella levantándose de la mesa.

Jessica fue hacia el gran ventanal de la habitación y se puso a mirar la vida que tenía la gente normal. Las lágrimas le corrían por las mejillas. Le amaba. Amaba a Alón y a sus hijos, pero pensar que toda su vida sería de esa manera, la destrozaba.

Los chicos se fueron discretamente y Alón se acercó a ella por la espalda. —Sé que esta no es la vida que te hubieras imaginado, pero no puedo dar marcha atrás. —Jessica no dijo ni una palabra, siguió mirando la calle. —Te amo más de lo que nunca he creído posible amar a nadie y siento ser tan egoísta como para no haberte dejado marchar cuando todavía estábamos a tiempo. —Se cubrió la cara con las manos intentando dejar de llorar. —Pero ahora el mal está hecho y pienso cuidaros a ti y a los niños hasta el día en que me muera. —Alón la cogió por la cintura y la abrazó contra su pecho susurrándole al oído —Háblame, por favor. Dime que soy un maldito cabrón por arruinarte la vida. Jessica, dime algo.

—No me arrepiento de haberte conocido, ni de amarte, ni de haber tenido a los niños —dijo ella en voz muy baja—. Me arrepiento de que no hubiéramos sido más listos.

—¿Qué? —preguntó sorprendido.

—En el momento en que sabíamos a lo que nos exponíamos, teníamos que haber desaparecido —dijo ella dándose la vuelta y abrazándole—. Antes de que nadie supiera que estaba embarazada. Ahora ya es tarde…demasiada gente sabe nuestra historia.

Alón le acarició el cuello pensativo. —Podríamos intentarlo, si tú quieres buscaré identidades falsas para todos y nos vamos.

Jessica sonrió. —Sabes de sobra que nos encontrarían si quisieran. Y además estaríamos solos. Esto es mucho más seguro para todos. No pienso arriesgar otra vez la vida de nadie. —Jessica suspiró apoyando la cabeza en su pecho. —Siento ser tan histérica. Estaremos bien…

Alón la abrazó muy fuerte. —No eres histérica, has pasado por muchas cosas en muy poco tiempo. Jessica diste a luz ayer y te intentaron matar… Cualquiera estaría hecho polvo y tú eres tan fuerte que estás aquí conmigo, cuidando a los niños y de los chicos. Eres muy fuerte y estoy muy orgulloso de ti.

Jessica sonrió tristemente. —Espero seguir así.

—Cuando tengamos otro niño, ya estarás acostumbrada. Es cuestión de tiempo.

Ella se apartó de golpe para mirarle la cara. Alón tenía una sonrisa pícara. —¿Eso ha sido una broma? —preguntó sorprendida.

—Tenías que ver la cara que has puesto —dijo sin poder evitar reírse.

Jessica puso las manos en sus caderas. —¡A ver qué cara pones tú cuando tengas que ponerte condón los próximos treinta años!

Alón perdió la sonrisa de golpe. —¿Qué? Cielo, eso tenemos que hablarlo.

Jessica se fue al cuarto de baño. —¡No estoy para negociaciones, xedarx! ¡Ahora me voy a dar un baño, así que cuida de los niños!

Cuando al día siguiente, después de una intensa actividad, por fin llegaron a la nueva casa, entraron por el garaje. Las motos y los coches de los chicos ya estaban aparcados allí.

Alón aparcó el Hummer en la plaza más cercana al ascensor. —Bienvenida a casa, mi amor.

Jessica estaba muy emocionada y se bajó del coche rápidamente.

—Coge a la niña. Estoy impaciente por ver la casa —dijo abriendo la puerta de atrás y cogiendo a Olox del asiento del bebé.

Cuando estuvieron listos, los chicos cogieron los cochecitos de bebé, que estaban unidos. Era un modelo especial para gemelos. Ella colocó a los niños en sus capazos y dejó que Alón los empujara hacia el ascensor.

Cuando llegaron a las puertas, Alón dijo sonriendo —Tiene un código de entrada como la puerta del garaje. Ya te los diré todos para que los memorices en otro momento, cuando no estés tan impaciente.

Jessica movió las manos en un gesto impaciente y Rem se echó a reír. —Date prisa, si no quieres que le dé algo.

Se abrieron las puertas y Jessica jadeó. —¡Es un ascensor enorme!

—Lo pusimos grande para que puedas bajar con los carritos y la escolta —le explicó Taix mientras pulsaba el botón de la planta baja—. Entran quince personas.

—Una escolta enorme —dijo irónica.

Alón le echó a Taix una mirada de advertencia y este asintió.

Cuando se abrieron las puertas, Jessica asomó la cabeza. Los chicos aguardaron detrás de ella, esperando su reacción. Ella miró lentamente hacia atrás, echándoles una mirada pícara. —¡Sois unos genios!

Dio un paso al frente. No sabía dónde mirar, la sala era enorme. En frente a unos cincuenta pasos estaba la puerta que daba a la calle. A la derecha un inmenso salón, con tres enormes sofás y una pantalla de televisión gigantesca. Más allá estaba una cocina salida de las mejores revistas de decoración, con una gran isleta central que tenía taburetes para el desayuno. Una mesa de comedor para veinte comensales, se encontraba entre la cocina y el salón. Jessica de la emoción empezó a dar saltitos de la alegría corriendo de un lado a otro para verlo todo.

—¡Es estupenda! —exclamaba emocionada abriendo los armarios de la cocina—. Todo es tan amplio y los colores de distintos azules y marrones me encantan. —Alón la miraba sonriendo, empujando el carrito detrás de ella. Los chicos la observaban con indulgencia desde el salón. —¡Parece un campo de fútbol! Pobre Blix, va a tener mucho trabajo —dijo ella yendo hasta donde estaba el cuarto de los niños al otro lado del ascensor. Intentó abrir una de las puertas, pero no pudo—. ¿Qué hay aquí? —preguntó frunciendo el ceño.

—La enfermería y el laboratorio —dijo Rem desde el salón—. Está cerrado porque tengo unos análisis importantes.

Jessica que sabía de qué se trataba asintió. —La veré en otro momento.

Abrió la siguiente puerta, que era el cuarto de juegos. —¡Madre mía, si es una guardería! —exclamó ella entrando en la habitación. En el gran cuarto de juegos entraban veinte niños y no se estorbaban. Cubierto de una especie de colchoneta de colores por las paredes y el suelo, allí ningún niño podría hacerse daño. Mesas infantiles, juguetes por todas partes, dibujos pintados en la pared... Aquella habitación era el sueño de cualquier madre con niños pequeños. Si incluso había dos cunas en un lateral del cuarto.

En el extremo del fondo había otra puerta, que Jessica supuso que sería el baño del que habían hablado. Fue hasta allí y abrió la puerta. Un cuarto de baño infantil monísimo, con dos cambiadores y una estantería con todo lo que pudiera necesitar estaba ante ella. —¡Habéis pensado en todo! —exclamó ella mirando el dibujo de los azulejos. Un hipopótamo.

Alón estaba apoyado en el marco de la puerta disfrutando de sus reacciones. —Me alegro de que te guste.

Ella le miró por encima del hombro. —Es perfecto. Todo se ve tan grande…

—Derribamos muchas paredes. También me gusta la sensación de espacio —añadió Alón cogiéndola de la mano—. Al lado está el apartamento de Blix, que también ha quedado muy bien. ¿Quieres ver el baño de detrás del ascensor o subimos a nuestra casa?

—Vamos arriba —dijo Jessica yendo hacia el ascensor.

—Rohr, ¿podéis cuidar a los niños unos minutos? —preguntó Alón.

—Claro... —dijo Rohr acercándose a los niños y empujando el carrito—. Tomaos el tiempo que queráis.

Se metieron en el ascensor y dieron al tercero. Jessica se arrimó a Alón y le dio un beso apasionado. —Por fin solos.

—Echo de menos tenerte sólo para mí —dijo él mordiéndole el labio inferior.

Jessica se rió. —Si sólo hace dos días que tenemos a los niños

Alón le tocó el trasero. —¿Cuándo se termina eso de la abstinencia?

Ella se echó a reír apartándose de él cuando se abrieron las puertas. —Pórtate bien. —Jessica echó un grito de alegría cuando vio su salón. —¡Alón, es fantástico! —Era grande, bonito y muy alegre con colores suaves en verde, azul y beige. Tenía una cocina en un lateral, que comparada con la de abajo parecía pequeña. Muy práctica para hacer cualquier cosa rápida. —Por las ventanas entra mucha luz...—comentó mientras admiraba los grandes ventanales.

—Detrás del ascensor, también hay un pequeño aseo. Ya sabes que todos los pisos son iguales, excepto el ático —dijo Alón mientras le enseñaba lo que él consideraba un pequeño aseo.

Al otro lado del ascensor había un gran pasillo que daba paso a las habitaciones. Alón fue abriendo una por una. —Tres de las habitaciones Melina las ha decorado como habitaciones matrimoniales —dijo Alón enseñándole la primera.

Jessica la revisó desde la puerta. —Todas tienen baños, ¿no? ¿Cómo habíamos quedado?

Alón asintió abriendo la tercera habitación. —Esta, seguramente en un futuro será la de uno de los niños, pero de momento la hemos decorado como las otras.

—Sí, son muy pequeños para estar solos. Dentro de un par de años los cambiamos —respondió ella entrando en la habitación. Se acercó a la ventana y tocó la cortina—. Melina ha hecho un trabajo estupendo. Todo es precioso.

Alón sonrió. —¿No tienes curiosidad por conocer las habitaciones importantes?

Jessica sonrió de oreja a oreja. —Estoy impaciente —dijo acercándose a él. Se puso de puntillas y le dio un beso en el cuello. Siguió subiendo y le mordió el lóbulo de la oreja haciéndolo gruñir—. Espero que la cama sea muy grande.

Él echó una carcajada. —Primero me frenas y ahora me animas. —Alón la abrazó por la cintura. —Estás jugando con fuego.

Jessica le besó la nariz y se apartó. —El que juega con fuego...

Jessica fue a la habitación de enfrente y la abrió. Era una amplia habitación pintada de amarillo pálido. Una de las paredes tenía un papel pintado con dibujos infantiles. Delante de la ventana había dos grandes cunas blancas con doseles amarillos. Se echó a reír señalándolas. —Podrán dormir ahí hasta los dieciséis.

—Se ha pasado un poco, ¿verdad? —Alón movió la mecedora que estaba cerca de las cunas.

También había cambiadores y estanterías llenas de juguetes para los bebés. Había un gran armario en una de las paredes y Jessica lo abrió. Estaba vacío. —Tengo que desempaquetar las cosas de los niños — comentó mientras cerraba la puerta.

Al lado estaba la puerta del baño, que abrió con curiosidad. Una bañera baja para poder bañarlos y los colores claros en los azulejos era lo que más destacaba. —El baño está muy bien. Así en el futuro no parecerá de una habitación infantil.

—Melina ha previsto esas cosas.

—Vamos a nuestra habitación —dijo ella cogiendo su mano y tirando de él hacia fuera.

—Uhmm… Lo que estaba deseando oír —le dijo él con voz ronca.

Jessica abrió la puerta de su habitación y se paró de golpe, chocando Alón con su espalda. —Impresiona, ¿eh?

—¿Cuánto mide esta cama? —preguntó ella acercándose lentamente a una cama que parecía para seis personas. Miró a Alón con una sonrisa pícara—. Si me enfado contigo, no nos rozaremos en toda la noche.

—Una verdadera pena —dijo cogiéndola en brazos y tirándola sobre la cama. Alón se colocó encima aprisionándola contra el colchón, mientras Jessica se reía—. Me gusta sentirte debajo de mí —dijo ronco mirándola reírse—. Dios, me excita todo de ti.

Jessica paró de reír y le miró a los ojos. —¿Crees que deberíamos… —Movió la pelvis jugando con la excitación de Alón.

—Me muero por ver cómo te corres. —Alón le mordió el labio inferior y se lo acarició con la lengua, haciéndola gemir. Subiendo la mano por su cintura, llegó a un pecho y se lo apretó mientras devoraba su boca. Impaciente le subió el jersey y le bajó las copas del sujetador, dejándole sus pechos al aire. Sin darle tiempo Alón dejó sus labios, se metió un pezón en la boca y chupó haciéndola gemir fuertemente. —Qué bien sabes... —susurró contra su pezón. Su aliento contra su sensible piel, la hizo temblar mientras apretaba su cabeza contra ella, pidiéndole más. En ese momento sonó el teléfono móvil. —¡Joder, ahora no! —gimió Alón apoyando la cabeza contra su pecho.

Alón se apartó poco a poco y cogió el móvil que llevaba en el bolsillo trasero del pantalón. Jessica saliendo de la neblina en la que se encontraba, se colocó la ropa.

Él suspirando contestó —Rem, en este momento te mataría.

—Tengo los resultados. —No tuvo que decir nada más.

—Subo ahora —dijo muy serio colgando inmediatamente.

Jessica le miraba atentamente y sentó en la cama preocupada. —¿Qué pasa?

Alón sonrió. —Están los resultados. Siento dejarlo a medias. —Se inclinó y le dio un beso. —¿Por qué no pruebas la bañera nueva? Me he encargado personalmente de que te encantara.

Jessica sonrió apenada. —Tengo que bajar a por los niños, enseguida habrá que darles la toma.

—Te quiero —dijo él antes de salir por la puerta.

Jessica le lanzó un beso y se dejó caer en la cama.

Sophie Saint Rose

Capítulo 16

Alón llegó al ático y entró en la gran sala de reuniones, donde estaban todos menos Rohr.

—¿Rohr está con los niños?

Taix sonrió mientras colgaba la información que tenían en el otro edificio, en un panel enorme de la pared. —Es la niñera perfecta. Es una pena que ya haya llamado a la mía.

Alón le prestó toda su atención. —¿Y qué te ha dicho?

—Estará aquí mañana —dijo Taix cogiendo un dossier de la caja—. En cuando le dije que viviría en el mismo edificio que yo, no preguntó nada más.

—¿No tendrá problema con Jessica…? —preguntó preocupado.

Taix le miró a los ojos. —Confía en mí, es perfecta.

En ese momento llegó Rohr con una sonrisa satisfecha. —Esos niños son unos angelitos. Parecían saber que estaba muerto de miedo y se portaron muy bien.

Alón miró a Rem que puso los ojos en blanco. —¿Empezamos? —Rem le entregó una hoja a Alón.

—Los resultados nos indican que el muerto que estaba en la cámara cuando llegamos, el que mataron los niños, es Droig. Es hijo de una familia de la industria farmacéutica.

—¿Por qué no salió en la base de datos la primera vez? —preguntó Alón sentándose en la cabecera de la mesa, mientras miraba la información.

—Porque se supone que estaba muerto —dijo Rem sacando el certificado de defunción—. Scott Reinfield murió hace siete años en un accidente de automóvil. Su padre certificó que el fallecido era su hijo. Ese caso no requirió que los xedarx intervinieran, porque el accidente se produjo con testigos, era su coche y la policía no hizo autopsia. La familia se encargó de todo. Lo incineraron y fin del caso.

Alón frunció el ceño. —Fingió su muerte, ¿por qué?

—Es lo que todavía no sé. Tengo que investigarlo un poco —añadió Rem.

—¿Y el otro? ¿Sabemos algo? —preguntó Rohr cogiendo el folio que le pasó Alón.

—El invisible era hijo de un industrial hotelero. Mucha pasta, chicos. Su nombre era Reihrs. Su familia nunca registró que poseyera ese don, aunque todos sabemos la causa.

—Todos los invisibles siempre dan problemas, es lógico que quisieran ocultarlo —añadió Semir.

Rem asintió. —Exacto, así que es normal que no supiéramos nada.

—¿Tenemos algún antecedente violento por parte de alguno de los dos? —preguntó Alón reclinándose hacia atrás.

—Droig tuvo problemas cuando empezó la universidad. Unos xedarx tuvieron que sacarlo de una pelea en un bar. Después de eso, nada —dijo Rem.

—¿Qué universidad? —preguntó Taix.

Rem miró su información. —Columbia.

Semir levantó la cabeza de su dossier. —Reihrs también fue a Columbia. Licenciado en económicas.

—¿En qué año? —preguntó Rohr.

—Licenciado en el dos mil tres. ¿Droig también se licenció en esa época? —preguntó Semir.

—Exacto —dijo Rem sonriendo—. Tenemos una conexión pasada.

Alón miró a sus hombres. —No es raro que los vilox se conozcan. Tenían la misma edad y coincidieron en la misma universidad.

—Sí, pero lo que no sabes es que esta conexión me la he encontrado antes —dijo Rem levantándose y rebuscando en una de las cajas de cartón—. Joder, hay que colocar todo esto. No se encuentra nada. —Siguió sacando ficheros hasta que encontró lo que quería. —¡Aquí! Cuando investigamos al Consejo, encontré que el nieto de Mirus era Senador.

Alón levantó una ceja. —Lo que no sabíais, era que ese senador se licenció en Columbia en la misma fecha —dijo triunfante tirando el dossier en la mesa—. De hecho, ha tenido una carrera fulgurante gracias a una financiación ilimitada.

Rohr silbó mientras miraba la documentación. —¿Creéis que estamos ante una red encubierta?

—Senadores cuando debemos estar en la sombra, hijos de empresarios influyentes. Suena raro —dijo Taix.

—Está claro que son radicales, pues han intentado matar a Jessica, pero ¿cuál era su fin cuando iniciaron todo esto? —preguntó Alón—. Droig fingió su muerte, todos iban a la misma universidad, un senador tiene mucha influencia… ¿Qué coño querían conseguir con todo esto? Quiero que investiguéis a todos los vilox que fueron a Columbia en la misma época. También revisar cinco años antes y después. Veamos cuántos pueden estar relacionados.

—Si es una especie de secta, pueden captar adeptos de cualquier sitio. Está claro que no dudan en conseguir lo que quieren, como matar a un miembro del Consejo —dijo Semir.

—Hay que interrogar a las familias, a ver qué dicen. Podemos hacerlo mañana —dijo Alón—. Yo ahora voy a ver los cadáveres.

—Ya los revisamos, jefe —dijo Semir cogiendo una pistola del armario de armas.

—Puede que a mí me cuenten algo más.

Alón llegó al sitio donde Rohr le dijo que estaban los cuerpos. Una casa abandonada en Staten Island. Los xedarx disponían de esos sitios para usarlos a su antojo. Un par de veces había usado esa casa para meter en vereda a chicos rebeldes, pero hacía más de dos años que no la pisaba. Bajó al sótano donde había una cámara frigorífica. La abrió y entró en su interior. Los cadáveres estaban tirados en el suelo, uno al lado del otro. Alón no quiso perder el tiempo, aquel lugar le daba escalofríos. Se acercó al primer muerto que era el invisible, se frotó las manos y las colocó a ambos lados de su cabeza.

Al principio las imágenes no eran claras, así que se concentró. De repente una imagen de una humana aterrorizada apareció ante él. La estaban violando y pegándola brutalmente. Alón despegó las manos con repugnancia. —Hijo de puta, te gustaba torturar mujeres, ¿eh? — Cogiendo aire volvió a colocar las manos. Esta vez no estaba Reihrs solo, había más personas. La chica intentaba huir y ellos se reían de ella mientras la cogían por el pelo, estrellándola contra la pared. Droig se colocó de rodillas a su lado y con un cuchillo comenzó a dibujarle los pechos, mientras la mujer aterrorizada no dejaba de llorar. Alón intentó ver a los otros hombres, pero sólo les oía reírse de ella. Soportó las horribles imágenes con la esperanza de ver algo, pero todo lo que percibió sólo le servía para darle náuseas. —Cabrones enfermos.

Se apartó de él para acercarse a Droig. Respiró profundamente e hizo el mismo procedimiento. Las imágenes se agolparon, superponiéndose unas con otras. Algunas ya las había visto, pero de repente apareció una escena ante sus ojos. Cinco chicos sentados en un parque. —No debemos llamar la atención —decía un chico que no conocía. —Hay que ser discretos.

—Lo seremos —dijo Reihrs—. Pero debemos hacer algo. Que esa escoria esté por encima de nosotros, es algo que me está matando. Esas zorras que se acuestan con todos… esos inútiles que no saben dirigir un país. Viven en la maldita edad de piedra. Que tengamos que escondernos de esos inútiles, es el colmo de la locura, cuando podríamos dominar este maldito mundo….

—Ten paciencia —dijo el mismo chico—. Si los xedarx se enteran de lo que vamos a hacer, nos eliminarán a todos y con el consentimiento del Consejo.

—Ese maldito Consejo. Un grupo de viejos que no tienen idea de qué hacer —dijo otro con desprecio.

El que parecía el líder se levantó y se acercó al que había hablado con los puños apretados. —Mantén tu boca cerrada y hacer lo que os digo.

Droig dijo —Cálmate. Frox no quería ofenderte.

—No, claro que no… —dijo el segundo desconocido—. No pensaba lo que dijo.

El que parecía el jefe, le miró con los ojos entrecerrados. —Recuerda quién manda aquí. No dudaré en pasar por encima de cualquiera, para conseguir lo que me propongo.

235

El segundo desconocido asintió.

La imagen se borró para dar paso a la cara de Jessica. La cara de terror de Jessica encadenada llorando. Alón separó las manos e incorporándose gritó con furia —¡Malditos hijos de puta! —Alón no pudo contenerse y le pegó una patada en un costado. —Os juro por lo más sagrado, que es mi mujer y mis hijos, que no pararé hasta veros a todos bajo tierra ¡Cabrones de mierda!

Salió de la cámara frigorífica y pegó un portazo al salir. En ese momento le encantaría que existiera infierno, para que esos cerdos se pudrieran allí.

Cuando llegó a casa fue hacia el salón, donde estaban todos esperándolo para cenar. Blix, Jessica y Semir estaban atareados, mientras los otros jugaban a la PlayStation. Rem desvió la vista de la pantalla y le miró, "¿Has encontrado algo?"

Alón miró de reojo a Jessica, "Os lo diré más tarde"

Su mujer se acercó a él sonriendo. —¡Mi maridito ha vuelto a casa! —Le dio un beso. —¿Has encontrado algo?

Él la miró sorprendido. —¿Y tú qué sabes de todo esto?

—Cariño, no intentes ocultarme cosas, ¿vale? —Le reprendió ella. —No sirve de nada. Tarde o temprano acabo por enterarme.

Alón se dio por vencido y cogiendo a su mujer por los hombros, la sentó en uno de los sofás. —Un grupo de fanáticos en la época de la universidad querían hacerse con el control. No querían estar por debajo de los humanos. No querían, ni quieren ocultarse más.

—¿A qué te refieres con hacerse con el control? —preguntó mirándolo atentamente. Los chicos que estaban escuchando también, apagaron el videojuego.

Alón lo pensó antes de hablar. —Odian a los humanos, os consideran inferiores y creen que ellos deben gobernar el país.

—El senador—dijo Taix—, por ahí van. Llegar al gobierno del país más poderoso del mundo.

—De eso no estoy totalmente seguro —dijo Alón cogiendo una cerveza que le ofreció Blix—. Gracias, Blix. Sólo tengo un nombre. Frox. —Bebió un trago y continuó —Pero ese no era el líder. En total en la visión eran cinco. Eso no significa que no haya más.

Jessica asintió pensando en ello. —Esto va más lejos de una mezcla de razas. Esos tíos están preparando un golpe de estado.

—Lo que tengo claro es que si los eliminamos, debe ser a todos a la vez. No se nos puede escapar nadie. Si hay un cabo suelto, esto puede volver a empezar. —Alón se reclinó en el sofá colocando el brazo sobre los hombros de Jessica.

—Recapitulemos —dijo Semir—. Tenemos un consejero muerto, que investigaba a Droig.

—Seguramente le conocía y le llamó la atención. De ahí que se pusiera a investigar —dijo Rem.

—Mirus dijo que no había visto las fotos, ¿se lo diría a otro miembro del Consejo? —preguntó Semir—. No me puedo creer que Mirus estuviera metido en esto.

—Se lo tuvo que decir a alguien, porque le descubrieron —dijo Taix—. Yo sí creo que se lo dijo a Mirus y él se lo dijo a su nieto, el Senador.

—De ahí que lo eliminaran —terminó Jessica.

—Tenemos más o menos una conexión. Todos estudiaban en la misma universidad y tenían un plan, pero llegó Jessica.

—Exacto y que hubiera una mezcla de sangres, implicaría el inicio de una unión que ellos no podían soportar. Dentro de trescientos años dará igual de qué raza seas —añadió Jessica—. Como los matrimonios entre afroamericanos y caucasianos. A vuestra gente ya no le importará.

—De ahí que la quisieran eliminar —dijo Rem levantándose—. ¿Cómo descubrimos cuántos están implicados?

En ese momento oyeron como uno de los niños se ponía a llorar. Jessica miró a Blix. —¿Te importaría...?

Blix se dirigió al cuarto de juegos y Jessica centró la atención en los chicos. Alón estaba diciendo —Buscar el sitio donde vivía el invisible, registrarlo, despedazar los muebles si hace falta. Quiero su lista de llamadas, su ordenador, y una vigilancia por si aparece alguien —ordenó Alón.

—Mañana me encargo de eso —dijo Rohr.

—Yo buscaré a ese Frox —dijo Rem.

—Taix y yo iremos a hablar con sus padres —dijo Alón mirando a su amigo—. ¿Estás en forma para leer sus mentes?

Taix sonrió irónicamente. —Totalmente en forma. Tú haz las preguntas adecuadas y ellos me dirán lo que quiero saber.

Después de llegar a su piso y dejar a los niños en su habitación, Alón le dijo a Jessica —¿Has visto todo el piso a fondo?

Jessica asintió. —El espacio que Taix ha preparado para mí, es perfecto. Tiene mucho espacio, y es muy cómodo. ¡Si hasta tengo nevera!

—Ven, tengo algo que enseñarte —dijo Alón cogiéndole la mano.

La llevó hasta su estudio y Jessica miró alrededor. El sofá, el televisor, el ordenador sobre su maravillosa mesa de estudio y la gran alfombra en colores suaves. —¿Qué me quieres enseñar?

Alón señaló la puerta y una cajita que estaba a su lado en la pared. —¿Sabes qué es esto?

—¿Una alarma? —preguntó mirando el pulsador central.

—No, no es una alarma —dijo él levantando el protector de plástico transparente de la cajita—. Es un cierre automático.

—¿Es para cerrar la puerta? —Jessica miró la puerta y parecía una simple de madera.

—Esta no es una habitación normal, cariño. Es una habitación del pánico —dijo él suavemente—. Si en algún momento suena la alarma, tienes que entrar en esta habitación y darle al pulsador, que cerrará la puerta automáticamente. Es como una gran caja fuerte.

Jessica asintió y Alón continuó —Si los niños están en la planta baja con la niñera, no quiero que vayas a buscarlos.

Jessica iba a protestar cuando él levantó la mano interrumpiéndola. —Tengo una razón, si vas a buscarlos, te pueden coger en el proceso. Además, si los niños están en la guardería, ya estarán en la habitación del pánico de esa planta.

—¿La guardería es otra habitación del pánico? —dijo ella asombrada.

—Hay una en cada planta —aclaró él—, en el lugar donde estamos ahora. Todos los pisos son iguales, por lo que nunca te equivocarás de lugar. En cuanto suene la alarma, entras aquí y le das al botón. Si los niños están contigo ningún problema, los coges y os encerráis. Dentro de todas las neveras hay víveres y tenéis baño. Estaréis cómodos hasta que os saquemos.

—¿Y en el ático? —interrogó ella—. ¿Y en el garaje?

—Son los únicos sitios del edificio que están sin este tipo de habitaciones. —Alón la cogió por la barbilla. —Tendrás que correr hasta el primer sitio seguro.

Jessica sonrió. —¿Por qué una en cada planta? ¿Para qué la quieren los chicos?

Alón frunció el ceño. —Se han hecho las obras pensando en el futuro.

—¿Más humanas?

Alón la miró pensativo. —Hasta que llegaste tú, todos pensábamos que pasaríamos la vida solos. —Se acercó y le dio un suave besó en los labios. —Estoy seguro de que ahora tienen esperanzas de encontrar algún día a su pareja.

Al día siguiente a las seis de la mañana sonó el timbre de la puerta de entrada. El sistema hacía que se oyera el din don en todas las plantas, por lo que el que llamaba despertó a todo el mundo. Blix tenía instrucciones de no abrir, a no ser que fuera alguien de la familia. Casi todos los miembros del edificio se acercaron a las pantallas del sistema de seguridad, que tenían en un panel del dormitorio. Una mujer morena de unos cincuenta años llamaba insistentemente al timbre. —Por Dios, ir a abrir la puerta, que van a despertar a los niños —protestó Jessica desde la cama.

Alón se puso unos vaqueros. —Creo que es la niñera. Bajo a ver.

Cuando Alón llegó al hall, ya estaban allí sus compañeros. Todos iban armados menos Taix. —Tranquilos chicos, es Ylei.

Alón miró el monitor de la cámara de seguridad que había al lado de la puerta. —Está sola.

Semir abrió la puerta y la mujer se quedó parada en el umbral de la puerta. Los miró uno por uno hasta que llegó a Taix. —No me dijiste que viviría con todos los xedarx —dijo entrando. Los chicos se hicieron a un lado para dejarla pasar.

Taix se sonrojó. —Ylei vivimos todos juntos y los niños son de Alón y Jessica.

La mujer los miró evaluándolos. —No sé si será el mejor ambiente para criar a unos niños, pero menos mal que ya estoy aquí para ayudar a esa pobre hembra.

Los chicos se envararon. —Mire…Ylei —dijo Rohr con malas pulgas—. No sé dónde cree que ha venido, pero le…

Taix le interrumpió —No empieces Li, aquí los niños están muy bien.

Semir y Rem la miraban fijamente con los brazos cruzados, mientras que Alón no sabía qué decir. —Señora... —dijo poniéndose delante de ella—, yo soy Alón, el padre de los niños.

La mujer le miró atentamente y asintió. —Bien, ¿y dónde están los niños?

—¡Joder Li, son las seis de la mañana! ¿Dónde crees que están? ¡En la cama, como todos nosotros hasta hace cinco minutos! —protestó Taix.

La mujer se acercó a Taix. Sin alterar el gesto y rápidamente, le pegó una colleja. —Taix, por mucho que te quiera, no pienso consentir que hables en ese tono. —Taix después de la sorpresa miró a sus amigos que estaban sonriendo. Semir estaba intentado no reírse a carcajadas.

241

—Bien y ahora me instalaré para conocer a esos angelitos en cuanto se despierten —dijo cogiendo una maletita en la que nadie se había fijado—. ¿Me indican, caballeros?

—Yo la acompañó a su habitación —dijo Alón—. Está en nuestro piso.

Alón miró a los chicos por encima del hombro, mientras iban hacia el ascensor. Estaban cuchicheando. Cuando llegaron a su piso, Jessica ya estaba levantada, dándole un paseo a Trix.

—Cielo, es Ylei, la niñera.

Jessica en camisón se dio la vuelta sonriendo somnolienta. —Encantada de conocerla —dijo observando a la señora—. Me alegra que esté aquí.

La mujer se puso pálida. —Pero…usted…

Jessica hizo una mueca. —Soy humana, lo sé. Pero no me lo tome en cuenta. —Miró a Alón que estaba detrás de la niñera. —Cariño, ¿no se lo habíais dicho?

—Pensé que no habría problema —dijo Alón ceñudo—. Taix me dijo que no lo habría.

Ylei se dio la vuelta para mirar a Alón. —Pero esto está prohibido. ¡Nos matarán a todos!

—Estoy autorizado, se ha levantado la prohibición. —Alón se acercó a Jessica y cogió a Trix mostrándosela a la mujer. —Y esta es mi hija Trix.

Ylei miró a la niña y abrió los ojos como platos. Se acercó lentamente y le acarició una manita. —Una xedarx.

La niña sorprendentemente le sonrió y se ganó una admiradora para siempre. —¿Puedo cogerla? —preguntó mirándola hipnotizada.

Jessica echó a Alón una mirada rápida antes de contestar —Claro...

La mujer la cogió con mucha delicadeza y la acunó un rato. Levantó la vista para mirar a Jessica. —Será un honor trabajar con ustedes. —Volvió a mirar a la niña. —Y con esta preciosidad.

Jessica se sintió incómoda y posesiva, pero sabía que necesitaba ayuda, así que no dijo nada, aunque miró a Alón. Él se acercó abrazándola por los hombros. —¿Estás bien? —Jessica asintió. —Tranquila, te acostumbrarás —le susurró al oído.

—¿Quiere que le enseñe su habitación? —preguntó Jessica intentando sonreír.

—Por supuesto —dijo la mujer acercándose a Alón y dándole la niña.

Cuando llegaron a la habitación de al lado de los niños, Jessica dijo —La siguiente habitación es la de los niños y la de después es la nuestra. Espero que aquí se encuentre cómoda.

La mujer admiró la habitación. —Es el mejor cuarto que he tenido nunca. ¡Pero si es de lujo! —Ylei abrió la puerta del baño. —¡Qué sitio más maravilloso!

Jessica sonrió. —Me alegro que le guste. ¿Quiere ver a Olox?

La mujer la siguió hasta el cuarto de los niños. En cuanto entraron, Jessica le indicó la cuna donde dormía el bebé. Trix chilló en ese momento, despertando a su hermano que miró a la desconocida. —Son mellizos...xedarx mellizos —dijo sorprendida.

—¿No se lo había dicho Taix? —preguntó Alón acercándose a ellas.

—Ese muchacho... —dijo levantando con cuidado a Olox—, me dijo que un amigo suyo necesitaba una niñera para sus hijos. Que

243

vivían en su mismo edificio y que me necesitaban desesperadamente. Pensé que eran niños de distinta edad. Luego al ver a los xedarx, pensaba que no era el sitio apropiado para los niños, pero ahora entiendo que todos los cuidan.

Alón entendió la actitud de la mujer. —Jessica dio a luz hace tres días y no ha dormido mucho. No quiero que esté todo el día agotada.

Ylei sonrió. —Ahora ya estoy yo aquí, no se preocupe. La mitad de las veces no se tendrá que levantar para cuidar a los niños, porque yo la ayudaré.

—Creo que sería justo decirle que no es seguro estar a nuestro lado en este momento —dijo Jessica—. Alguien ha intentado matarnos...

—Cariño… —dijo Alón interrumpiéndola.

—No, Alón. No quiero meter en esto a alguien que no sabe lo que pasa —protestó ella.

—No se preocupe —dijo Ylei—. Me hago cargo que esta situación puede ser peligrosa. Y si Taix está de acuerdo, yo también. Mi chico tiene mucho ojo.

Jessica sonrió. —Pues… bienvenida.

—Váyanse a la cama a dormir un poco más —dijo ella acunando a Olox, que estaba cerrando los ojitos—. Yo me encargo de ellos hasta la siguiente toma.

Jessica agradecida se arrastró hasta la cama seguida de Alón. En cuanto posó la cabeza en la almohada se quedó dormida.

Alón la observó un rato viéndola dormir. Aunque no había dormido mucho decidió levantarse, así que fue a darse una ducha.

Media hora después se despedía de Ylei, que estaba en su habitación deshaciendo la maleta. Bajó a la cocina y allí se encontraban los chicos tomándose un café. —No sé cómo esa mujer se llegó a presentar aquí con las explicaciones que le diste —le dijo Alón a Taix mientras se servía una taza de café.

Su amigo se encogió de hombros. —Cuanto menos le explicara… Pensé que era mejor que lo viera ella misma y juzgara. Y he tenido razón, porque veo que se ha quedado —terminó sonriendo.

—Todo lo que me importa es que Jessica pueda dormir —dijo él sentándose en la cabecera—. ¿No volvéis a la cama?

—No, nosotros nos vamos a registrar el piso de Reihrs —dijo Rohr cargando su pistola.

—¿Habéis encontrado la dirección? —preguntó Alón.

—Sí, llevaba una vida paralela totalmente normal —dijo Rem.

—Sobre vidas paralelas…lo que no os dije ayer, es que esos cabrones eran también violadores y asesinos. —Alón tomó un trago de café. —Vi un asesinato que ponía los pelos de punta. Son unos verdaderos bastardos.

—No te preocupes, Alón. No se acercarán a Jessica otra vez —dijo Taix—. Venga, me visto y nos vamos, vale más pillarlos recién levantados.

Capítulo 17

En media hora estaban entrando en un lujoso edificio de Park Avenue. Se acercaron al portero, que se levantó nada más verlos. Con una levita y gorra parecía todo un general. Su cara pálida y asustadiza, hizo que Alón quisiera pegarle un grito para que saliera corriendo. — Buenos días, por favor dígale a los señores Fishburne que el señor Xedarx quiere verlos de inmediato —dijo Alón con autoridad. Era una pesadez tener que guardar las formas.

El hombrecito cogió un teléfono y murmuró unas palabras. — Pueden subir. Al ático.

Si echarle otra mirada, Taix y Alón se dirigieron al ascensor. Cuando se cerraron las puertas no hablaron. Sabían de sobra que el portero estaría vigilando la cámara.

Al llegar al ático un mayordomo les esperaba. —Mis xedarx, síganme por favor.

Les llevaron hasta un gran salón donde los señores de la casa los esperaban en bata sentados en el sofá. —Buenos días —dijo Alón.

—Mis xedarx, ¿a qué se debe esta visita? —preguntó el varón.

Alón le miró fijamente. —¿Tienen un hijo llamado Reihrs?

La hembra gimió. —¿Qué le ha hecho mi hijo?

—Qué curioso que haya preguntado eso —dijo Alón mirando a su alrededor—. Cualquiera habría preguntado qué le ha pasado a mi hijo.

Los vilox se miraron el uno al otro. Alón miró a Taix que estaba totalmente concentrado. —Cuéntenme por qué no se informó que su hijo era un invisible —dijo cruzando los brazos.

La hembra se puso a temblar y el varón le cogió la mano dándole ánimos. —No queríamos problemas —respondió él—. No dijimos nada para que no nos discriminaran.

—Curioso, sobre todo porque sabían que su hijo era un retorcido. Tenían que haber advertido a la comunidad. Era un peligro en potencia... —dijo con los ojos entrecerrados.

La hembra se puso a llorar. —Teníamos miedo.

—Miedo de él, supongo —siseó Alón.

—Exacto —dijo el varón.

—¿Su hijo tenía amigos?

Los padres se miraron brevemente. —Su mejor amigo murió hace algunos años... ahora salía con Leix, pero no creo que fueran amigos.

—¿Y dónde podemos encontrar a es Leix? —preguntó Alón.

—Es hijo de los señores Underwood, viven dos puertas más abajo —dijo la hembra limpiándose las lágrimas.

—¿Qué saben de las actividades de su hijo?

—Violó a una vecina cuando tenía quince años. Cuando a ella la metían en la ambulancia medio destrozada, gritaba como loca que un fantasma la había asaltado —dijo el padre alterado—. Ahí me di cuenta que lo que decía la gente de los invisibles era verdad.

—¿Aparte de las violaciones a qué se dedicaba?

—Trabajaba en una empresa de inversiones —dijo la hembra—. Allí no daba problemas, estaban muy contentos con él.

—¿Tienen más hijos? —preguntó Alón mirando una foto que había sobre la chimenea.

—No, era hijo único —dijo ella frotándose los brazos.

Alón cogió la foto que estaba mirando. —¿Quiénes son estos tipos?

—Esa foto la sacaron en una gala de Navidad contra el cáncer. Son Reihrs, Frox, Droig cuando estaba vivo, Leix y Tar —dijo la mujer sonriendo—. Fue la última vez que los vi a todos juntos.

—¿Por qué?

—Porque Droig murió en un accidente de coche una semana después y los chicos se fueron separando —dijo ella frunciendo el ceño.

Alón miró a Taix "Creo que lo he sacado todo". Alón asintió y mirando a los vilox dijo —No les sorprenderá saber que su retoño ha muerto.

A la hembra se le volvieron a saltar las lágrimas. —Sabía que no viviría mucho tiempo.

—Nos llevamos esta foto —dijo Alón rompiendo el marco contra la repisa de la chimenea—. Y no se les ocurra comentar esta conversación con nadie. No me gustaría tener que volver —amenazó Alón—. Me cabrearía mucho.

Ellos asintieron nerviosos mientras Alón y Taix se largaban de allí.

Cuando salieron a la calle, preguntó a Taix —¿Qué sabes?

—Son una pareja patética dominados por su hijo. Le temían y le protegían. Pero no son cómplices conscientes. —Taix señaló la foto que Alón llevaba en la mano. —¿Esos son los cinco?

—Estos son los que vi en mi visión, pero han pasado muchos años y puede que ahora haya más —dijo Alón mirando calle abajo.

—¿Quieres visitar a los Underwood? —preguntó su amigo observándolo—. Igual ese cabroncete de Leix está allí.

—No quiero ponerlo sobre aviso. Llama a Rohr. Que cuando hayan terminado en el piso de Reihrs, le vigilen. Que no le pierdan de vista —ordenó mientras se dirigía al coche.

—¿Vamos a visitar a los padres de Droig? —preguntó Taix abriendo la puerta del copiloto.

—No, ya tenemos lo que buscábamos —dijo Alón—. Vamos a buscar sus expedientes.

Cuando llegaron a casa, se encerraron en el ático e investigaron un poco. —¡Ajá! —exclamó Taix sentado ante el teclado—. Frox es hijo de un banquero de Wall Street y tengo su dirección.

—Y yo puedo confirmar que nuestro querido Senador es Tar. —Alón leyó la pantalla de su ordenador. —El muy cabrón es el que lo dirige todo. Cuando lo vi en la foto, casi me da algo.

—Bien —dijo Taix dándose la vuelta con la silla giratoria—, ¿qué hacemos ahora?

—En algún momento se darán cuenta que les seguimos, ¿hasta cuándo podremos esperar para descubrir si hay más? —Alón miró a su amigo acariciándose la cicatriz de la mejilla. —Y otra pregunta es cómo eliminamos a un Senador de los EEUU.

—Mejor ahora que cuando sea presidente —dijo riendo su amigo—. Ahí sí que será complicado.

—Hace días que matamos a sus cómplices, así que ya están al tanto de que estos dos no volverán. Estarán alerta. —Alón estaba preocupado.

—¿Y qué vas a hacer con Mirus? —preguntó Taix.

Suspiró. —Otro problema... —Se mesó los cabellos. —Si filtró él la información...

—Venga Alón, sabes que lo hizo. ¿Cómo es posible que un nieto de un miembro del Consejo llegue a un cargo del gobierno? Está claro que él estaba de acuerdo.

—Pero durante la reunión él fue quien parecía estar más de acuerdo con la mezcla de razas —dijo Alón confuso.

—Llama a Mirus y que convoque al Consejo. Yo iré contigo para ver qué descubro —dijo Taix.

En ese momento Jessica bajaba con Ylei y los niños a la cocina. Jessica iba comentando el funcionamiento de la casa a la niñera, cuando vieron que Blix estaba haciendo el desayuno mientras Semir leía el periódico.

—Buenos días —saludó Jessica sentándose en la mesa con el niño en brazos—. ¿Los chicos están por ahí?

—No los he visto desde que me he levantado, mi xedarxse — dijo él mientras le servía el desayuno. Ylei se sentó a su lado con Trix en brazos, mientras observaba a Blix atentamente.

—Blix te presento a Ylei, que me ayudará con los niños a partir de ahora —presentó Jessica sonriendo.

Ambos inclinaron la cabeza observándose mutuamente. —¿Le conozco de algo? —preguntó Ylei.

Blix frunció el ceño. —Es posible, aunque en este momento no me acuerdo.

251

Ylei sonrió encogiendo los hombros. —Ya me acordaré. Nuestra comunidad no es muy grande y es muy probable que nos hayamos encontrado antes.

Blix se dio la vuelta para coger el zumo de naranja y poniéndolo sobre la mesa añadió —Eso es lo más probable, pues seguramente fui a su fiesta de presentación.

La niñera negó con la cabeza. —Yo no tuve esa fiesta.

—¿Por qué? —preguntó Jessica muy interesada en el tema, viendo como Semir se sentaba en su sitio.

Ylei reflejó tristeza en su rostro. —Yo encontré a mi pareja cuando era una niña, a los dos años. Pero el murió en un accidente de coche.

—Lo siento mucho, Ylei —dijo con tristeza.

La niñera sonrió. —Ha pasado mucho tiempo y por eso me hice niñera. Si no podía tener hijos propios, podía cuidar los de los demás.

Blix cambio de tema. —Señora, ¿quiere que lleve a los bebés al cuarto de juegos?

—Desayune, que ya lo hago yo —dijo Ylei sonriéndole a Jessica mientras se levantaba.

Blix la observó mientras la mujer se alejaba. —¿Qué os parece? —preguntó Jessica.

—Tendremos que observarla —dijo el hombre mientras se sentaba en la mesa—. No es seguro meter a nadie en la casa.

Semir observó a su mayordomo tomando un trago de zumo y asintió.

Jessica asintió también y sonrió cuando Ylei volvió a recoger a Olox. Jessica se puso a desayunar, cuando en ese momento llegó Alón con Taix.

—Cariño, ¿ya estás levantada? —preguntó su marido sentándose en la cabecera después de darle un beso—. Pensaba que estarías en la cama hasta el mediodía.

—Con un par de horas he tenido suficiente —dijo ella antes de meterse unos huevos revueltos en la boca.

Cuando Ylei volvió, sonrió a los xedarx antes de sentarse a desayunar. Conversaban un poco de los niños, cuando a Taix le sonó el móvil. Se levantó para contestar.

En cuanto colgó le dijo a Alón. —Los chicos vienen para dejar unas cosas antes de hacer tu otro encargo.

—Bien, los esperaré en el gimnasio.

Ylei miró a Taix y este asintió. —Subo dentro de un momento. Li, ¿puedes subir un momento a mi piso?

—Claro, cielo. —La niñera miró a Jessica. —¿Le importa? Seguro que no será mucho tiempo.

Jessica respondió haciendo un gesto con la mano sin darle importancia. —Por favor, no te preocupes. Vete todo el tiempo que necesites.

Taix y Li subieron a su piso. Taix la hizo sentarse en el sofá. —Sé que es pronto, pero, ¿cómo te encuentras entre nosotros?

Ylei sonrió. —Es una mujer estupenda y los niños son especiales, ¿verdad?

Él sonrió. —Son únicos y los cuidarás muy bien, de eso estoy seguro.

—Tan bien como te cuidé a ti hasta que me dejaron —dijo ella agarrándole la mano. Ylei le miró preocupada—. Tengo una duda. Creía que dadas las circunstancias, debería contártela.

Taix la miró con el ceño fruncido. —Dime...te ayudaré en lo que sea.

Ella negó con la cabeza. —No es sobre mí. —Ylei miró a su alrededor. —¿Este sitio es seguro?

El xedarx se puso alerta. —Habla, aquí no te oye nadie.

La que había sido su niñera, le miró con sus ojos negros. —Ese tal Blix... —dijo ella dudando—, no creo que sea quien dice que es.

Él se tensó. —¿Por qué lo dices?

—Estoy segura de que lo he visto antes. —Ylei se levantó y empezó a dar vueltas a su alrededor. —Fue hace mucho tiempo, pero estoy casi segura de que es él

Taix se levantó mirándola fijamente. —¿Y por qué crees que no es el que dice ser?

—¿Lo habéis investigado? —preguntó ella con los ojos entrecerrados—. Porque no sé qué clase de problemas tenéis, pero ese sujeto era de armas tomar. Dudo que se haya pasado del lado oscuro.

—Lleva trabajando para nosotros desde que Alón fue nombrado jefe de los xedarx y todos nos fuimos a vivir al enclave anterior —respondió él.

—¿Tú no le has leído nada raro? —preguntó ella ansiosa.

—No, aunque no es algo que hiciera a menudo —dijo él mesándose su cabello negro—. Y últimamente ni se me ha ocurrido, la verdad. Ha estado muchas veces solo con Jessica y nunca ha pasado nada.

—Te voy a contar algo que nunca le he dicho a nadie —dijo ella secándose las palmas de sus manos en la falda de su vestido—. Hace muchos años estaba en una de las fiestas del Consejo. Una de las cuatro fiestas anuales. Sabes que allí solemos estar casi todos.

Taix asintió dejándola continuar. —Yo había ido con mis padres y una amiga que se llama Sira. Dentro del salón de baile hacía mucho calor. Un típico verano en Nueva York, así que Sira dijo que iba a tomar el aire. Cuando fui a buscarla unos minutos después, ese hombre la tenía escondida detrás de un gran arbusto en el jardín. La había tirado al suelo y la estaba intentando violar. —Le miró con expresión angustiada. —Nunca había visto ese comportamiento con una vilox y salí corriendo a buscar a mi padre, que rápidamente salió con dos amigos al jardín. Consiguieron llegar a tiempo y él fue llevado a una sala que estaba cerrada al público. Estábamos allí, mi padre y sus amigos, Sira y yo y por supuesto el violador. Uno de los amigos salió al salón de baile y mientras tanto, yo intentaba consolar a Sira. Estaba toda magullada y con un gran golpe en la mejilla. Cuando el amigo de mi padre volvió, lo hizo con dos miembros del Sahr.

—¿Qué miembros? —preguntó lleno de ira.

—Zadish y Naurx —respondió ella—. Ahí fue cuando me enteré de que era el familiar de un miembro del Consejo y se decidió exiliarlo.

—¿De qué miembro?

Ylei negó con la cabeza. —No lo sé. —Ella le miró a los ojos. —Pero este vilox no se llamaba Blix. Eso lo sé porque Naurx lo llamo Lixor.

Taix la cogió por los hombros. —¿Estás segura de que era Blix?

—Han pasado muchos años, pero estoy casi totalmente convencida. Cuando lo vi en vuestra cocina hace un rato, me sorprendí de que fuera él y al principio dudé. Pero cuando me habló, ya casi no tuve dudas. Por eso te pregunté si lo habías investigado.

Taix negó con la cabeza. —Cuando vino a trabajar para nosotros no había razones...

—¿Te puedes asegurar? —preguntó ella—. No estaré tranquila hasta que me digas que no es él.

—Déjalo de mi cuenta —dijo él acercándose a la puerta—. No comentes esto con nadie más.

Ylei sonrió despidiéndose.

Taix subió rápidamente al ático, donde los chicos estaban en la sala de reunión. Entró y cogió el detector de micros. Los chicos cerraron la boca, mientras observaban a su amigo hacer el barrido. Alón cerró la puerta con llave y volviendo a la mesa, se apoyó sobre ella. Taix terminó y apagó el aparato. —Tenemos un problema —dijo sentándose en su asiento.

—¿De qué se trata? —preguntó Alón sin quitarle ojo.

—Blix, no es Blix.

Alón entrecerró los ojos. —¿Qué dices?

—Ylei cree que es un familiar del Consejo y un violador —terminó Taix.

Todos le miraron sorprendidos. —¿Blix un violador? —dijo Semir muerto de la risa.

—¿Estás seguro que esa hembra está bien de la cabeza? —preguntó Alón mortalmente serio por la situación.

—Es la persona más centrada que he conocido nunca. —Taix le echó una mirada de advertencia a Semir.

—Rem, investígalo. —Alón miró a sus amigos. —Si no es quién dice ser, estamos totalmente expuestos.

—Por lo visto no se llama como nos ha dicho, sino Lixor —apuntó Taix.

Sophie Saint Rose

Rem se enderezó. —¿Has dicho Lixor? —Taix asintió. —Ya sabemos quién es —dijo Rem levantándose de la silla y sacando su pistola—. Es el hijo de Zadish, que tendría que estar muerto.

Alón se levantó. —¿Y qué hace aquí? ¿Qué busca? Hace más de seis años que trabaja para nosotros.

Rohr levantó las manos pidiendo calma. —Seamos sensatos, debemos cerciorarnos de que es él antes de hacer algo drástico.

Rem miró a sus amigos. —Nada más fácil que mirar su ficha en el ordenador —dijo yendo hacia él. Tecleó rápidamente y de inmediato se levantó—. Bien, ¿quién se encarga de pegarle un tiro?

—¡Me cago en la puta! —dijo Alón furioso—. ¡Esto es increíble! Ha estado con Jessica cientos de veces.

—Calma —dijo Rohr—. Ha estado infiltrado entre nosotros con un objetivo...tenemos que saber cuál es.

—¡Espiarnos! —exclamó Semir—. ¿Qué sino?

—Somos una fuente de información buenísima para quien quiera enterarse de las decisiones del Consejo y tendría información de primera mano de nuestros movimientos —respondió Taix.

—¿Formará parte de los que intentan matar a Jessica? —preguntó Alón.

—Es un violador y un asesino. ¿Os suena el patrón? —dijo Rem—. Para mí, que es el instigador. Es mucho mayor y por lo tanto ha podido influir en los demás...

—Sabe que estamos sobre su pista. ¿Por qué se ha quedado? —preguntó Semir entrecerrando los ojos.

—Para seguir con su tapadera y ganarse nuestra confianza. —Alón miró a Rohr. —Baja y no pierdas de vista a Jessica y a los niños. E informa a Ylei de donde están las habitaciones del pánico. Discretamente.

257

Rohr inclinó la cabeza y salió de la habitación rápidamente.

—¿Qué hacemos? No podemos dejar que campe por ahí a sus anchas —dijo Rem sin soltar la pistola.

—Ese tío debería estar muerto —siseó Alón—. Tengo que hacer una visita a Jermix.

—Voy contigo, podría haber problemas… —dijo Rem.

Taix levantó. —Yo también voy, podría leer algo.

Alón miró a Semir. —No os separéis de ella.

Capítulo 18

Llegaron a New Jersey y con las armas en la mano entraron en la casa, abriendo la puerta mentalmente. La casa estaba desierta y no sólo eso, se notaba que allí ya no vivía nadie. La nevera estaba vacía y no había efectos personales.

—Esto cada vez se pone mejor... —comentó Rem—, el pájaro ha volado.

Alón no daba crédito. —Esto es más grande de lo que habíamos pensado.

—Está claro que no sólo es un grupo de fanáticos, intentando tocarnos los huevos —comentó Taix mirando una revista tirada en el suelo.

—¿Se habrán ido voluntariamente? —preguntó Rem mirando el jardín por la ventana.

—Conoces perfectamente a Jermix. Si alguien le hubiera obligado a algo, el reguero de sangre llegaría hasta la puerta —dijo Alón—. Volvamos a casa. Tenemos que averiguar qué coño está pasando y Blix nos lo va a decir.

Jessica estaba en ese momento en su piso, cambiándole el pañal a Trix que no paraba de llorar. —No sé qué le pasa —gimió Jessica frustrada—. No para de llorar y no sé qué hacer.

Ylei sonrió acunando a Olox, que también estaba inquieto. —A veces a los niños les pasa eso. Pero está bien, ha comido y está cómoda con el pañal recién cambiado. No está enferma, así que ya se le pasará.

En ese momento sonó la alarma. Jessica miró a Ylei mientras cogía a Trix que estaba a medio vestir. —¡Rápido, a la cámara! —exclamó corriendo hacia la entrada de la habitación de los niños. Rohr que esperaba en el salón, ya estaba en la puerta—. ¡Deprisa!

Ylei, Jessica y los niños entraron en la cámara. —¡Pulsa el botón! —gritó Rohr por encima del ruido de la alarma.

Jessica le miró a los ojos. —Tener cuidado.

Rohr asintió en el mismo momento que pulsaba el botón, cerrando las puertas de golpe.

Ylei vio por la pantalla como Rohr se alejaba por el pasillo. —¿Aquí estamos seguros?

Jessica asintió. —Creo que sí. Está preparada para estos casos.

Rohr cogió el móvil y mandó un WhatsApp a Alón. Cogió la radio que llevaba en el cinturón. —Semir, ¿dónde estás?

—En el salón. Han entrado por el garaje. El detector dice que son tres.

Rohr corría por la escalera hacia abajo. —¿Dónde está Blix?

—No lo sé. Ha desaparecido. Voy a la escalera, no podrán subir por el ascensor.

—¡No, espérame! —ordenó Rohr—. ¡Estoy ahí!

Un segundo después se encontró a Semir en el descansillo de la planta baja. —Ya deberían haber llegado —le dijo Semir—. Aunque la puerta tiene un código de seguridad, seguramente Blix se lo habrá dicho...

260

—No, a Blix no se le ha dado nada más que el código de la puerta principal. —Rohr miró por las escaleras y encendió la luz. —¿Estás seguro que ese chisme está bien?

Semir miró la pantalla que llevaba en la mano. —Tres puntos rojos, que en este momento están debajo de nosotros. Así que deduzco que están intentando abrir la puerta.

—Vamos. —Rohr empezó a bajar los dos tramos de escaleras hasta llegar el descansillo del garaje.

Semir se acercó a la puerta, pero no oía nada. —Ahí no hay nadie —susurró Rohr.

—Shusss —chistó Semir y miró sorprendido a Rohr—. ¡Están subiendo por el ascensor!

—¡Pero eso no puede ser! ¡Cuando suena la alarma, se desconecta automáticamente! —Rohr miró hacia arriba y empezó a subir corriendo. Entraron en el hall corriendo y miraron el ascensor que sí que estaba conectado. —Maldito hijo de puta. ¡Cuando coja a ese cabrón de Blix, va a desear estar ya muerto!

El ascensor se detuvo en el cuarto. —Han subido una planta por encima. —Rohr frunció el ceño. —¡Corre! ¡Se van a encerrar encima de Jessica!

Echaron a correr piso arriba, cuando llegaron al piso de Semir con el arma preparada, llegaron al pasillo de los dormitorios y asomando la cabeza, vieron que habían cerrado la puerta de la habitación del pánico. —Joder, Alón nos va a matar.

—¿Qué crees que están haciendo? —preguntó Semir.

—Intentando llegar al piso de abajo.

—Pero eso es imposible. No hay ventanas. ¿Sacamos a Jessica y la metemos dos pisos por encima? Mientras están aquí no sabrán lo que pasa fuera.

—¿Y si es una trampa? ¿Y nos pillan a todos fuera?

Semir maldijo. —Joder, ¿Alón estaba muy lejos?

Rohr sacó el móvil y llamó a su jefe. —Alón estamos en problemas, se han encerrado en la cámara del piso superior a Jessica. Que se ponga Taix.

Taix se puso inmediatamente. —¿Existe la más mínima posibilidad que desde la cámara del cuarto piso, puedan acceder a la del tercero?

Su amigo lo pensó un segundo. —La única manera de pasar de un piso a otro, es por las tuberías del agua del cuarto de baño que están conectadas o por el sistema de aire acondicionado que da al exterior del edificio.

—¿Cómo son de grandes esos tubos? ¿Lo bastante grandes para que pase un hombre?

—El de aire acondicionado sí. Pueden salir por él al exterior y escalando bajar al aire acondicionado inferior. Sacar a Jessica de ahí.

—¿Y si es una trampa y nos pillan a todos fuera? ¿No sería mejor encerrarnos todos juntos?

Alón cogió el teléfono. —Estamos llegando, encerraros con ellas.

Rohr echó a correr al piso inferior. Cuando Rohr y Semir llegaron delante de la puerta, tocaron un timbre oculto que había debajo de un aplique.

Jessica vio a sus amigos y pulsó el botón de apertura. —¿Qué pasa?

Entraron rápidamente y Semir cerró la puerta, dejándolos a todos encerrados. —Están encerrados en el piso superior. No sabemos con qué fin.

—¿Y si ponen una bomba? —preguntó Ylei muy nerviosa.

Rohr se acercó al aire acondicionado. —Creo que lo que quieren es que evacuemos y así pillarnos a medio camino.

—¿Por qué miras el aire? —dijo ella observando su comportamiento—. ¿Pueden echar algo por ahí?

Semir miró a Rohr. —Se abren las posibilidades.

—Cuando diseñamos estás cámaras, se suponía que nadie conocía su existencia. Así que en algunos aspectos están comunicadas entre sí. ¿Siguen arriba? —dijo Rohr mirando a su alrededor

Semir miró su pantalla del identificador de movimientos. —Sí, los tres siguen arriba.

Jessica se asustó. —¿No deberíamos irnos? —De repente sonó el timbre de la puerta.

Todos se sobresaltaron y miraron la pantalla de al lado de la puerta. Blix estaba al otro lado. No tenía el semblante amable de siempre. Parecía diabólico y Jessica miró a Rohr. —¿Por qué Blix está fuera?

—No es de los nuestros —respondió acercándose a la puerta.

—¿Blix está metido en esto? —Jessica estaba asombrada. —Por eso sabían lo de la cámara de arriba.

Semir asintió sin quitar la mirada de la pantalla. —Nos puso sobre aviso ella —dijo indicando con la cabeza a la niñera—. Nos ha estado espiando todo este tiempo.

Blix se echó a reír al otro lado de la puerta golpeándola y después escupió al suelo antes de darse la vuelta y marcharse tranquilamente.

—¡Maldito cabrón, espera a que te coja! ¡No te vas a reír tanto! —gritó Semir.

—¿Dónde está Alón? —preguntó Jessica asombrada de lo psicópata que era su antiguo mayordomo. Pensar que había pasado tanto tiempo con los niños, le ponía los pelos de punta.

—Está llegando —dijo Rohr. Miró su reloj—. Han entrado hace cinco minutos. Demasiado tiempo para no hacer nada.

—Tenemos que salir de aquí —dijo Semir—. Esto no me gusta.

—Estoy de acuerdo. Esta espera no es normal —dijo Rohr guardando su arma en la pistolera, levantó un asa que había debajo del sofá abriendo un arcón que había oculto. Cogió una metralleta y se la colocó en la espalda. Semir hizo lo mismo. Cogieron todas las armas que creían necesitar, incluidos unos cuchillos.

—Bien —dijo mirando a Jessica—. ¿Estáis preparadas?

—¿Cómo saldremos de aquí? —preguntó Jessica acunando a Olox.

—Bajaremos al garaje y cogeremos el coche —dijo Rohr acercándose a la puerta.

—¿Y si han puesto una bomba? —preguntó Ylei.

—¡Señora, deje de pensar en bombas! —dijo Semir irritado.

—Perdona, pero no me parece que tengáis la situación demasiado controlada —respondió la niñera con ironía.

—La niñera tiene razón —dijo Rohr—. Es una posibilidad, han entrado por el garaje.

—Entonces, ¿esperamos a Alón? —preguntó Semir, echándole una mirada resentida a Ylei.

—No, que estén comunicadas es un riesgo, nos vamos a la sala de juegos. Espero que dos pisos más abajo no pase nada. —Rohr puso la mano en el pulsador. —¿Listos? Semir ve delante. Correr hacia la escalera, nada de ascensor. Yo iré en la retaguardia.

Jessica comprobó que Ylei llevaba a Trix. —No se preocupe, yo me encargaré de ella —dijo la mujer.

Jessica miró a Rohr. —Listos. —Su amigo pulsó el botón y Jessica vio cómo se abría la puerta, como a cámara lenta. Semir abrió la marcha hasta llegar a la escalera que bajaron hasta el segundo piso, comprobó la pantalla y vio que los intrusos se estaban moviendo.

—¡Correr! ¡Vienen detrás! —gritó Semir bajando al siguiente piso. Jessica se apoyaba con una mano en la barandilla para evitar caerse, mientras bajaba lo más rápido posible.

Semir abrió la puerta que comunicaba con la planta baja, miró a los lados y les hizo una señal para que lo siguieran. Estaban a medio camino de la sala de juegos, cuando Blix apareció delante de ellos con una pistola. Apuntaba a Jessica. —¿Dónde creéis que vais? —Semir y Rohr le apuntaron con sus armas. —No se os ocurra hacer ninguna chorrada, porque le pego un tiro.

—¡Matarle! —gritó Jessica—. ¡Me matará igual!

Blix sonrió. —No, no lo harán, Porque saben que Alón no soportaría perderte.

Jessica miró hacia la entrada de la calle, que estaba a la misma distancia que la sala de juegos. —¿Qué quieres, Blix? —preguntó Semir—. Sabes que no saldrás vivo de aquí.

Blix hizo una mueca. —Eso está por ver. Mis chicos vienen hacia aquí.

Jessica observó cómo aparecían dos de los sofás, colocándose uno sobre la cabeza de Blix y otro entre Blix y ellos. En un segundo cayeron los dos sofás. Jessica agarró con una mano a Ylei por el vestido y echó a correr al cuarto de juegos. —¡Cierra! —gritó Rohr cuando las vio cruzar.

Jessica no perdió el tiempo y cerró la puerta a la vez que oía un gran estruendo. Las dos se pusieron a mirar la pantalla. Dos piernas asomaban debajo del gran sofá de piel que Rohr le había tirado encima.

—¿Estará muerto? —preguntó Ylei.

—Espero que se pudra en el infierno —dijo Jessica mirando a su alrededor—. Coloca a los niños en sus cunas.

La niñera hizo lo que le pidió, mientras Jessica no perdía ojo de lo que pasaba en el hall. Rohr y Semir apuntaban con sus armas hacia un punto que Jessica no veía, pero que sabía que era la puerta de las escaleras.

De repente al fondo vio cómo se abría de golpe la puerta principal y entraban por ella Alón y los demás. Jessica dejó caer lágrimas de alivio por sus mejillas.

—¿Dónde está Jessica? —preguntó mirando a su alrededor—. ¡Desplegaos! —ordenó a los recién llegados.

—En el cuarto de los niños —dijo Semir observando la pantalla—. Están en la escalera, al otro lado de la puerta.

Alón vio las piernas debajo del sofá. —¿Blix?

—Sí, espero que todavía esté vivo —dijo Semir.

—Levanta el sofá, Rohr —ordenó Alón acercándose.

Rohr sin despegar la vista de las escaleras, levantó los pesados sofás mentalmente y los colocó en su sitio habitual. Blix tenía el cuello en una posición antinatural. Alón se acercó apuntando su cabeza con la pistola y le tomó el pulso. —El cabrón sigue vivo.

—Por la pinta que tiene, no por mucho tiempo —dijo Rem—. ¿Qué hacemos, Alón?

Alón miró hacia las escaleras. —¿Qué coño has hecho? —preguntó mirando sorprendido a Rohr.

—Bloquear la puerta —dijo Rohr tan tranquilo—. Venían detrás y ese imbécil nos entretuvo.

Taix, Rem y Alón vieron la nueva isleta del desayuno empotrada en la pared donde había estado la puerta de las escaleras.

Taix se echó a reír. —Melina te va a matar.

—Están bajando —advirtió Semir.

—Rem quédate aquí, los demás al garaje —gritó mientras corría a la puerta.

Corrieron a la entrada del garaje que estaba abierta de par en par y vieron lo que parecía una pistola. —¡Arma! —gritó Alón mientras disparaba al reflejo—. ¡Rohr, cuando entremos, bloquea la puerta! —ordenó Alón bajando lentamente la rampa.

Rohr miró alrededor y vio aparcado en la calle un camión de reparto de correos. Sin pensárselo dos veces, entró en el garaje detrás de sus compañeros y como si el camión no tuviera frenos, lo hizo empotrase contra el portón, dejando imposible toda opción de escapar. No podrían salir del edificio. Los cuatro se desplegaron por la rampa. —¿Taix?

—Siguen aquí —dijo su amigo.

—Vamos a cazar a esas ratas —dijo Rohr cogiendo la ametralladora.

—No los matéis a todos, quiero respuestas —dijo Alón.

—Alón…creo que no somos los únicos xedarx aquí —dijo Taix.

—Jermix… —Alón miró a su alrededor cuando llegaron al garaje. Doce coches y las motos era lo único que se veía.

267

—Como me arañen el Porche los destripo —dijo Taix mirando su adorado coche.

—¡Salir con las manos en alto! —gritó Alón—. ¡No vais a salir de aquí vivos como no lo hagáis, así que no seáis idiotas! —No hubo ningún movimiento. —Bien, veo que no se puede razonar con esta gente. Rohr, ¿crees que puedes despejarnos el lugar?

—¡Por favor, Rohr! ¡Ten cuidado! —rogó Taix.

Los coches y las motos se elevaron de golpe, dejando al descubierto tres figuras. Dispararon abatiendo a los tres rápidamente. Alón levantó el brazo interrumpiendo los disparos. Vieron como dos se retorcían en el suelo. Alón se acercó a Jermix. —Tenías razón, amigo. No hay que fiarse de nadie.

A Jermix le costaba respirar y tenía sangre que le salía de la boca mientras sonreía. —No quería traicionarte, hijo —dijo en un susurro—. Esos cabrones me obligaron.

—¿Por qué? —Alón le quitó el arma que tenía en la mano, empujándola con el pie.

—Tienes que eliminarlos a todos, Alón. —Su amigo tosió sangre.

—¿Quiénes son? ¿Son estos o queda alguien más?

—El Senador...Blix, es el instigador. Me convenció... —Ya casi no respiraba y Alón se desesperó.

—¿Alguien más?

—Que yo sepa no...pero siempre habrá alguien que no te dejará en paz. —Sonrió tristemente. —Adiós, hijo.

Jermix murió ante sus ojos. Había sido su mentor, el mentor de todos—No ha hecho nada por matarnos.

Sus amigos asintieron. —Conocía nuestros defectos, pero no los ha aprovechado —dijo Rohr—. Ha venido, pero no les ha ayudado.

—Jermix no ha muerto aquí —dijo Alón—. No quiero su nombre implicado en esto. —Miró hacia el otro que se estaba retorciendo. —¿Y ese?

Semir sonrió mirando al vilox. —Tiene dos tiros muy dolorosos, pero no son mortales.

Alón se acercó al sujeto. —Vamos a ver a quién tenemos aquí. —Lo reconoció como Frox. —Pero mirar quién es….

El vilox lloraba como un niño. —No me matéis, mi señor.

Alón se echó a reír. —Todo un macho, ¿eh? ¿Qué opináis, chicos?

—Destrípalo, jefe. Hay que ser gilipollas para intentar matar a una xedarxse —dijo Rohr despiadadamente.

Alón miró a su amigo. —Vamos, no seas cruel. Este pequeño vilox nos va a contar lo que queremos saber, ¿verdad?

—Sí, mi señor. Os lo contaré todo —dijo muerto de miedo mirando a Rohr.

—Rohr, amigo… ¿puedes bajar mi coche? —preguntó Taix mirando al techo—. Es por si te desconcentras y nos aplastas a todos.

Alón se agachó junto al vilox y le agarró de la barbilla. —Habla antes de se me acabe la paciencia.

El vilox observó cómo Rohr colocaba los coches y las motos en la otra parte del garaje. Alón le apretó la mandíbula. —¿Vas a hablar o no? No tengo todo el día.

—¿Qué quiere saber? —preguntó el vilox.

Alón observó el tiro que tenía en el hombro. Poniendo el dedo índice en el agujero, apretó metiendo el dedo y retorciéndolo en la herida.

269

Los gritos agónicos del vilox le empezaron a exasperar. Retiró el dedo.

—No me cabrees, lo que acabas de sentir no va a ser nada comparado con lo que te puedo hacer por intentar matar a mis hijos.

El vilox lloriqueaba desesperado. —Yo no me metí para esto. No para atacar a los xedarx. Se suponía que sólo serían humanos…

—¿De qué hablas? —preguntó Semir.

—Teníamos que dominar a los humanos, pero Tar oyó hablar a su tío de la mezcla de razas y se empeñaron en matarla. No podíamos tolerar que los futuros vilox fueran mitad humanos. Es una aberración. Blix lo tiene todo organizado para echar a esos viejos que sólo complican las cosas.

—¿Cuántos sois en vuestra organización? —preguntó Rohr.

Frox desviaba la mirada de uno a otro. —No lo sé. Yo siempre andaba con los mismos. No sé si hay más.

Taix le miraba atentamente. —Miente, sabe más de lo que dice.

Alón dejó caer la cabeza hacia delante y la movió de un lado a otro. La levantó lentamente mirando al vilox a los ojos. —¿No has aprendido nada? Rohr, dame el cuchillo —dijo levantando la mano con la palma hacia arriba.

Su amigo puso el cuchillo en su mano. —Te aseguro que no quiero hacer esto, pero tú me has obligado. —Le cogió la mano abriéndosela contra el pavimento y sin apartar la vista de la cara del vilox, le cortó los dedos de la mano derecha.

Mientras aquella escoria gritando se cogía la mano ensangrentada con la otra, Alón se levantó observándolo desde arriba. —Te cortaré cada maldita parte de tu cuerpo hasta que me cuentes lo que quiero saber. Y si yo me canso de esto, ellos seguirán mi tarea —dijo señalando con la cabeza a sus hombres.

—No sé nada... —dijo llorando—, por favor...

—Miente. —Volvió a decir Taix. —¿Qué más sabes?

—¡Dinos lo que estás ocultando! —gritó Alón.

Taix miró fijamente al vilox. —Han colocado una bomba en el edificio, por eso se iban.

—Joder, esa hembra tenía razón —refunfuñó Semir.

—¿Cuándo explotará? —preguntó Alón.

—¡No lo sé! —gritó Frox—. ¡Estaba puesta para quince minutos!

Alón salió corriendo con dos de sus hombres detrás. Semir miró desde arriba al vilox y sonrió antes de pegarle un culatazo con su ametralladora.

—¡Rohr, quita la encimera! —gritó Alón mientras subía por la escalera.

Un estruendo le indicó que la encimera había desaparecido. —¡Rem! —gritó Alón—. ¡Al cuarto piso! ¡Rohr, quédate con Jessica!

Alón subía corriendo hasta la cuarta planta con los chicos pisándole los talones. Llegaron a la puerta de la cámara. —¡Buscarla!

Los chicos se desplegaron registrando el lugar

—¡Jefe! —gritó Taix. Dentro de la impresora había un temporizador—. Siete minutos.

—¡Rem! —Alón se hizo a un lado para que su amigo revisara el objeto.

Alón sudaba mientras veía como en el temporizador seguía disminuyendo el tiempo. —Alón, saca a niños y a Jessica de aquí —susurró Taix a su oído.

—Sácalos tú de aquí, yo me quedo con Rem. —Taix no se movió del sitio. —¡Es una orden!

271

Taix miró a su jefe a los ojos y frunció los labios. Salió corriendo de la sala. Se dio toda la prisa que pudo para llegar a la puerta de la sala de juegos y tocó el timbre.

—¡Abre, Jessica!

La puerta se abrió. —¡Salir, deprisa! —gritó en cuanto vio a Jessica ante él.

Ella corrió hacia la cuna y cogió a Trix. Ylei tenía a Olox en brazos y ya salía por la puerta. Corrieron hacia la calle con Rohr y Taix. Los chicos enfundaron sus pistolas para no llamar la atención.

—Mierda, Semir está en el garaje —dijo Taix dando la vuelta—. ¡Llévatelas Rohr! —gritó mientras se alejaba corriendo.

—Rohr, ¿qué pasa? —preguntó Jessica corriendo hacia la esquina de la calle.

—Hay una bomba en el edificio —respondió mientras la guiaba.

Jessica se paró en seco. —Alón está dentro. Todos están dentro. —Ella miró hacia el edificio abrazando a su bebé. —¡Diles que salgan! —dijo casi histérica. Rohr se quedó impasible a su lado—. ¡Diles que salgan!

Jessica dio un paso hacia su casa, pero Rohr la cogió del brazo. —No, Alón no lo querría.

Pasaron los segundos lentamente, Jessica e Ylei lloraban mientras la gente les miraba.

—Estamos llamando la atención —dijo Rohr cuando vieron salir del edificio a Taix y Semir corriendo.

—¿Cuánto tiempo tenían? —preguntó Jessica fuera de sí. Los chicos los alcanzaron—. Taix, ¿cuánto tiempo tenían? —gritó Jessica cuando volvió la mirada al edificio y vio salir a Alón que miraba a un lado y a otro de la calle buscándolos. Jessica corrió hacia él. Alón se acercó rápidamente y la abrazó con cuidado de no aplastar a la pequeña.

—Ya pasó, mi amor.

Haciendo un gesto con el brazo, les indicó a los otros que se acercaran. —Se terminó. —La consoló mientras Jessica no podía dejar de llorar.

Taix y los demás se acercaron a ellos. —Rem está desmontando la bomba. Llevaros a Jessica a casa de Meli, mientras aseguramos el perímetro. —Levantó la barbilla de su esposa. —Vete con Melina, allí estarás segura. Te llevas a Rohr y a Taix. Ylei, dile a Melina que le dé un tranquilizante.

—No quiero dejarte aquí, ¿y si hay más bombas? —preguntó desesperada—. Vámonos, si el edificio explota, me da igual.

Alón sonrió. —Nena, confía en mí. No pasará nada —dijo confiado—. Se ha acabado.

—¡Nunca se acaba! —gritó histérica—. ¡Se suponía que el edificio era seguro!

Alón le acarició la mejilla. —Reforzaremos la seguridad, no te preocupes. Y ya no tenemos a Blix para espiarnos.

—¡Me he quedado sin ayuda para limpiar la casa! —exclamó ilógicamente—. ¿Cómo me las voy a arreglar ahora?

Ylei se echó a reír. —Yo la ayudaré, mi xedarxse.

—¡Oh, por Dios! ¡Llámame Jessica y déjate de tonterías! — exclamó ella mirándola exasperada.

—Taix, llévatela —ordenó Alón mirándola con el ceño fruncido—. Cariño, haz lo que te digan.

Jessica miró a su hija que protestó entre sus brazos. —Mi niña bonita... —dijo sonriendo totalmente relajada de repente—. Ya estoy bien.

Ylei la miró con el ceño fruncido y luego miró a Alón que estaba sonriendo. —Taix, no le des el tranquilizante. —Sus hombres que observaban fascinados el cambio de Jessica. —Os lo explicaré más tarde —dijo Alón—. Ahora largaos de aquí.

Capítulo 19

Tardaron todo el día y gran parte de la noche en asegurar la casa. Cuando entraron en la casa, rematonron a los heridos y amontonaron los cadáveres en el garaje. Semir se deshizo de ellos, llevándolos a la incineradora de la clínica. Cuando regresó ya habían registrado la casa con el detector. El problema más engorroso fue la camioneta de reparto de correos, que estaba empotrada en la puerta del garaje. Se mostraron indignados por el problema que había ocasionado que la furgoneta se empotrara allí, ante el asombro del conductor al ver su camioneta como un acordeón. Ellos rechazaron que el seguro pagara la puerta nueva del garaje, pues ya se encargarían ellos de reponerla. El conductor estaba muy agradecido por su generosidad.

—Entérate si lo despiden por esto. —Alón le dijo a Semir. —Si es así, consíguele trabajo en alguna de nuestras empresas.

Cuando estaban en el salón, viendo el enorme estropicio de la isleta de la cocina, Rem comentó —Es para matar a Rohr, tendremos que volver a llamar a los obreros.

—Cualquiera que entre aquí lo quiero bajo vigilancia —dijo Alón—. Reforzar la seguridad.

—Debería haber pantallas de video-vigilancia en todas las habitaciones del pánico, para no quedarse a oscuras cuando están encerrados. Es un defecto que no tuvimos en cuenta cuando lo preparamos —dijo Semir.

—De eso me puedo encargar yo —dijo Rem.

—El problema de los explosivos ni se nos pasó por la cabeza, pero contra eso no tenemos mucho que hacer —dijo Alón—. Aparte de registrar todo lo que entre en la casa.

—Nos quedan dos problemas que resolver —dijo Rem.

Alón sonrió. —Sí, el Senador y el Consejo.

—Déjame el Senador a mí —dijo Semir—. Si tiene guardaespaldas humanos, lo puedo solucionar haciendo que uno de ellos lo mate.

Alón le miró atentamente. —Limpio y rápido. Pero a ese pobre hombre le jodemos la vida.

Semir se encogió de hombros. —También puedo matarlo yo, mientras ellos se dan un paseo.

Alón sonrió. —Perfecto. Pero antes averigua si sabe algo, ¿quieres?

Semir puso los ojos en blanco. —Haré lo que pueda, jefe.

Alón fue a casa de Melina para ver cómo estaba Jessica. Aunque se había mantenido en contacto con Rohr, quería verla por sí mismo. Subió al ático del edificio de East Village donde vivía Melina. Taix le abrió la puerta. —Jefe... —saludó apartándose y enfundando el arma.

—¿Cómo va todo? —preguntó entrando en el salón—. ¿Se han levantado ya?

—Melina lleva una hora levantada, pero Jessica e Ylei todavía están durmiendo. Los niños apenas las han molestado en toda la noche.

Alón sonrió. —Saben cuándo no molestar...

Se encontró a su hermana en bata en la cocina. —Buenos días —saludó cogiendo una taza del armario—. ¿El café está recién hecho?

Su hermana le miró preocupada. —No has dormido, ¿verdad?

Alón hizo una mueca, sentándose en la mesa de la cocina. —¿Me das algo para desayunar?

Melina asintió sacando unas tostadas de la tostadora. —Taix y Rohr tampoco han dormido —comentó su hermana mientras ponía el desayuno en la mesa—. Ahora te hago unos huevos.

—No —dijo cogiéndole de la muñeca—. Siéntate, quiero hablar contigo. —Melina se sentó delante de él. —Tengo que hacer una asamblea, ¿me ayudarás?

Melina se espabiló de golpe. —¿Una asamblea?

—Quiero contarle a todo el mundo lo que ha pasado y ver su reacción —dijo Alón—. Si no lo hacemos así, Jessica nunca podrá tener una vida normal. Quiero que todos los nuestros sepan lo que pasa y calibrar su reacción.

—Así sabrás a qué atenerte —dijo ella—. Es muy arriesgado, Alón.

—Si se ponen en nuestra contra, desapareceremos.

Melina le miró preocupada. —No quiero perderte.

—Y yo no puedo soportar perder a mi mujer y a mis hijos —respondió desesperado—. Tenías que haber visto a Jessica ayer, estaba al filo de la histeria. Tengo miedo por ella. Ha soportado mucho, pero todo tiene un límite.

Melina le miró a los ojos unos segundos apretando los labios y asintió. —Te ayudaré en lo que quieras.

—Bien. Antes hay un asunto que arreglar, pero te avisaré cuando esté todo listo para llamar a la gente —dijo Alón levantándose—. Voy a ver a Jessica.

—Está en mi habitación —dijo ella.

Entró sigilosamente en la habitación y vio a su mujer despierta mirando el techo.

—¿Estás despierta? —susurró mirando a los niños que estaban en unas cunas improvisadas con unas cestas de ropa.

Jessica le miró sonriendo sentándose en la cama y apoyándose en la cabecera. —¿Cómo ha ido todo?

Alón se sentó frente a ella y le dio un beso en los labios. —Todo bien... ¿y tú?

—Preocupada por ti, mi amor —dijo ella acariciando con suavidad la mejilla donde tenía la cicatriz—. ¿Cuándo puedo volver a casa?

—Hay que arreglar la puerta del garaje y la isla de la cocina. Hoy van los obreros —dijo Alón acariciando su cuello—. En cuanto esté todo listo, os llevo a casa.

—¿Sabes? —preguntó sonriendo—. El niño hizo que me durmiera con un jardín lleno de rosas. No sé cómo lo hace, sobre todo teniendo en cuenta que no ha visto una rosa en su vida —dijo riendo bajito.

A Alón le encantaba verla así. —Quiero que seas feliz —comentó en voz alta.

Jessica le abrazó. —Soy feliz estando contigo. —Le besó el cuello. —Soy feliz estando contigo y con los niños

La abrazó fuertemente acariciando su pelo rubio. —Si esto no funciona, nos iremos... tengo pensado ya a donde.

Jessica se apartó cogiéndolo por los hombros. —No quiero separarte de tus amigos, son tu familia.

—Tú eres mi familia —susurró mirándola a los ojos.

278

Dos días después regresaron a casa y la rutina hizo que todo volviera a la normalidad. Una mañana Alón cogió a Jessica de la mano y le dijo —Tengo una sorpresa para ti —. La guió hacia la parte de atrás de la casa y llegó a la puerta del jardín. Tecleó el código de seguridad y abrió la puerta. —Sal... —dijo dejándola pasar. Jessica dio un paso cruzando el umbral, entrando en una gran cúpula de cristal.

—Dios mío, parece un invernadero gigante. —Dentro había todo tipo de rosas. Los colores inundaban el jardín. En el centro había una gran mesa de forja blanca con ocho sillas. —Un jardín de rosas —dijo mirándolo con lágrimas en los ojos—. Es precioso. —dijo caminando hacia el centro del gran invernadero—Huele de maravilla. —Levantó la cara mirando hacia el techo. El sol reflejaba la luz en los cristales. —¿Estos cristales son seguros?

—Antibalas, lo más seguro del mercado. —La observó mientras se acercaba al rosal de color violeta y tocaba delicadamente los pétalos. Como si tuviera miedo a que se estropeara algo. —Espero que lo disfrutes mucho.

Jessica sonrió como una niña. —No voy a salir de aquí. De hecho, me quedaré a dormir...

Alón rió acercándose y abrazándola por la cintura. —No creo que me guste dormir en el suelo y a ti tampoco.

Jessica rió. —Bajaremos la cama y dormiremos bajo las estrellas.

—¿También haremos el amor bajo las estrellas? —preguntó excitado.

Jessica le pasó los brazos por el cuello empujando sus caderas hacia él. —Sería interesante.

279

Alón bajó la mano desde la cintura hasta su trasero y se lo apretó.

—Eres una provocadora, señora Beikerfield.

—¡Alón! —gritó Rohr desde dentro.

Él suspiró y apartándose de ella respondió —¿Qué pasa?

—Ven, Semir ha vuelto.

—¿Vienes?

—Sí, vamos allá —dijo ella cogiéndole la mano y sacándolo del jardín.

Semir, que estaba apoyado en la nueva encimera de la cocina con una cerveza en la mano, reía de algo cuando vio a Alón. —¡Jefe! Trabajo liquidado —dijo sonriendo.

—¿Cómo lo has hecho? —preguntó Alón sentándose en uno de los sofás.

Semir puso una mirada inocente. —En realidad yo casi no hice nada. Me colé en la habitación del hotel donde se hospedaba en Washington. Prácticamente no había seguridad. El tío estaba dormido. Le desperté tranquilamente y le dije que como gritara, le degollaba allí mismo. Me contó prácticamente lo mismo que los demás. Los miembros del Sahr no son directamente responsables, pero sí que oyó hablar a Mirus y Zadish sobre el tema de Jessica un día en casa de su tío. —Bebió de su cerveza y continuó —Él formó al grupo en la universidad, pero bajo la influencia de Blix, a quien conocía desde que era niño.

Alón asintió indicándole que continuara. —El muy cabrón estaba tan asustado que casi se mea encima. Cuando saqué el cuchillo, el muy idiota intentó escapar por el balcón y se cayó desde un sexto piso —concluyó encogiendo los hombros.

Jessica estaba asombrada. —¿Se suicidó?

Semir hizo una mueca. —No exactamente, pero seguro que esa será la versión que dará la prensa.

—¿Te has encargado de que no haya autopsia? —preguntó Rohr.

—Una mirada al forense y misteriosamente antes de tocarle, le incineró —dijo Semir riéndose—. Un grave error.

No sabía muy bien cómo se sentía. Jessica vio a Ylei delante de ella con su hija en brazos. —Entonces, ¿se ha acabado?

—Esperemos que de momento se haya acabado —dijo su marido—. Voy a convocar una asamblea.

Los chicos lo miraron asombrados. —¿Pero por qué? Ahora no lo sabe nadie —dijo Rohr—. Jessica puede hacer la vida que quiera.

—No sabemos cuánta gente lo sabe. Ni siquiera estamos seguros de que fueran los únicos —argumentó Alón.

—Alón tiene razón, en el hospital lo sabía todo el mundo. No va a tardar que se corra el rumor por todo nuestro pueblo —dijo Rem—. En cuestión de días o semanas lo sabrá todo el mundo. Será mejor que Alón lo explique.

—Quieres poner a la sociedad a tu favor, pero puede que pase lo contrario —dijo Semir.

—Si durante la asamblea veo que están en contra, nos iremos y desapareceremos —concluyó él.

—¿Crees que es lo mejor? —preguntó Jessica sentándose a su lado. Alón asintió. —Entonces estoy de acuerdo.

—¿Y qué ganarás, aunque te den la razón? —preguntó Taix—. Los que estén en tu contra, no te lo van a decir allí.

—Si ven que la gran mayoría me apoya, sabrán que no tienen aliados y que por lo tanto, no les seguirán cuando manifiesten sus intenciones. Lo tengo que intentar —insistió Alón.

—Necesitaremos hombres —dijo Rohr pensando en la táctica—. Llamaré a los otros xedarx. Con tantos vilox en la asamblea, hay que evitar cualquier tipo de ataque.

—¿A esa asamblea van a ir muchos vilox? —preguntó Jessica.

—Todos los que puedan asistir están obligados, hace años que no se convoca una —explicó Alón—. La última fue para decidir quién era el nuevo miembro del Sahr.

—Deben dejar todo lo que tengan que hacer para asistir, por muy importante que sea —añadió Taix—. Sólo un problema médico les exime.

—Pero si vosotros nunca os ponéis enfermos.

Alón le cogió la mano. —Se refiere a haber tenido un accidente o alguien que se está muriendo.

—O pariendo —dijo Semir sonriendo.

Jessica sonrió. —¿Y cuántos vilox esperáis? No sé cuántos sois…

—Unos dos mil —dijo Alón apretándole la mano.

Jessica le miró sorprendida. —No pensé que fuerais tantos. ¿Y dónde vais a meter a tanta gente?

Alón se echó a reír. —Cariño, tenemos un lugar de encuentro desde hace siglos. Seguro y discreto.

Un mes después en una gran finca de los Hamptons, cientos de coches empezaron a llegar al centro de reunión. Un búnker subterráneo excavado hacía siglos para reunir a los miles que eran entonces.

Diez xedarx estaban preparados alrededor del escenario. Armados fuertemente, vigilaban a todos los que iban llegando al gran recinto. Convocados para las dos de la tarde, era la una y media cuando el gran foro estaba ya casi completo.

Alón estaba con Taix y Semir en la escalerilla que daba al escenario, observando al gentío. —¿Estás preparado? —preguntó Taix.

En ese momento llegó Mirus, que se acercó inmediatamente a ellos. —¿Qué está pasando aquí? ¿Por qué se me ha avisado esta mañana de esta reunión?

Alón le miró fríamente. —No quería filtraciones de lo que se va a hablar aquí hoy.

Mirus se puso rojo de furia. —¿Pero cómo te atreves? No tienes ningún derecho...

Alón avanzó un paso. —Tengo todo el derecho que me da mi ley. Soy el jefe de los xedarx y por lo tanto tengo derecho a convocar una asamblea si me da la gana. No tengo que dar explicaciones a nadie. — Avanzó otro paso haciendo retroceder a Mirus, que lo miró asustado. — Es usted el que no tiene derecho a ser miembro del Consejo, cuando es tan descuidado como para hablar de un tema clasificado en su casa, donde cualquiera le puede oír. En especial su nieto, ese senador. —Terminó con desprecio.

—Mi nieto quería ayudar a los humanos —dijo el viejo tartamudeando.

—Lo que quería era abusar de ellos y dominarlos —escupió Alón furioso—. No sólo era un violador y un asesino, sino que también tenía delirios de grandeza. Usted debería haber cortado ese problema de raíz, pero le dejó hacer.

—Eso no puede ser —dijo el anciano mirando a Semir.

Semir asintió. —Alón tiene razón. Logramos solucionar el problema, pero por poco perdemos a Jessica.

El anciano pareció avergonzado. —Lo siento mucho. —El hombre inclinó la cabeza. —Renunciaré a mi puesto.

Alón miró al viejo. —No es usted el único que ha cometido errores dentro del Consejo, pero de eso hablaremos en otro momento. Ahora tengo que hablar a mi gente.

El anciano se alejó colocándose con los otros miembros del Consejo, que estaban hablando entre ellos.

—Llegó el momento. —Alón miró a sus hombres. —Preparaos.

Alón subió los cuatro escalones que le llevaban a lo alto de la tarima. Miró a la multitud y se acercó al micrófono que estaba en el centro del escenario, colocándose delante de él.

—Saludos, vilox. —La muchedumbre se quedó callada paulatinamente. Alón miró al Consejo que estaba en frente de él e inclinó la cabeza. —Hace años que no nos reuníamos, pero el asunto que os voy a explicar hoy, es demasiado importante como para que no lo tratemos en comunidad.

Vio a Ylei en una esquina, apretándose las manos nerviosamente. —Hace unos meses el Consejo me convocó, informándome de que la tasa de natalidad entre nosotros caía peligrosamente. —Los vilox empezaron a murmurar. —El futuro de nuestra raza estaba en peligro y se me autorizó a mantener relaciones con una humana para tener descendencia. —Los murmullos subieron de volumen. Alón levantó las manos ordenando silencio. Los murmullos cesaron de inmediato. —Lo más sorprendente es que en la humana encontré a mi pareja. Cuando no encontramos por primera vez, sus ojos cambiaron de color y nuestras reacciones fueron las mismas que si fuera una vilox.

—¿Se le cambiaron de color? —preguntó una vilox que llevaba un vestido rojo.

Alón asintió. —Sus ojos eran azules, de un azul profundo. Ahora son verdes.

Al ver que no le hacían más preguntas continuó —Mi pareja a los cuatro meses dio a luz a dos niños. Un niño y una niña.

Los jadeos de asombro recorrieron la sala. —¿Has tenido dos hijos? —preguntó un anciano que se encontraba cerca del Consejo.

—Como ya he dicho, un niño y una niña —confirmó Alón—. No pasa entre nuestra raza, pero sí en la de mi esposa. Los niños tienen nuestros dones.

—¿Nuestros dones? —preguntó Mirus sonriendo—. ¿Los dos?

—Ambos niños. —Alón sonrió. —Y desde la barriga de su madre. Supongo que para compensar la falta de ellos en su madre.

Los vilox se miraban sorprendidos. —¿Dónde están? ¿Podemos verlos? ¿Cómo son? —Eran las preguntas que le bombardeaban, así que Alón tomó la decisión. Miró a Taix y su amigo habló por la radio. —Sólo os pido que no les intimidéis —pidió Alón—. Os presento a mi esposa Jessica y a mis hijos. —Alón se acercó al final del escenario donde Jessica estaba subiendo las escaleras. Vestida con un vestido verde esmeralda y su cabello rubio suelto, estaba bellísima. Sonrió a su marido y le cogió la mano acercándose con él al micrófono. Inmediatamente después subió Rohr con Trix y Rem con Olox.

Los vilox los observaron con los ojos como platos. —Es rubio —murmuraban.

—Como podéis ver, Rohr sostiene a mi hija Trix. —Rohr dio un paso al frente y colocó a la niña de tal manera que la pudieran ver bien. —Mirus por favor, como miembro del Consejo más anciano, ¿puede subir para verificar algo?

El anciano no se hizo esperar. Un minuto después estaba al lado de Alón. —¿Puede comprobar de qué color tiene los ojos Trix?

El anciano se acercó a Rohr y miró a la niña. La cara de sorpresa no le pasó desapercibida a nadie. Mirus miró a la multitud y gritó —¡Dorados!

Gritos de asombro recorrieron la sala. —Una xedarx —decían con respeto.

—¡Es una señal! —gritó una vilox—. ¡Ha sido bendecida con una xedarx, es una señal!

Alón levantó los brazos para hacerlos callar. —Todavía no he acabado. Como podéis ver, Rem lleva a mi hijo en brazos. Se llama Olox.

Rem dio un paso adelante quedándose a la altura de Mirus. El anciano miró al niño que le sonreía. Le puso el dedo cerca del puñito y el niño se lo cogió con fuerza. Mirus miró a la multitud y exclamó —¡Sus ojos son dorados!

Esa vez no hubo murmullos. No hubo ni un sólo sonido en aquella gran sala llena de gente. Alón cogió la mano de Jessica fuertemente y miró a sus amigos. De pronto, una vilox muy anciana se arrodilló mirando a Jessica y se inclinó hasta colocar los antebrazos en el suelo. —Mi xedarxse.

Todo el aforo se fue postrando ante ella, hasta dejar la imagen de todo el pueblo de los vilox a los pies de Jessica, alabándola.

Ella emocionada apretó la mano de Alón y se acercó a él. Su marido le secó las lágrimas y miró a su pueblo. —Como veis, podemos seguir adelante. Podemos llegar a tener pareja, aunque no sea un vilox. El futuro se abre ante nosotros y nos da otra oportunidad. No la despreciemos.

Los vilox aplaudieron.

Alón se alejó del micrófono adelantando a Jessica, que se sonrojó. Los aplausos se intensificaron y Jessica se acercó al micrófono. Cuando los aplausos se fueron apagando, ella tomó aire muy nerviosa.

—Ni en mis mejores sueños me imaginaba un recibimiento así —dijo emocionada—. No sé lo que sentirán las otras hembras cuando conocen a su pareja, pero yo sentí que ya no podría vivir sin él. —Miró a Alón para darse fuerzas. —Sé que no será fácil y sé que habrá momentos duros, pero lo daría todo para estar con Alón. —Volvió la vista a la multitud. —Las posibilidades de que nos encontráramos, sé que eran muy pocas, pero ha pasado. A aquellos que no han tenido la suerte de encontrar a su pareja entre los vilox, quiero darles un mensaje de esperanza. No os rindáis, podéis llegar a encontrar vuestra otra mitad entre nosotros.

FIN

Sophie Saint Rose

www.ingramcontent.com/pod-product-compliance
Lightning Source LLC
Chambersburg PA
CBHW051530260626
47170CB00003B/865